DER MORGENKRISTALL[6]

FINLEY MOUNTAIN

Das Buch

Vor zweiundsechzig Jahren sind die Weichen gestellt worden, die Waylon gerade noch, im wahrsten Sinne des Wortes, neu stellen konnte. Doch er soll nicht zur Ruhe kommen. Ihm kommt ein seltsam versiegelter Brief zu, der das Testament seines leiblichen Vaters beinhaltet. Darin wird er aufgefordert, die Geschicke in die Hand zu nehmen, die dieser nicht mehr vollenden konnte. Zur gleichen Zeit nimmt, viele hunderte Lichtjahre entfernt und von der Menschheit unbemerkt, ein Phänomen seinen Anfang, das auch auf die Erde Auswirkungen haben wird. Ein rivalisierendes, völlig gegensätzlich beschaffenes Universum streift das Unsrige. Im Zentrum der Berührungsfläche entsteht mitten auf Arimea eine Spiegelwelt, die gefahrlos betreten werden kann. Dessen ungeachtet vereint die Überlappung unterschiedlichen Raum und Zeit mit der arimeanischen Gegenwart. Was Waylon auf Uridräo erfährt und weshalb seine Tochter Olivia ebenfalls plötzlich dort auftaucht, wird im sechsten Buch des Morgenkristalls erzählt.

Der Autor

FINLEY MOUNTAIN wird 1965 geboren. Büchern kann er anfangs nur sehr wenig abgewinnen. Schullektüre, zu der damals zum Beispiel auch Robinson Crusoe gehörte, legt er achtlos beiseite. Erst ein Jugendbuch erregt seine Aufmerksamkeit, und entfesselt eine bis dahin verborgene Leidenschaft. Von nun an verschlingt er alles, was er zwischen den Fingern bekommt. Darunter alte Klassiker wie Charles Dickens, Daniel Defoe, Kurt Laßwitz, Jules Verne. Durch einen Comic kommt er zum Schreiben. Zeichnet er anfangs versuchsweise noch seine Charaktere, stellt er bald fest, dass ihm das Wort besser liegt. So entstehen erste, zaghafte Versuche. Unter Pseudonym veröffentlicht er Anfang 2000 im Internet zahlreiche Texte. Mit dem Morgenkristall legt er 2014 sein Debüt in der Fantasy-Literatur vor. Zur Zeit arbeitet er an der Fortsetzung.

FINLEY MOUNTAIN

DER MORGENKRISTALL

~ SCHATTENRISS ~

FANTASY

BOOKS ON DEMAND GMBH

FSC
www.fsc.org
MIX
Papier aus verantwortungsvollen Quellen
Paper from responsible sources
FSC® C105338

Bibliografische Information Der Deutschen Bibliothek
Die Deutsche Bibliothek verzeichnet diese Publikation in der Deutschen Nationalbibliografie; detaillierte bibliografische Daten sind im Internet über http://dnb.ddb.de abrufbar.

Covergestaltung: Finley Mountain
Lektorat: Ingrid Schaar
Herstellung und Verlag: BoD - Books on Demand, Norderstedt
Printed in Germany

ISBN 978-3-7460-4435-4

Handlungen und Personen sind frei erfunden.
Jede Ähnlichkeit ist rein zufällig und unbeabsichtigt.

Prolog

Er schaut nicht zurück. Der Abschied ist für immer. Er weiß es, sie wissen es. In ihren Augen hat er lesen können. Und das tut weh. Verdammt weh …

Er stapft davon. Immer geradeaus. Bald hat er den Hügel erreicht. Dahinter hofft er aus Sichtweite zu sein. Die Augen der Beiden durchbohren seinen Körper. Dort, wo er sie vermutet, brennen besagte Stellen regelrecht auf seiner Haut.

Wie hat es nur soweit kommen können! Vor diesen Tag graute es ihm. Er wußte es von Anfang an. Hätte nie etwas dagegen getan. Was hätte es auch genützt? Es war unvermeidbar! Dieser Tag sollte kommen, daran führt kein Weg vorbei. Er hat es gewusst – wie konnte es nur soweit kommen …

Hinter dem Hügel führt ein Trampelpfad gemächlich hinab. Er atmet auf. Und tatsächlich lässt das Brennen im Rücken etwas nach. Ob sie immer noch ihm nachschauen? Kurz zögert er, verlangsamt den Schritt um eine Nuance. Nein! Nur nicht stehen bleiben. Die Verlockung ist zu groß und er will unbedingt vermeiden, sich umzublicken.

Augen sind verräterisch. Sie offenbaren auf geheimnisvoller Weise so ziemlich alles. Und das will er vermeiden. Schon schwer genug, nicht alles sagen zu können. Erklärungsbedarf gab es seit längerem. Doch sie vermieden das Thema. Es lag in der Luft, wurde aber konsequent aufgeschoben. Bis heute.

Dem inneren Drang gewaltsam unterdrückend, sich unter keinen Umständen umzudrehen, geht er weiter. Alles andere wäre in seinen Augen kontraproduktiv, und würde begünstigen, was er vermeiden will.

Der Weg wird breiter. In der Nähe ist Motorenlärm zu hören. Die Landstraße ist wenig befahren, deshalb macht er sich darüber keine weiteren Gedanken. Ungewöhnlich erscheint nur, dass es sich um mehrere Fahrzeuge handeln muss. Unbeirrt geht er weiter. Im Geiste sieht er die Beiden, die sein Leben bedeuten …

Er konzentriert sich nunmehr auf die vor ihm liegenden Aufgaben. Sie werden alles von ihm abverlangen, was er an Energie und Kraft aufbringen kann. Darum müssen sämtliche Brücken abgebrochen werden, die ablenken könnten. Und das würden sie zweifelsohne. Er kann es sich nicht leisten, angreifbar zu sein. Dies gilt es zu verhindern. Ob es gelungen ist, wird sich noch zeigen.

Die Motorengeräusche schwellen erneut an. Veranstalten die da etwa eines dieser illegalen Rennen? Man hört ja öfters davon und besonders in weniger bewohnten Gegenden. Er bleibt stehen, lauscht. Plötzlich ist da wieder dieses Gefühl, welches stets in brenzlichen Situationen einsetzt. Ins Bewusstsein rückt sein angeborener Instinkt, verdrängt alle Logik. Innerhalb weniger Millisekunden erfasst er die unmittelbare Umgebung. Bis zum Versteck sind es an die zweihundert Meter. Unmöglich ist diese Strecke ungesehen zu bewältigen, wenn er beobachtet würde. Und davon geht er aus. Äußerlich gelassen setzt er seinen Weg fort. Niemandem soll auffallen, dass er um ihre Anwesenheit weiß.

Vor seinem Geist sieht er mindestens vier Autos. Eins steht mit laufendem Motor tuckernd in Warteposition etwas weiter weg. Die gesamte Straße wird also überwacht.

Er bückt sich und hebt einen Ast auf, deren kleinere Äste er abbricht, um so einen Spazierstock zu erhalten. Der Weg verjüngt sich wieder zum schmalen Trampelpfad, den nicht nur Menschen nutzen. Wie ein Wanderer schaut er sich, die Natur bewundernd, um, zeigt auffälliges Interesse an Pflanzen, die er gezielt abreißt und daran riecht. Gemütlich verlässt er den Pfad und schlendert über die Wildwiese. Im hohen Gras hinterlässt er eine nicht zu übersehende Spur. So unbefangen wie möglich wandert er weiter.

Sein Verhalten mag die Verfolger irritieren. Mindesten zwei der Wagen geben Gas und verschwinden. Er überlegt, auf schnellstem Wege zum Versteck zu gelangen. Einmal dort, haben sie keine Chance, ihm weiter zu folgen. Gut vorbereitet trat er diese Reise an – dachte er jedenfalls. Etwas hat er wohl übersehen. Eine Schwachstelle der Reise ist der Zielort an sich. Alles andere ist bis ins Detail planbar. Doch hiesige Gegebenheiten des Ortes können schnell unüberschaubar werden. Zumal sich die Gegner hier sehr gut auskennen. Fremde fallen auf, besonders er, der einer anderen ethnischen Gruppe entstammt, die so gar nicht in diese Gefilde passen will. Damit kann er umgehen. Auch in der Heimat gilt er als Exot, zieht Blicke auf sich, die nicht immer wohl gesonnen zu werten sind. Hat er die Problematik vielleicht doch unterschätzt? An Aufmerksamkeit liegt ihm nichts, auch wenn er damit relativ gut fährt. Im alten Europa wird seinesgleichen angestarrt und hinter vorgehaltener Hand getuschelt, wie auf einem mittelalterlichen Jahrmarkt Missgebildete. Im Zentrum des Interesses steht nicht er als Mensch oder als Vertreter seines Volkes. Viel eher irritiert seine Erscheinung. Neben Hautfarbe und Gebaren erregt auch die Kleidung ein gewisses Maß an Aufmerksamkeit, obwohl er auf die übliche Tracht wohlweislich verzichtet. Und die auffällige Hautfarbe tut ihr übriges.

Auf einer Bodenerhebung steht eine morsche Bank, die ihre beste Zeit bereits seit Jahren überschritten hat. Als Sitzgelegenheit hat sie ausgedient. Ameisen und anderes Kleingetier nutzen das verfaulte Holz für ihre Zwecke. Im Gewimmel der schwarzglänzenden Chitinpanzer findet er Entspannung. Auf dem ersten Blick erscheint das Insekten-Wirrwarr unkoordiniert und planlos. Doch bei genauerer Beobachtung kristallisiert sich eine arbeitsteilende Ordnung im anscheinenden Chaos heraus, die ihresgleichen sucht. Diese fleißigen Wesen sind die wirklichen Herrscher der Erde und es gibt kaum einen Landstrich, den sie nicht erobert haben. Jedes Individuum hat seinen bestimmten Platz und die ihm auferlegte Aufgabe, für die es lebt und ausfüllt.

Von nichts lassen sich diese Insekten ablenken. Sie rotieren wie ein sprichwörtliches Uhrwerk. Er nimmt ein kleines Stöckchen und legt es quer über den Ameisenpfad, dass nun wie eine

Schranke wirkt. Es kommt zu einem Stau, den die Tierchen zu überwinden suchen. Eines rennt wie wild am Hölzchen entlang, bis es dessen Ende findet. Ebenso lang dauert es, bis der ursprüngliche Weg gefunden ist. Kaum hat die Ameise ihn betreten, folgen die Anderen den Duftstoffen, die sie dabei abgesondert hat. Nur kurze Zeit später ist alles wieder im vorherigen Fluß.

»Du solltest besser auf deinen Weg achten«, erklingt hinter ihm eine sonore Stimme. Er braucht sich nicht umzudrehen, er kennt auch so den Mann.

»Mein Pfad ist sicher«, antwortet er. »Wie sonst kommt es, dass du dich so wohl auf ihm fühlst?!«

»Überschätz dich nicht. Auch du wirst eines Tages einsehen, wie oft du irrtest.«

»Wir tun alle das, was uns aufgetragen wird.«

»Immer loyal und treu. Ist selten geworden.«

»Sprichst du von dir?«

»Loyalität wird nicht immer gut entlohnt.«

Bisher hat er unumwunden die Ameisen beobachtet. Eigentlich will er sich auch nicht dem zuwenden, der ihn seit Anbeginn auf den Fersen ist. Jetzt kann er nicht anders.

»Loyalität kommt von hier«, sagt er scharf und mit aufgelegter Hand aufs Herz. »Doch das sagt dir ja nichts.«

Der Mann lacht verhalten auf.

»Du solltest mit deinen Äußerungen wirklich vorsichtiger sein, Freund. Wie leicht könnte es zu Missverständnissen kommen.«

»Ich kenne dich nicht anders. Bloß das deine Drohungen bei mir unwirksam bleiben.«

Demonstrativ ruhig wendet er sich wieder seinen Beobachtungen zu.

»Vielleicht ist es so, Cheveyo, vielleicht aber auch nicht. Aber bedenke stets, dass die Zeit gegen dich spielt. Ich bin nicht der Feind!«

»Was suchst du dann hier? Spionierst du mir denn nicht

nach?«

Der Mann lacht.

»Mach dich doch nicht lächerlich! Du jagst einem Phantom nach. Mann nennt dich nicht ohne Grund den ›Geisterkrieger‹.«

»Nur weil keiner von euch sieht, was uns alle bedroht, heißt es noch lange nicht, dass es *Geister* sind, gegen die gekämpft werden muss. Ich sage dir nochmal: Das sind Gegner aus Fleisch und Blut.«

»Und wo stecken sie dann? Keiner hat sie je zu Gesicht bekommen!«

»Dennoch sind sie allgegenwärtig«, entgegnet Cheveyo ruhig. »Sei froh, dass du sie bisher noch nicht gesehen hast. Denn dann ist es zu spät.«

Der Mann wird blass. Cheveyos Gelassenheit wirkt bedrohlicher, als jede anders geartete verbale Äußerung. Der vermeintliche ›Geisterkrieger‹ ist seiner Sache ungemein sicher. Sollte doch etwas Wahres dran sein? Urteilt er vorschnell?

»Ich werde dich im Auge behalten, Cheveyo. Dann werden wir ja sehen.«

Eine Weile wartet der ›Geisterkrieger‹ in vornüber gebückter Beobachtungshaltung. Als er wahrnimmt, dass die Motoren verstummen, richtet er sich auf.

»Ja, Tonweya, wir werden sehen …«

TEIL 1

GEHEIMNISVOLLE BOTSCHAFTEN

»Die meiste Zeit verliert man damit,
dass man Zeit gewinnen will.«

John Steinbeck

Eins

Undurchdringlicher Dschungel ist auf Nosy Be die vorherrschende Kulisse. Das feuchte Klima ist selbst für den in Nordamerika beheimateten Nayati gewöhnungsbedürftig. Hohe Luftfeuchtigkeit legt sich um seine Brust, wie ein zu eng geschnürtes Korsett. Viel zu oft ringt er nach Luft, die von Wassertröpfchen übermässig geschwängert ist. Vom Indischen Ozean her weht eine kaum merkliche Brise an diesem Tag. Von Abkühlung kann keine Rede sein.

Gleich hinter dem weißen Sandstrand beginnt der Regenwald, aus dem die typische Geräuschkulisse zu ihm dringt. Der vulkanische Boden lässt die Vegetation dieses Landstrichs – der in Malagasy »Große Insel« bedeutet –, in aller Herrlichkeit gedeihen. Einmal werden hier sechzigtausend Menschen leben. Die Riesenbäume, mit ihren knapp vierzig Metern, wird es auch dann noch im geschaffenen Naturreservat geben. Von den späteren elf Kraterseen gibt es jetzt bereits neun. Diese werden dann von den Sakalava als heilig und Heimat der Ahnen angesehen und verehrt. Nur barfüßig und in einem Wickeltuch gehüllt, darf man sich ihnen nähern.

Vom Lakobe aus, der höchsten Erhebung der Insel, sind die Nebeninseln und das zehn Kilometer entfernte Madagaskar gut zu sehen.

Nosy Be ist zu seiner Wahlheimat geworden. Etwa zweitausend Jahre in der Vergangenheit, ist die Insel noch unbesiedelt und er kann sich relativ frei bewegen. Erst im fünfzehnten Jahrhundert werden Swahili und Händler aus Indien hier heimisch werden.

Seit Nayati dem ›Kristallenen Kreis‹ angehört, nutzt er Nosy Be als Rückzugsort. Hier bereitet er sich auf zukünftige Missionen vor, schöpft Kraft und sinnt über das weitere Vorgehen nach. Gewahrer sein bedeutet stets den Blick zu erweitern und mehr zu sehen, als andere. In den letzten drei Jahren bestand sein Leben hauptsächlich in der Aneignung der Geschichte des ›Kreises‹ und des Kodexes. Tagtägliches Studium ist ermüdend und energiezehrend. Als Ausgleich nimmt er gern die natürliche Stille Nosy Bes in Anspruch.

Ihm verbleiben noch zwei Jahre aufopferungsvollen Lernens. Dann darf der Gewahrer das erste Mal ins Heiligtum des *Hüte-Kreises* vorstoßen; Zartaks Mond Uridräo. Dort soll ein uralter Stützpunkt der Arimeaner existieren, die einst die ›Sternenbruderschaft‹ ins Leben riefen, um das wirklich Wahre zu huldigen: dem Leben. Zahllose Legenden rangen sich um diese sagenumwobene Bruderschaft. Sie sind Teil dessen, was Nayati studiert.

Auch die alten Griechen wussten offenbar davon. Ptolemäus beschrieb in der antiken Astronomie bereits ein darauf zurückzuführendes Sternbild am Rande der Milchstraße. Mythologisch betrachtet soll das Sternbild der Schlange deren *Träger* darstellen; Asklepios, der Heilkundige, um dessen Stab sich eine Schlange windet. Seit altersher das Symbol der heilenden Kunst weltweit.

Etwa dreiundsiebzig Lichtjahre von der Erde entfernt ist Serpentis das hellste Gebilde des Sternbildes Schlange. Dabei soll es sich um einen Riesenstern handeln, dessen Leuchtkraft des solaren Systems um mehr als das dreißigfache übersteigt.

Dorthin wird es ihn als nächstes verschlagen. Ein wichtiges Etappenziel, um tiefer in die Gründe des *Hüte-Kreises* hinabzusteigen. Wofür die ›Sternenbruderschaft‹ Abertausende von Jahren benötigte, wird er innerhalb kürzester Zeit in sich aufnehmen und verinnerlichen. Hätte das sein Vorgänger Nayati vorher gesagt, er wäre vermutlich niemals in dessen Fußstapfen getreten. Der Reiz des Unbekannten war stärker, als detailliertes Nachfragen. Nun gibt es kein Zurück mehr.

Gleichfalls gilt es das Artefakt vor Zugriff zu beschützen. Noch trägt er es direkt am Körper, was natürlich nicht die günstigste Option darstellt. Somit ist einem unautorisierten Zugriff Tür und Tor geöffnet. Dies ist ebenfalls ein Grund, weshalb Nayati Nosy Be auserwählt hat; ein menschenleeres

Stück Land, deren derzeitig einzige Bedrohung im wilden Dschungel liegt.

Ein selbst zusammengestellter Mix aus Kräutern, bestimmten Baumrinden und Wurzeln verschiedener Pflanzen, in konsequenter Dosierung, versetzen ihn in einen spirituellem Trancezustand. Ein «Geisttor» öffnet sich, durch das er in eine Welt gelangt, in der er eigene hautnahe physische Erfahrungen macht. Die Rezeptur stammt aus den Anfangszeiten des Bundes. Damalige Initiatoren suchten nach einer schnellen Möglichkeit, Erfahrungen und geschichtliche Ereignisse fühlbar weiterzugeben. Das Ergebnis ist beeindruckend effektiv.

Seine indianische Herkunft begünstigt den Dämmerungszustand. Mit halb geschlossenen Augen sitzt er regungslos und in sich gesunken da. Während sein Körper in der Gegenwart verharrt, begibt sich der Geist in eine weit zurückliegende Vergangenheit zurück. Vor ihm entsteht eine längst vergangene Kultur. Fremdartige Gebäude zeugen von intelligentem Leben. Menschenähnliche Gestalten ziehen wortlos vorüber, die Gesichter tief im Stoff der Umhänge verborgen. In Reih und Glied marschieren sie in Richtung eines Berges. Nayati kann sich frei bewegen, da nur sein Geist anwesend ist. Dennoch reiht er sich in die Prozession ein und folgt den Verhüllten.

Über eine künstliche Plattform gelangen sie über das Wasser. Drüben auf der anderen Seite strömen die Ersten ins Allerheiligste. Der Strom von Personen will nicht versiegen. Nayati wendet sich um. Hinter ihm folgen mindestens noch Mal so viele. Es fällt kein Wort. Die Köpfe nach unten gebeugt, folgen sie ergeben den Vorgängern.

Es dauert, bis Nayati seine Körperlosigkeit bewußt wird, und dementsprechend ist er für andere nicht existent. Er löst sich aus dem Glied heraus, erreicht allmählich an Höhe. Kurz darauf wird ihm bewusst, dass er über die Szenerie schwebt.

Als es ihm das erste Mal passiert ist, kam es zu unmittelbaren Abbruch und somit zum urplötzlichen Erwachen aus der

Trance, was zur Folge hatte, dass er mehrere Tage orientierungslos blieb. Seiner ausgesprochenen physischen und vor allen psychischen Widerstandsfähigkeit ist es zu verdanken, dass er ohne bleibende Schäden aus dem Traumzustand herauskam.

Im Laufe seiner *Ausflüge*, lernt er sich dementsprechend zu bewegen, sodass eine Rückkehr jederzeit sicher stattfindet.

Jedesmal beginnt die Vergangenheits-Reise am selben Ort. Es ist fast wie ein alter dicker Wälzer, dessen Buchrücken durch das Aufschlagen immer der selben Stelle gebrochen ist. Man wird sich vergeblich mühen, *nicht* diese Seite aufzuschlagen.

Sei es, wie es sei – da muss er durch! Mit der Zeit hat er es soweit in Griff, dass er sich frei bewegen kann. Speziell gelingt es bestimmte Orte aufzusuchen, ohne den erwähnten Startpunkt. Je öfter Nayati seine *Ausflüge* unternimmt, umso sicherer wird er.

In den arimeanischen Annalen findet der Gewahrer wichtige Hinweise auf die politisch-gesellschaftlichen Gegebenheiten. Ein äußerst friedfertiges Volk, keine Kriege untereinander. Evolutionär gab es bereits anfangs einen elementaren Sprung zur Intelligenz. Kaum Tierarten, dafür jedoch Abertausende Arten von Pflanzen.

Eine seltsame Welt! Nicht vergleichbar mit der hiesigen, in der das Leben ebenfalls sprießt und gedeiht, aber in der Vielfältigkeit in nichts nachsteht. Dennoch würde er niemals tauschen wollen …

Eine Sache beschäftigt ihn am meisten. Nach der Prozession wechselt das Geschehen stets ins dunkle, kalte Weltall, dessen Leere von einem umherirrenden Asteroiden seltsamen Materials ausgefüllt wird. Bruchstücke umkreisen ihn, die aber aus ganz normalen Gestein und Eisklumpen besteht, also nicht seine ursprüngliche Materie entspringt. Es verschafft ihm Kopfzerbrechen. Weder ist erkennbar, woher der Asteroid stammt, noch wohin die Reise geht. Und doch taucht er immer wieder auf.

Als Ausgleich unternimmt er ausgiebige Spaziergänge. Die Insel ist dafür prädestiniert und eignet sich hervorragend, auf andere Gedanken und den Kopf frei zu kommen.

Geraschel von allen Seiten. Auch nach den vielen bisherigen Besuchen, stellen sich bei all dem Geräuschwirrwarr immer noch sämtliche Nackenhärchen auf. Wer kann schon sagen, was sich da gerade in unmittelbare Nähe hinter all dem Pflanzengrün verbirgt und vielleicht nur auf eine günstige Gelegenheit wartet? Solche Gedanken sind nur schwer verdrängbar!

Er atmet auf, als alles ruhig bleibt.

Aber ist *wirklich* alles so ruhig?

Nayati verharrt mitten in der Bewegung. Im Pflanzenschatten bewegt sich etwas. Er hält die Luft an. Sein langer Blick lässt bald die Augen brennen, so angestrengt starrt er auf besagter Stelle. Für den Moment kann er nichts ungewöhnliches ausmachen.

Beruhigt geht er an den von leichten Wellen umspülten Strand zurück. Das Wasser ist warm, kühlt kaum seine nackten Füße ab. Im Schatten eines *potameia crassifolia* lässt er sich mit einem argwöhnischen Blick Richtung mysteriösen Schatten nieder. Etwas ist dort! Seine indianischen Wurzeln lassen sich diesbezüglich nicht ohne weiteres täuschen.

Leichter Wellenschlag macht ihn müde. Es dauert nicht lang und seine Lider werden schwer. Auf der Stelle driftet er in einen unruhigen Schlaf.

Ein lauter Knall, einhergehend mit spürbarer Bodenvibration, bringt ihn wieder zu sich. Von der idyllischen Ruhe ist nichts mehr übrig. Er springt auf.

Leichte Erdstöße bringen die Bäume zum Wanken. Aus den kleinen Wellen sind halbmannshohe Brecher geworden. Von überallher rumort und grummelt es gefährlich. Vergessen ist die geschätzte und beschauliche Ruhe, die diesen Landstrich so auszeichnet. Damit scheint es vorbei.

Schnell nimmt er die Lage in Augenschein. Durch den dichten Dschungel ist es unmöglich, weiter ins Landesinnere zu sehen. Das anhaltende Rumoren deutet auf einen Vulkanausbruch hin.

Ohne weiter darüber nachzudenken, rennt er los. Die einzige Möglichkeit, Nosy Be zu verlassen, ist das alte arimeanische Glasgefährt. Dieses Artefakt ermöglicht dem Gewahrer, ziemlich frei in Raum und Zeit zu bewegen und ist das Vermächtnis seines Vorgängers. Nun gilt es, das Fortbewegungsmittel rechtzeitig zu erreichen, sonst käme er niemals mehr von hier fort.

Für einen Moment verliert Nayati die Orientierung. Alles herum schwankt eigenartig und ihm wird schwindlig. Der gesamte Dschungel ist in Aufruhr. Hektisches Geflatter und Gekreische weht heran. Äste brechen. Obwohl er nichts sehen kann, ist die drohende Gefahr deutlich spürbar. Vogelschwärme verdecken daraufhin den Himmel. Es wirkt wie ein warnender Fingerzeig, die Insel endlich zu verlassen.

Bis zum arimeanischen Gefährt sind es weniger als hundert Schritt. Unter einem Riesenbaum, eines *canarium madagascariense*, hat er es sicher abgestellt; dachte er jedenfalls, denn durch die ruckartigen Erdbewegungen stellt es sich nun als nicht ungefährlich dar. Einzelne Verwerfungen machen aus dem vorherigen Trampelpfad einen abenteuerlichen Parcours.

Er rennt los. Hinter ihm tobt das Meer, es kocht regelrecht. Die Brandung nimmt dramatisch zu. Und das unterirdische Rumoren wird ebenfalls stärker.

Der Gewahrer kommt ins Stolpern. Er versucht auszubalancieren, was ihn jedoch angesichts eines weiteren Erdstoßes nur halb gelingt. Hart wird er aus der Bahn geworfen und prallt mit einem dicken Ast zusammen, der ihn den Atem raubt. Er hält er sich die schmerzende Brust, japst wie ein des Wassers beraubter Fisch.

Abermals baut sich innerhalb Nosy Bes Spannung auf.

Dann setzt urplötzlich Stille ein. Kein Laut dringt zu ihm. Schlagartig soll alles vorbei sein?

Benommen geht er langsam weiter. Überwindet einen umgestürzten Baum, der das Glasgefährt nur um Haaresbreite verfehlt hat. Etwas stimmt nicht! Er kann es fühlen. Aber er kommt nicht darauf. Im Inneren des Gefährtes ist alles so, wie er es verlassen hat. Trotz des beschränkten Platzes finden sich mehrere Kisten an Bord, die die gesamte Rückwand verdecken. Wichtige Dinge, auf die er nicht verzichten mag.

Nayati nimmt dazwischen Platz. Draußen hält die absonderliche Ruhe an. Sogar der Wind ist verstummt. Eigentlich könnte er auch hierbleiben. Ist ja nichts passiert und wie es aussieht, wird auch nichts passieren. Aber mit der Ruhe ist es vorbei. Und er glaubt zu ahnen, dass sie so schnell nicht wiederkehren wird.

In dunklen Gedanken versunken, leitet er den Startvorgang des Zeittransmitters ein. Er wird das Gebiet überfliegen, um seine Neugierde zu besänftigen, bevor er in die eigene Zeit zurückkehrt. Er hasst es, wenn Unklarheit herrscht.

Lautlos umhüllt das Gefährt der Energie-Schutzschirm. Die Zeichenfolge eingebend, lässt er die letzten Augenblicke noch einmal Revue passieren. Dann löst er sich ins Nichts auf.

Zwei

Vereinigtes Königreich, Gegenwart.

In klaren Nächten leuchten die Sterne am Firmament besonders eindrucksvoll. Natürlich sollte man sich außerhalb des Lichtsmogs befinden, der in der Welt in sämtlichen Großstädten den Genuss derartiger Beobachtungen stark schmälert, wenn nicht gar gänzlich unmöglich macht. Was die Wenigsten wissen, sind in Stadtnähe gerade einmal zweitausend Gestirne zu sehen; gerade Mal ein Drittel aller außerhalb der Ballungsgebiete Sichtbaren. Sternenfreunde suchen deshalb höher liegende Gegenden auf. Von den Einen als Eigenbrötler und Träumer belächelt, gelten sie bei den Anderen als Kenner himmlischer Darstellungen.

Auf Olivia trifft wohl letzteres zu. Sie liebt alles was mit Sternen zu tun hat. Seit Kindheitstagen an. Interessiert lauschte sie, wenn Dad ihr Geschichten erzählte. Davon konnte Klein-Olivia nie genug bekommen! Manchmal schaffte sie es, dass Dad noch eine zweite Geschichte anhing. So wurden aus der Gute-Nacht-Geschichte des Öfteren und zum Leidwesen Moms mehrere Stunden, in denen Dad seiner Fantasie freien Lauf ließ. Sogar ihren Freundinnen schwärmte sie vor, und Olivia ließ nicht locker, bis Dad endlich einwilligte, an einem Sonntagnachmittag die Kinder mit seinen Geschichten berieselte.

Benjamin teilt nur halbherzig ihre Vorliebe. Er hört Olivia zu, was in einer Ehe schon mal vorteilig ist. Das war's dann aber auch schon. Deswegen geht sie abends gerne allein spazieren. Dann ist sie frei – so wie damals, als kleines Mädchen und kann ungezügelt ihren Träumen nachgeben.

»Ein Lichtpunkt ist eine ganze Galaxy«, flüstert Olivia kaum vernehmlich.

Vom Horizont nähern sich Wolken.

›Kein guter Abend‹, findet sie. ›Wird ein sehr kurzer Spaziergang heute.‹

Die Sterne flackern im Dunst der Atmosphäre. Manche sind

klitzeklein und fast nur zu erahnen. Andere hingegen wirken groß und greifbar. Die Großen sind Planeten, weiß Olivia. Venus zum Beispiel – die römische Liebesgöttin, der Schönheit und des erotischen Verlangens. Doch Venus ist auch als Morgen- beziehungsweise Abendstern bekannt. Früher war den Menschen nicht bewußt, dass es sich bei beiden um das ein und dasselbe Gestirn handelte.

Für heutige Verhältnisse, in denen die Mythologie eine eher untergeordnete Rolle spielt, klingen solche alten Geschichten ziemlich weit hergeholt und wie aus einer anderen, Lichtjahre entfernten Welt. Dabei wird allerdings immer vergessen, dass es sich dabei um die gleiche Welt handelt, nämlich der Erde.

Unzählige Geschichten ranken sich darum, deren Inhalte geprägt sind von kulturellen und glaubensabhängigen Hintergründen. Jede Zeit hat ihren Glauben. Olivia lächelt. Sie selbst ist weder gläubig, im herkömmlichen Sinne, noch verteufelt sie Konfessionen von Grund auf. Wenn sie ganz ehrlich ist, dann stimmt das jedoch nicht wirklich. Eigentlich glaubt Olivia schon an etwas: Moderne Wissenschaft! Dadurch wurde der symbolische Horizont des Tellerrandes arg erweitert und die Sicht auf die Dinge haben sich grundlegend geändert.

Mein Gott! Früher wäre Olivia als Ketzerin verurteilt und auf den Scheiterhaufen verbrannt worden! Die kurze Eingebung versetzt sie in Angst. Ohne es zu wollen, schaut sie sich irritiert um. Keiner da! Allerdings will ihr nicht der sprichwörtliche Stein vom Herzen fallen. Von Erleichterung momentan also keine Spur!

Inzwischen treibt ein stärker werdender Westwind die dunklen Wolken weiter heran. Zusehends zieht sich der Himmel zu. Gedankenbeladen tritt Olivia den Heimweg an.

☆★☆

Im Hause Latham brennt im Dachgeschoss ein Licht. Karoline bleibt über Nacht bei einer alten Freundin. Somit ist Waylon allein zuhause. Die Abende verbringen sie in gemütlicher

Zweisamkeit; ein Privileg, welches es gelang, über all die Jahre zu erhalten. Doch an Abenden wie diesen verbringt der rüstige Senior meistens die Zeit damit, in alten Tagebüchern zu blättern.

Das Geschriebene versetzt Waylon in eine Zeit zurück, an die er sich kaum erinnern kann. Eigentlich fehlt jegliche Erinnerung! Jedesmal, wenn er die abgegriffenen Kladden in Händen hält, hat er den Eindruck, dass was da steht noch nicht gelesen zu haben. Dabei hat Waylon mehrmals von dieser eigenwilligen Lektüre Gebrauch gemacht.

Voll vertieft und die Stirn in tiefe Falten gelegt, liest er Wort für Wort. Manches muss er erst entziffern; dann flucht er innerlich über seine damalige ›Klaue‹. Alles in allem kommt es Waylon wie ein Bericht aus einer anderen Welt, mindestens jedoch eines anderen Lebens vor.

«In meinen kühnsten Träumen vermochte ich mir nie solch einen grandiosen Anblick vorstellen. Die Gänsehaut breitet sich wohlig aus und ich bin den Tränen nah.

»Dieser winzige Punkt ist Zartak«, erklärt Dako. »Das Zentralgestirn in diesem System.«

Es klingt stolz aus seinem Mund. Wahrscheinlich weiß er es selbst noch nicht so lang. Egal. Nicht die Namen sind wichtig, sondern der atemberaubende Anblick.

Old Way – so habe ich beschlossen, mein älteres Ich zu nennen und auch anzusprechen (ihm scheint es zu gefallen) –, wirft nur einen kurzen Blick zum Bildschirm, so, als interessiere es ihm nicht. Viel später erst werde ich begreifen, dass er durch meine Augen sieht, hat Old Way mir begreiflich gemacht. Heute verstehe ich es nicht. Auch unwichtig, irgendwie. Denn er hat bewiesen, dass die Erzählungen wahr sind.»

Er schaut auf. Älteres Ich? Zartak? Unwahrscheinlich, dass stimmt, was da steht! Klingt wie ein fadenscheiniger Entwurf zu einem Science-Fiction-Roman. Waylon legt die Kladde weg. Dies würde ja heißen, er war irgendwann da gewesen. Indiskutabel! Und noch nicht einmal ein Datum ist zu finden.

Verstört ergreift Waylon die Kladde erneut. Jede Seite einzeln durchblätternd sucht er nach eventuellen Hinweisen. So richtig allerdings ist er nicht bei der Sache. Ein Gedanke spukt durch seinen Kopf.

Von sich selbst Besuch bekommen! Das hat was! Und so fremd ist der Gedanke nun auch wieder nicht. Früher hat er sich das öfters vorgestellt und als witzig empfunden. Das ist lange her – verdammt lange …

«Sobald ich die Augen schließe, erwachen die Alpträume. Dann sehe ich immer die schemenhafte Umrisse des dunklen Turms. Sicht und Atmung fallen schwer; es scheint unmöglich zu sein, in dieser brodelnden Hölle zu überleben.»

Nachdenklich klappt Waylon das Buch zu. Der letzte Eintrag erschaudert ihn regelrecht – und das jedes Mal. Die Gänsehaut erfasst den gesamten Körper. Er presst die Augenlider zusammen, hält den Atem an. Dann versucht er gleichmäßig ein- und auszuatmen. Bald beruhigt er sich wieder.

Das Telefon läutet. Abwesend sucht Waylon das Mobilteil, kann es jedoch nirgends sehen. Ein Blick auf die Uhr verrät ihn, dass es nach neun Uhr Abends ist.

»Wer ist das denn jetzt«, brummt er mürrisch vor sich hin.

Der Anrufer ist einer von den Hartnäckigen, die nicht so leicht aufgeben. Das nervt!

Langsam setzt er sich in Bewegung und folgt dem Klingeln. Durch die Deckenluke hört er es unten im Flur. Mit Wut im Bauch steigt Waylon die Klappleiter hinab.

»Hat man denn niemals seine Ruhe«, brummelt er.

Ein Fuß verfehlt eine Holzsprosse und tritt ins Leere. Gerade noch kann sich Waylon festhalten. Dabei macht sein Knie die Bekanntschaft mit einem Querholz.

»Verdammt«, zischt er vor Schmerz.

Währenddessen läutet das Telefon unvermindert weiter.

»Ja, ja.«

Solchen Leuten gehört es verboten, ein Telefon zu haben! Die haben keinen Anstand und scheuen sich nicht, braven

Mitmenschen deren wohlverdiente Ruhe zu gönnen!

Im unteren Flur angekommen sieht Waylon schon von Weitem das Telefon, deren Display blau leuchtet. Prüfend schaut er darauf.

»Keine Nummer?!«

Er ist gewillt, den Anruf zu ignorieren. Doch irgendetwas sagt ihm, es könne wichtig sein.

»Latham hier!«

☆★☆

»Schon wieder Juli«, sagt Benjamin, und es klingt ein wenig wehmütig.

»Ja, die Zeit rennt«, entgegnet Olivia. »Irgendwie ist alles so kurzlebig.«

Beide sitzen auf der Terrasse.

»Gerade noch saßen wir hier alle zusammen und haben das Neue Jahr begrüßt.«

Olivia nickt.

»Dad gab seine Geschichten zum Besten ...«

Sie lachen.

»Wo nimmt er nur alles her?«

»Er hat eben seine kindlich überschwängliche Fantasie sich bewahrt. Das war schon immer so.«

»Den Kindern gefällt's, dass ist die Hauptsache.«

»Mir auch, Ben.«

»Ich sag ja nicht ...«

»Was?!« Olivia wirkt angespannt.

»Ich find es ja toll ...«

»Aber?!«

»Manchmal wirkt es ... aufgesetzt ...«

Sie setzt sich aufrecht hin und verschränkt die Arme.

»Aufgesetzt ...«

»Ich weiß auch nicht, wie ich es anders beschreiben soll. Mir fällt kein besserer Ausdruck ein.«

Olivias Gesicht ist wie versteinert. Ihr Blick wird bohrend.

»Du magst meinen Dad nicht, gib's doch zu!«

»Quatsch. Dreh mir doch nicht das Wort im Mund rum.«

»Ach, jetzt bin ich wieder Schuld!«

»Nein, Liv. Das hab ich doch nicht gesagt …«

»Aber gedacht!«

Benjamin atmet hörbar durch. Es ist komisch, wie aus einer so daher gesagten Plattitüde ein handfester Streit entbrennen kann. Ein banaler Auslöser – mit fatalen Folgen. Der gemütliche Teil des Abends jedenfalls ist vorbei.

Zur Bestätigung klingelt auch noch Olivias Handy.

☆★☆

Waylon glaubt den Boden unter den Füßen zu verlieren. Das, was er soeben erfahren hat, verschlägt ihn die Sprache. Er wankt bedenklich. Sein Blutdruck steigt, ihm wird übel. Das Blickfeld wird von winzigen, flirrenden Lichtpunkten in der Netzhaut stark eingeschränkt.

Er steht unter Schock!

Es will ihn nicht so recht in den Kopf, was der Anrufer gerade behauptet hat. Waylon kennt dessen Stimme, oder glaubt sie zu kennen. Plötzlich ist *alles* anders. Seine Gefühlswelt wurde von einem auf den anderen Moment auf den Kopf gestellt. Die massive innere Unruhe macht ihn nervös und anfällig. Ein Satz prangt drohend in feurigen Lettern am geistigen Horizont Waylons. Wider jeglicher Vernunft und Logik ertönt gleichzeitig hallend die Anruferstimme, mit immer denselben Worten.

»Der *ahbleza* ist tot!«

Auf den ersten Blick betrifft es Waylon nicht. Er weiß noch nicht einmal, was ein *ahbleza* sein soll. Dennoch versetzt diese Aussage sein Inneres erdbebenartig in einen unbeschreibbaren Zustand.

☆★☆

Der schrille Schrei kommt aus dem Wohnzimmer. Benjamin

springt auf und stürzt ins Haus. Zu seinem Entsetzen findet er Olivia zusammengesunken auf der Couch liegend vor. Er eilt zu ihr.

»Livia, was ist mit dir …«

Sie stöhnt erschreckend laut. Äußere Anzeichen einer Verletzung gibt es nicht, die ihren Zustand erklären. Hat das etwa mit dem späten Anruf zu tun?

»Livia. Sag was!«

Ihre Stirn ist fiebrig heiß. Kalter klebriger Schweiß überzieht die Haut. Zudem ist sie unnatürlich bleich.

»Olivia!«

Er schüttelt sie. Panische Angst ergreift ihn. In diesen Augenblick reißt Olivia die Augen übermäßig weit auf.

Drei

Es ist so weit: Zum ersten Mal betritt Nayati den Boden Uridräos. Durch die perfekten Beschreibungen seines Vorgängers findet er sich gut zurecht. Der alte arimeanische Stützpunkt ist rasch gefunden und der Zugang geöffnet. Der greise, scheidende Mann hat jedes kleine Detail so plastisch beschrieben, dass es Nayati nun leichtfällt, sich zu orientieren. Zielsicher schlägt er eine bestimmte Richtung ein.

Sein Interesse gilt der überwältigenden technischen Überlegenheit der Außerirdischen. Eigentlich ist er selbst auf diesem Mond ein *Außerirdischer*, was jedoch absolut nichts an der Sachlage ändert. So rasch ihn seine Füße tragen, folgt er dem unterirdischen Weg, der ihn direkt ans Ziel führen wird.

Von der magisch wirkenden Wandbeleuchtung beeindruckt, überkommt ihn jetzt doch ein erhebendes Gefühl. Wenn man sich vorstellt, dass alles von jemanden erbaut worden ist, den es seit Jahrtausenden nicht mehr gibt, wird man automatisch demütig gegenüber der Vergänglichkeit.

Seine Schritte werden abrupt langsamer. Die Lichtdarstellungen sind verdammt plastisch und wollen den Betrachter mit sich ziehen. Für menschliche Begriffe einfach nur wunderschön! So etwas gibt es auf der Erde nicht. Die fremde Zivilisation ist denen der Menschen weit voraus; und das zu einer Zeit, in der wahrscheinlich der erste Primat auf der Erde noch auf den Bäumen lebte.

Nayati bleibt stehen. Das dreidimensionale Bildnis erinnert an etwas. Zugegeben: Von solchen Dingen hat er keine Ahnung. Dennoch glaubt er, zu kennen, was er da sieht …

Zaghaft geht Nayati weiter, ohne den Blick abzuwenden. Im Tunnel herrscht eine mysteriöse Atmosphäre, die durch türkisfarbenes Licht noch verstärkt wird. Während Nayatis Schritte von den Wänden zurück hallen, dringt ein Grundgeräusch an sein Ohr. Erneut bleibt er stehen. Es ist ein dumpfer, tiefer Ton, der von überallher kommt. Die Luft vibriert; Nayati kann die Luftmoleküle deutlich spüren. Er schließt die Augen, saugt den Augenblick auf und gibt sich ihm mit jeder Faser seines Körpers hin. Eine Weile verharrt Nayati, dann steigt er bedächtig die schmalen Stufen hinauf.

Trotz des fahlen, indirekten Lichtes, das von den Wänden ausgeht und unaufdringlich den Gang erhellt, reicht es aus, um die Unebenheiten des Bodens auszumachen. Inzwischen ist der tiefe Ton verstummt. Überhaupt ist es sehr still geworden, sogar die eigenen Schritte haben den hallenden-klappernden Klang verloren.

Der Öffnungsmechanismus der steinernen Geheimtür setzt sich schleifend in Gang, nachdem Nayati den Öffnungscode eingegeben hat. Mit Spannung beobachtet er, wie der Fels rappelnd zur Seite gleitet und die Sicht freigibt. Und da steht er nun inmitten arimeanischer Technik.

Atemberaubend der Anblick, den der Gewahrer erstmal auskostet. Zuhause schreibt man das Jahr 1829. Da gibt es nichts Vergleichbares, das auch nur im Entferntesten Rückschlüsse zulassen würde, um diese Technologie zu verstehen. Zwar gelingt Nayati sich vereinzelte Erklärungen seines Vorgängers ins Gedächtnis zu rufen. Das war's aber schon. Einzig die gläsernen Kästen sind ihm vertraut, benutzt er doch den seines Mentors.

Er muss nicht lange suchen und findet was er sucht: Die Aneinanderreihung der Bildzeichen. Vogel – Unendlichkeit – Erde – Wasser – Luft – Pi und *das* bestimmte Zeichen; das Zeichen kennen nur wenige Auserwählte in der Gilde. Als hätte er schon einmal die Kombination eingegeben, gelingt ihm die Prozedur erstaunlich flink. Unzählige Lichtstreifen erscheinen und die Piktogramme lösen sich in Luft auf. Um Nayatis Mund zuckt es; wider erwarten ist er innerlich äußerst angespannt.

Eine wabernde, etwa vier Quadratmeter große Hologrammfläche entsteht. Aus den sichtbar werdenden Molekülen entsteht das plastische Abbild des *Kreis*-Gründers. Der lange, aufwendig geflochtene Haarschopf gibt den ansonsten steinernen Gesichtszügen und den großen, stechend eisigen Augen etwas menschlich vertrautes.

»Willkommen, Gewahrer«, beginnt das Hologramm mit tiefer Baritonstimme. Nayati vergeudet keine Zeit darüber nachzudenken, warum er das Altarimeanische versteht. »Du bist einer der Auserwählten, der für die Sicherheit des Kristalls und somit unserer Gilde von nun an verantwortlich ist. Dir obliegt es, nach dem Kodex zu verfahren, um sicherzustellen, dass bisher Bewahrtes für immer bewahrt bleibt.«

Es folgt eine kurze Pause. Nayati mustert das holographische Abbild und versucht darin zu lesen. Laut den Geschichten des Mentors handelt es sich bei dem Hologramm um einen Arimeaner. Etwas stört Nayati, kann es jedoch nicht fassen. Ehe er weiter darüber nachsinnen kann, fährt der Fremde fort: »Folge dem Kodex, Gewahrer! Im Namen des Allerersten und Wahrsten der Gilde, nimmst du den Auftrag an?«

Es folgt eine Pause, nach dieser rein formellen Frage. Nayati reagiert nicht, da er genau weiß, dass das Hologramm künstlich ist, also kein wirklicher Gesprächspartner. Dennoch wirkt der Sprecher, als warte er auf eine Antwort. Nayati nickt.

Die Barritonstimme ertönt erneut, wie Nayati findet, noch leidenschaftlicher wie vordem. Er erfährt – blumig ausgeschmückt – die Geschichte des Kreises und dessen Beweggründe. Bedenkt man die Aussagen des *Wächters* und wie er diese rüberbringt, wirkt alles irreal altmodisch. Im groben hat Nayatis Mentor die Geschichte umrissen, sodass er nur halbherzig zuhört. Vielmehr beobachtet Nayati das holographische Abbild genauer. Und nun wird ihm klar, was stört: Die Lippenbewegungen stimmen nicht mit dem Gesprochenen überein!

1829 gibt es auf der Erde noch nichts derartig vergleichbares. Der erste Film wird erst in knapp siebzig Jahren gezeigt werden, und mit Ton wird noch ein ganzes Jahrhundert vergehen. Dessen ungeachtet nimmt Nayati die Hologramm-Wiedergabe als gegeben an, und hat auch sonst kaum Berührungsängste. Zwar versteht er nicht, welche Technik dahintersteckt, verteufelt sie aber auch nicht als gotteslästerndes Werk.

»… überlegt einsetzen. Der Zeitgleiter erlaubt dir, dich frei zu bewegen. Bedenke und achte aber immerzu darauf, den Gleiter nie für die Vergangenheit zu nutzen.«

Das ist neu! Darüber verlor der Mentor kein Wort!

Wieder wartet der Hologramm-Sprecher auf Nayatis Reaktion, der wiederum gedankenvoll nickt.

»So sei es, Gewahrer. Folge nun dem Kodex und deinem Herzen!«

Die holographische Fläche fällt in sich zusammen.

Die mahnenden Worte des *Ersten Wächters* wirken noch Tage nach. Demzufolge bleibt Nayati in der Pyramide. Sei es aus Furcht vor Fehlbedienung des Zeitgleiters, durch die er vielleicht doch in eine Zeit gelangt, die weit im Gestern liegt.

Die in der Pyramide zeitüberdauernden Artefakte behandelt er mit ehrfürchtigem Respekt. Meist steht Nayati lang vor einem und starrt es einfach nur an. Ob dabei Überlegungen für den jeweiligen Zweck des Gerätes eine Rolle spielen, weiß er nicht einmal selbst.

Am vierten Tag obsiegt der Tätigkeitsdrang. Motiviert verlässt Nayati die Pyramide und denkt über die weitere Vorgehensweise nach. Es will gut überlegt sein. Auf seinen Schultern lastet eine unüberschaubare Bürde, ist doch von nun an er für den Erhalt und die Sicherheit des fremden Relikts verantwortlich. Und niemand darf davon wissen!

Unvermittelt veränderte sich sein Leben. Das schlagartige Auftauchen des Mentors brachte die Wende, die so nicht absehbar war. Von einem Moment auf den Anderen musste er sich entscheiden.

Und er entschied sich …

Vier

Gegenwart.

Olivia wirkt verstört, als sie neben Benjamin sitzt. Ihre Augen hat sie weit aufgerissen. Durch ihren Aufschrei sind die beiden Kinder wach geworden und stehen verschreckt in der Tür. Mit ängstlichem Blick schauen sie zu den Eltern herüber.

»Liv … sag doch was«, fleht Benjamin leise. Noch immer hat er keine Ahnung davon, was seiner Frau widerfahren ist.

Stumm starrt sie apathisch vor sich hin.

»Olivia? Wer war das am Telefon?«

Seine innerliche Verzweiflung schlägt sich auf die vibrierende Stimme. Er hat den Arm ihr auf die Schulter gelegt und zieht sie sanft zu sich heran. »Wer hat dich so erschreckt?«

Einige Augenblicke herrscht angespannte Stille. Benjamin wartet innerlich aufgewühlt auf eine Erklärung und Olivia scheint nach Worten zu suchen.

»Was hat Mom«, tuschelt Amelia.

»Bestimmt was Schlimmes«, wispert Jason zurück. »Was ganz Schlimmes …«

Jasons Worte versetzen die Schwester in noch mehr Angst, als es ohnehin bereits der Fall ist.

Schweigend hält Benjamin seine Frau im Arm.

»Er ist … tot«, beginnt Olivia unvermittelt, mit relativ fester Stimme.

»Wer, Darling?« Benjamin ist verwirrt.

»Der Gewahrer …«

»Der … *was*?!«

»Gewahrer«, antwortet sie, als wäre es das Selbstverständlichste der Welt.

Benjamin lässt Olivia los, rückt ein Stück ab.

»Wer soll das sein?«

»Ich habe keine Ahnung …«

Hat er eben richtig gehört? Sie nennt jemanden, von dem sie keinen blassen Schimmer hat?!

»Aber … aber …«

Mitten in der Erwiderung hält er inne. Ist Olivia verrückt geworden? Was ist nur in ihr gefahren?

»Ich begreife es doch auch nicht!« Ihre Stimme hat an Festigkeit deutlich verloren. »Er sagte nur, der Gewahrer sei tot, und ich wußte … irgendwie Bescheid …«

»Er?«

Olivia nickt.

»Kennst du ihn?«

»Nein. Aber ich kann es fühlen …«

»Was kannst du fühlen?«

»Das es mit mir zu tun hat.«

Für Benjamin ist es schlichtweg zuviel. Er braucht erstmal einen Cut! Er hebt abwehrend die Arme und steht auf.

»Ich komm da nicht mit.«

»Ich weiß doch auch nicht«, ruft Olivia hinterher, und leise setzt sie hinzu: »Ist nur so 'ne Ahnung …«

☆★☆

Der Schockzustand hält eine ganze Weile an; beängstigend lang. Waylon ist paralysiert. Nur ein Wort spukt immer wieder und wieder durch sein Gehirn: *ahbleza*! Er hat es noch nie gehört, doch irgendwie hat er den Eindruck, es zu kennen. Es ist nur ein Wort, ein Begriff für etwas, was in Waylons Innerem etwas angestoßen hat, was im Moment nicht greifbar ist. Ähnlich wie eine Fata Morgana, diese seltsame Luftspiegelung, deren Ausgangspunkt an völlig anderer Stelle zu finden ist. Genau diese Stelle ist unauffindbar. Unendliche Leere befindet sich an dieser Stelle – unergründliche Leere …

Allmählich kehrt Waylon in die Gegenwart zurück. Er fühlt sich ausgepowert und nicht hierher gehörig. Alles ist ihm fremd, obwohl er viele Jahrzehnte an diesem Ort Zuhause ist.

ahbleza!

Wie kann ein einziges Wort das ganze Seelenheil auf den Kopf stellen? Ist er etwa schizophren? Beherbergt sein Körper eine gespaltete Persönlichkeit, die sich im Alter nun herauskristallisiert? Eine beängstigende Vorstellung!

Waylon kann die Empfindung nicht abschütteln, dass *ahbleza* zu seinem Leben gehört oder gehört hat. Wie auch immer: Um nicht ganz verrückt zu werden, muss er das Rätsel lösen. Nur wo beginnen?

Vorläufig tritt Waylon auf der Stelle. Um nicht ganz *durchzudrehen* verlässt er das Haus. Frische Abendluft schlägt ihm entgegen; sie kühlt sein erhitztes Gemüt auf ein erträglicheres Maß herunter.

Als er das Tor des Vorgartens öffnet, fällt sein Blick auf dem Briefkasten.

»Nanu? Hab ich ihn noch nicht geleert?«

Unsicher öffnet er den Kasten und findet tatsächlich einen Brief vor. Das Papier fühlt sich pergamentartig an. In schwungvoller Handschrift ziert Waylons Name die Vorderseite. Auf der Rückseite ist ein Siegel aufgebracht. Ein reich verziertes »N« bildet den Mittelpunkt. Etwas undeutlich darunter ein Fragment einer Feder. Bei genauerer Betrachtung fällt Waylon einen kleinen Bruch des Siegelwachses auf; so, als sei das Siegel bereits gebrochen worden.

Keine Zeit verlierend kehrt Waylon um.

☆ ★ ☆

»Nun schlaft schön!« Benjamin drückt beiden Kindern einen Gute-Nacht-Kuss auf die Stirn und deckt sie zu.

»Wird Mom wieder gesund?«

»Mom ist nicht krank, Amy«, antwortet Benjamin seiner Kleinen ebenfalls mit leiser Stimme.

»Aber sie hat doch was!«

Ben schluckt den Klos im Hals hinunter, was allerdings nicht gut gelingt. Auch wenn Kinder vieles nicht verstehen: Ihr ausgeprägter Instinkt für Veränderungen versagt nie!

»Mom geht es gut«, versucht er es noch einmal. »Sie muss nur etwas nachdenken …«

»Über was muss Mom nachdenken, Daddy?«

Er schluckt erneut, während er fast panisch nach einer Antwort sucht. Vergebens …

»Lasst ihr euch scheiden?«

Jasons Frage trifft ihn wie ein Donnerschlag.

»Wie kommst du denn darauf? Nein! Natürlich nicht!«

Zwei traurige Augenpaare schauen zu Benjamin herauf.

»Manchmal haben auch Erwachsene Probleme, die nicht sofort gelöst werden können. Wir *Großen* denken dann meist lange darüber nach.«

»Wie lange?«

»Sehr, sehr lang, Jason. Manchmal viel zu lang …«

»Ich find Denken blöd«, wirft Amelia ein.

»Ist es auch – manchmal wenigstens.«

»Und warum macht ihr das dann?!« Es scheint Amelia zu nerven, dass das Denken eine so große Rolle im Leben der Erwachsenen spielt.

»Dadurch suchen wir nach einen Weg.«

»So einen, wie im Garten?«

Benjamin kann sich das Lachen nicht verkneifen.

»Ja, wie im Garten.«

»Also hab ich gedacht, als ich ihn machte?«

Letzte Woche fand Jason, dass das Gras der Wiese ein Muster verdient hätte. Es reichte ihm bis zum Bauche. Mit steigernder Freude entstand so ein Zickzack-Rund, welches stark an die verwirrenden Windungen eines Gehirns erinnerten, hätte man es aus der Vogelperspektive betrachtet. Allerdings war Benjamin nicht hoch erfreut darüber, wollte er doch am nächsten Tag die Wiese mähen.

Was soll er den Kleinen auf diese Frage antworten? Dass er nur mit Mühe seine Wut im Zaume halten konnte?

»Jason hat viel gedacht, stimmt's Dady?«

»Ja«, antwortet Ben wider besseren Wissens, geschickt in ein Lächeln gepackt.

»Stimmt's, Dad, du hast nicht geschimpft?«

»Ja, das ist richtig …«

»Siehst du? Ich hab's dir doch gesagt!«, ruft er seiner Schwester besserwisserisch zu. Amelia zieht beleidigt eine Schnute. »Kannst mir ruhig glauben, wenn ich dir was sage!«

Benjamin schaut beide abwechselnd prüfend an. Kleine Reibungspunkte müssen beide schon untereinander selbst ausmachen.

»Nun schlaft«, sagt er etwas müde. »Mom geht's morgen bestimmt wieder gut.«

Nun sehen ihn die Kinder prüfend an; so, als prüfen Sie den Wahrheitsgehalt seiner Aussage. Brav legen sich beide wortlos hin und erwarten den obligatorischen Gute-Nacht-Kuss, der auch prompt folgt. Als Amelia an der Reihe ist, schlingt sie schnell die Arme um Benjamins Hals, presst ihn an sich und flüstert: »Mach, dass Mom ganz schnell gesund wird!«

Er erwidert die stürmische Umarmung. Nachdem sie sich gelöst haben, schimmern kleine Tränen auf Amelias Wangen.

»Keine Sorge. Ich pass auf Mom auf.«

☆★☆

Das Papier knistert, nachdem Waylon das Siegel gebrochen hat und es nun entfaltet. Beim Anblick der Handschrift, die unbeholfen und kindlich wirkt – und mehr gemalt als geschrieben anmutet –, jagt ein eisiger Schauer ihm über den Rücken. Er sieht sich um. Plötzlich fühlt er sich beobachtet und in den eigenen vier Wänden nicht mehr sicher.

Waylons Hände beginnen zu zittern, als er endlich die Überschrift liest: «Mein Testament». Nocheinmal vergewissert er sich, allein zu sein. Lauscht übertrieben lang in die Stille des Hauses. Noch nicht einmal von draußen dringen die sonst üblichen Geräusche herein. Es scheint, die Welt hält den Atem an.

«Ich, Nayati Wikvaya, verfüge hiermit meinen letzten Willen im Falle meines Ablebens.»

Waylon hält inne, schluckt hart den sich bildenden Kloß im Hals hinunter. Mehrmals liest er den Einführungssatz. Nayati

Wikvaya! Woher in Teufels Namen kennt er diese Namen? Wobei *kennen* das falsche Wort ist. Waylon fühlt eine starke Bindung.

«Ich hinterlasse all meine weltlichen Güter meinem Sohne», liest Waylon weiter und stockt, als er seinen Namen entziffert.

»Was soll das denn!«, entfährt es ihn.

Kein Zweifel: Da steht *sein* Name!

«Die Zeit, die mir blieb, genügte nicht, um mich seinem Wohle zu widmen. Doch die gemeinsame Zeit wohnt in meinem Herzen.»

Erneut schluckt Waylon. Sein Erinnerungsvermögen versagt den erwähnten angeblich gemeinsam verbrachten Stunden. Ihm dreht sich alles! Mutter hatte nie erwähnt, dass sein Vater nicht der biologische Erzeuger gewesen ist. Liegt hier vielleicht ein Irrtum vor? So muss es sein! Anders ergibt es keinen Sinn!

Irgend jemand trägt den selben Namen wie Waylon.

Die haben sich in der Adresse geirrt, beruhigt er sich. Um sicher zu gehen, wendet er das Blatt und überfliegt die Adressangabe. Doch neben dem Namen ist seine Adresse korrekt angegeben.

Waylon fühlt Übelkeit aufsteigen. Sein Inneres will schreien! Die Schrift verschwimmt. Und dann wird es schwarz vor Waylons Augen …

☆★☆

Aufgeregt und mit ungutem Gefühl, übergibt Benjamin seiner Frau den seltsamen versiegelten Brief, den er soeben im Briefkasten gefunden hat, und der an Olivia Latham adressiert ist. Kurz hat er noch darüber nachgedacht, ob er ihn überhaupt heute noch gibt. Doch er hofft damit, endlich Olivia zum sprechen zu bewegen.

Olivia starrt den Brief eine Weile an, ehe sie das Siegel bricht. Dann wird sie immer blasser …

Fünf

An Uridräo schätzt Nayati die ungestörte, grenzenlose Freiheit seines Handelns. Er kann tun und lassen was er will. Sogar im Freien ungestört übernachten, denn bisher sind ihm noch keine Lebensformen begegnet, die gefährlich sind. Auch im Dschungel fehlt jedes tierische Leben.

Dagegen ist der üppige Pflanzenwuchs mit unzähligen Früchten das reinste Schlaraffenland. Die meisten kennt Nayati nicht, belässt es anfangs dabei, eine Beerenart zu verzehren, die denen auf der Erde am ähnlichsten sind und genauso schmecken. Zudem sind sie aromatisch und sättigen.

Sein jetziges Leben gefällt ihn immer mehr. Daheim bestand der Alltag im täglichen Kampf ums Überleben. Die Ureinwohner waren zurückgedrängt worden und fristeten ein jämmerliches Dasein. Gebiete, die einst stolzen Indianern gehört hatten, teilten die Weißen unter sich auf, die aus dem alten Europa gekommen und jetzt die Herren waren. Es wurden Verträge gemacht, die nur für die Weißen von Vorteil sind.

Tausende Indianer brachen auf, um nach Norden zu ziehen; nur die Wenigsten kamen an. Und die Situation wird nicht besser. Eingepfercht in Reservaten stirbt nach und nach die alte Kultur. Hier werden die Indianer geduldet, haben aber kaum Rechte. Solange sie stillhalten und tun, was von ihnen erwartet wird, dürfen sie weiterleben. Die alten Völker sind bezwungen und gedemütigt.

Hass ist Apathie gewichen. Unzählige Angehörige geben sich dem Feuerwasser hin, finden für einige Momente zu altem Gedankengut zurück und schwelgen in ruhmreicher Vergangenheit. Aufgestaute Rivalitäten untereinander enden oft in Mord und Totschlag.

Nayati hatte das Glück, in den Bergen der Heimat leben zu dürfen. Hier kannte er sich aus und erfuhr die Freiheit, die seinem Stamme größtenteils genommen wurde. Dennoch litt auch er oft Hunger. An der Schwelle zum Mannesalter wurde er zum Wilderer; denn jagen war den Dakotas strengstens verboten. Stattdessen mussten sie die Lebensmittel teuer in den Stores der weißen Kaufleute einkaufen oder bei Siedlern eintauschen. Beides war unverhältnismäßig und entbehrt jeder grundlegenden Regeln.

Von alldem ist auf Uridräo nichts zu spüren. Es gibt keine weißen Siedler, die – wären sie hierher gekommen – sämtliches Land in Beschlag genommen hätten, um es bis aufs Letzte auszubeuten. Somit ist Nayati der schicksalhaften Fügung dankbar.

Tage nach seiner Ankunft verlässt Nayati den Mond, kehrt mental gestärkt nach Nosy Be in der Vergangenheit zurück. Nach erfolgter Sicherheitsvorkehrung des Zeitgleiters geht er den Trampelpfad entlang. Ihm kommt es vor, als ist er lange Zeit nicht hier gewesen. In einer Art stimmt dies ja auch, liegen zwischen dem Jetzt und seiner Zeit Tausende von Jahren. Doch das ist nicht das, was er meint. Nayati kann sich den Eindruck nicht erwehren, dass auf der Insel eine gewisse Veränderung stattgefunden hat.

Dadurch alarmiert geht er angespannt und hochkonzentriert weiter. Schon als Kind wurde ihm beigebracht, Spuren zu erkennen und zu lesen. Daraus die richtigen Schlussfolgerungen zu ziehen bedeutet nicht, selten eine mögliche Gefahren frühzeitig zu erkennen.

Neben dem Pfad sind die Gräser leicht niedergedrückt und richten sich langsam wieder auf. Es ist also noch nicht lange her, dass ein Tier hier entlang ging. Nayati schaut sich um. Die Spur führt parallel zum Pfad. Da kein Grashalm geknickt ist, ist davon auszugehen, dass es sich um ein kleineres Tier handelt.

Beruhigter geht er weiter.

Ein wenig später raschelt es. Nayati bleibt abrupt stehen, lauscht in die vermutete Richtung. Kleinere Äste schaukeln verdächtig. Auffällig ist die plötzlich eingetretene Stille.

»Du beobachtest mich also«, murmelt Nayati.

So unbeeindruckt wie möglich wendet er sich ab und setzt seinen Weg fort. Kurz darauf nimmt er im Augenwinkel Bewegungen im Geäst wahr. Dann glaubt er sogar ein Stück Fell hätte im Sonnenlicht aufblitzen sehen.

Wäre es ein Jäger, würde der sich unauffälliger verhalten. Offensichtlich ist hier nur jemand sehr neugierig.

Das Versteckspiel geht eine ganze Weile so. Mal hört Nayati es nur rascheln, dann erkennt er ein Stück eines buschigen Schwanzes. Darüber belustigt, schwindet bald das letzte bisschen Angst.

Je tiefer Nayati in den Regenwald vordringt, umso feuchtschwüler wird die Luft. Stellenweise verdampft Wasser, das sich auf den riesigen Blättern gesammelt hat. es wird immer unerträglicher.

Ganz in der Nähe gibt es einen Kratersee, dessen Wasser süß und sehr wohlschmeckend ist. Dort will er seine Trinkvorräte auffüllen. Durch das Magmagestein mit Botenstoffen angereichert, wirkt ein Bad darin ungemein erfrischend und wohltuend. Unweit des Sees fand Nayati eine Höhle, die ihm während seines Aufenthaltes als Unterschlupf dient.

Allerdings muss er vorsichtig sein. Seit einiger Zeit hat er in den anderen Kraterseen unerwünschte Gäste wahrgenommen, die eine Abkühlung zumindest gefährlich werden lassen: Krokodile! Es waren nicht viele, doch sie reichen aus, einem zur Vorsicht zu drängen. Nun hofft er, die Kreaturen haben den Weg bis zum Zielsee noch nicht gefunden.

Währenddessen hat Nayati mehr als die Hälfte des Weges hinter sich gebracht, und obwohl er etwas sorgenvoll an das Bevorstehende denkt, ist sein unsichtbaren Begleiter immer noch an seiner Seite. Das Versteckspiel geht auch dann noch weiter, als Nayati dafür kaum Interesse zeigt, da ihm anscheinend anderweitig seine ganze Aufmerksamkeit gilt.

Vorsichtshalber erklimmt er einen Baum, um die Lage aus sicherer Entfernung zu checken, nachdem vor ihnen der Kratersee liegt. Von dort oben aus hat er den notwendigen Überblick. Zwei Minuten später hat er den selbsterwählten Aussichtspunkt erreicht.

Die Oberfläche des Sees liegt glatt unter Nayati. An den Rändern schwirren Libellen umher. Linker Hand befindet sich sein *Badeplatz*; eine mehrere Meter freie Fläche, die auch vom Wasser her gut überschaubar ist.

Etwas Sorge bereiten ihm die gegenüberliegenden Ufer. Dort verdecken weit ins Wasser ragende Pflanzen den Boden. Dahinter, so weis Nayati von früheren Streifzügen, erhebt sich ein Erdwall. Sollten Krokodile hier leben, bietet sich der Wall vorzüglich als Sonnenbank und die Reptilien können dort ungestört Sonne tanken.

Der Gedanke daran verleiht den Ort trügerische Sicherheit. Allein die Größe und Gewandtheit, die diese Tiere im Wasser an den Tag legen, flössen Nayati eine gebührende Portion Respekt ein.

Der Ruhe nicht ganzen Herzens trauend, bleibt er auf dem Baum, in dessen Astgabel es relativ bequem auszuhalten ist. Ein abgeknickter Ast bringt ihn auf eine Idee. Er reißt das bereits getrocknete Holz gänzlich ab und wirft es im weiten Bogen in den See. Nach dem Eintauchen kommt es wieder an die Oberfläche. Einschlagkreise schlagen leichte Wellen, die schon bald ans Ufer plätschern. Mit angehaltenem Atem und der ihm eigenen Ausdauer beobachtet Nayati die Auswirkungen. Alles bleibt ruhig. Keine hektischen Bewegungen verraten lauernde Jäger.

Weitere Minuten später schwingt sich Nayati zu Boden. Kaum berühren seine Füße den Boden, ertönt neben ihn ein raschelndes Knackgeräusch. Ein bräunlicher Körper rauscht mit weit abgespreizten Gliedmaßen wenige Zentimeter neben ihn herab. Der dumpfe Aufprall lässt das Tier benommen werden.

»Da bist du ja«, sagt Nayati nun doch ein wenig erschrocken. »Hast dich wohl verschätzt, mein Kleiner?«

Bei dem Tier handelt es sich um einen kleineren Primaten.

Die großen Glubschaugen sehen ihn benommen an.

»Das hat wehgetan, nicht wahr?«

Nayati geht in die Hocke und streicht sanft über den Rücken des verletzten Primaten. Das Tier zeigt keine Abscheu wegen dieses Kontaktes. In den Augen glaubt der Gewahrer sogar Zuneigung zu entdecken.

Der Primat versucht sich aufzurappeln, kann aber nicht auftreten; das linke Hinterbein ist verletzt.

Vorsichtig hebt Nayati das kleine Äffchen hoch und wiegt es sanft, wie ein Baby. Dabei schaut er auf das verletzte Bein.

»Scheint nicht gebrochen zu sein. Das kriegen wir schon wieder hin, oder was meinst du?«

Das Äffchen macht ein Geräusch, welches einem Delphin ähnelt, mit dem aber Nayati mangels Kenntnis nichts anfangen kann.

»Die passenden Kräuter und ein paar Tage Ruhe, dann kannst du wieder herum springen, mein Kleiner.«

Zur Bestätigung *flippert* der Primat erneut.

»Dann mach ich mich mal auf die Suche.«

Ein schattiges Plätzchen ist schnell gefunden.

»Bin bald wieder da. Warte hier!«

Nayati schlägt die Richtung ein, in der er die gesuchten Kräuter vermutet. Doch er sieht sich noch einmal um und glaubt nicht, was er da erblickt.

Der Primat versucht ihm humpelnd zu folgen. Ein herzzerreißender Anblick, den Nayati nicht widerstehen kann.

»Magst nicht hierbleiben.«

Ihm fallen die Krokodile wieder ein, die zwar nicht in der Nähe sind, aber für die das kleine Häufchen Elend ein leichter Fang wäre.

»Du hast Recht. Ich nehme dich mit, dann kann ich dir schneller helfen.«

Flippernd reckt das Tier ihm beide Arme vertraut entgegen…

Sechs

Gegenwart.

Allmählich erlangt Waylon das Bewusstsein wieder und zaghaft vergrößert sich das Sichtfeld. Nur schleppend kehrt die Erinnerung zurück. Auf dem Boden liegt der geheimnisumwitterte Brief, der ihn in eine Lage bringt, die nicht abschätzbar ist. Mit einem tiefen Seufzen hebt Waylon das Testament auf. Das Übelkeitsgefühl drängt sich ihm erneut auf. So legt er den »Wisch« verächtlich auf den Tisch und verlässt den Raum.

An Schlaf ist nicht zu denken! Hellwach und extrem aufgewühlt, macht Waylon einen Spaziergang. Ziellos schreitet er durch die Nacht. Kaum einer Menschenseele begegnet er. Die Meisten schlafen oder sind anderweitig beschäftigt. Jedenfalls kommt Waylon dies gelegen. Was er jetzt braucht ist Ruhe zum nachdenken und ausreichend Luft. Beides bietet ihm die Nacht.

Fern der Hauptwege kommt der Ruhelose am Stadtparkgelände an. In wirren Gedanken versunken, schaut er sich kurz um, wählt dann den erstbesten Weg. Es ist kühl, aber trocken.

Angetrieben von einer undefinierbaren Nervosität, beschleunigen sich seine Schritte unbewusst immer mehr. Waylon merkt nicht, dass er beinahe rennt. Erst im Zentrum des Parks wird er langsamer. Und endlich kann er die Gedanken abschütteln, die ihn bedrängten.

Verwirrt schaut er auf die Bank, die unter einem Monstrum von Baum steht. Wie klein er doch im Gegensatz zu dem Baume ist! Klein und unscheinbar. Und was er wohl alles erzählen könnte!

Waylon verspürt Ehrfurcht. Obwohl kein Lüftchen weht, hört er leise die Baumblätter wispern. Die übermächtige Silhouette macht ihm Angst, empfängt Waylon jedoch auf unerklärliche Weise gastlich und lädt ihn zum Verweilen ein. Wie ein alter Freund, der für lange Jahre eigne Wege ging, und doch über die Zeit stets ein wahrer Freund geblieben ist.

Der Baum strahlt eine große spirituelle Aura aus. Seine scheinbar grenzenlose Energie geht auf Waylon über, der plötzlich wieder klar denken kann. Jetzt sieht er die Dinge anders. Sie haben jeglichen Schrecken verloren, auch wenn viele Fragen offen bleiben. Doch die erhaltene Kraft reicht aus, die Antworten zu finden.

Waylon atmet tief durch. Nun fühlt er sich frei und stark. Vor seinen Augen läuft eine Art retrospektiver Film ab, allerdings fanden diese Szenen niemals statt. Er interpretiert die Bilder, dass es – was auch immer – hätte so einmal stattfinden können. Dass er schon einmal auf der Bank saß, weil sein Leben sich hätte anders entwickelt. Einsamer, zurückgezogener – nicht so erfüllt wie heute.

Mahnt etwa das eigene Gewissen? Etwa vor in ihm schlummernde, gärenden Problemen? Steht ihm etwas bevor, vor dem sich Waylon fürchtet?

Kurzzeitig erfasst eine Unruhewelle Waylon. Doch so wie sie an die Oberfläche schwappt, versiegt sie wieder in der Brandung glückseliger Empfindungen. Des Baumes energetische Aura hält schützend die Hand über ihn.

Für Momente verharrt Waylon regungslos. Offensichtlich hadert er mit den auf ihn einstürmenden Energieströme, deren Wallungen ihn fast übermannen. Er gibt sich einen Ruck, setzt sich auf die Holzbank. Was hat er denn zu verlieren? Nichts!

Kaum das er sitzt, wird er von einem unbarmherzigen Strudel erfasst …

☆★☆

«Die Zeit, die mir blieb, genügte nicht, um mich ihrem Wohle zu widmen. Auch war uns eine gemeinsame Zeit nicht vergönnt.»

Olivia runzelt die Stirn. Was ist das denn?!

Irritiert überprüft sie noch einmal die Anschrift; alles korrekt.

»Liv, was hast du?«

Ungläubig schüttelt sie den Kopf. Benjamin weiß, wenn seine Frau derartig reagiert, dann ist es besser, sie in Ruhe zu lassen.

«Deshalb bestimme ich, dass nach meinem Ableben, Mrs Olivia McGowan, geborene Latham, meine Arbeit im Sinne des *Hüte-Kreises* fortzusetzen. Dafür ist es unumgänglich, gegenüber jedweden Personen Stillschweigen zu üben. Des Weiteren wird innerhalb von drei Tagen ein von mir bestellter Bote weitere Anweisungen in schriftlicher Form oben genannter Person persönlich überreichen. Darin sind Maßnahmen enthalten, den unbedingt Folge zu leisten sind. Ein Verstoß dagegen setzt alles aufs Spiel, was bisher, unter Einsatz meiner ganzen Kraft, bewahrt wurde.

Das Fortbestehen und der Erhalt des *Hüte-Kreises* liegt nun in Deinen Händen, Olivia McGowan! Handle überlegt und nutze das Wissen!

Nayati Wikvaya»

Olivias Herz rast. Mehrmals ist ihr Name im Dokument aufgeführt. Doch sooft sie den Brief auch liest – fast kann sie jede einzelne Silbe auswendig –, kann sie sich keinen Reim daraus machen. Unweigerlich versagt jede Logik, solang weitere Einzelheiten unbekannt sind. So bleibt Olivia nur eins: Sich in Geduld üben.

☆★☆

Ein geheimnisvolles Fenster öffnet sich in Waylons Geist. Darin erscheinen vertraut wirkende Bilder, die bisherige Gefühle visuell bestätigen. Sind die Bilder anfangs statisch, beginnen sie jetzt *lebendig* zu werden. Zuerst bewegen sich unscheinbare Dinge, wie ein einzelner Grashalm oder ein herab schwebendes Blatt. Und schon bald werden aus den starren Bildern flüssige Bewegungsabläufe.

Waylon sieht sich an selber Stelle sitzen. Es ist der gleiche Baum, dessen Silhouette ihn bereits beeindruckt, nur bei Tage. Aus dem Hintergrund wehen undeutliche Stimmen heran. Sobald Waylon den Kopf in eine Richtung bewegt, um die Sprechenden auszumachen, verändert sich auch dementsprechend der Fensterausschnitt. Wie in einem Videospiel, in dem man die virtuelle Welt erforscht und sich darin bewegen kann.

Gedanklich schaut er zu Boden und sieht sattes Grün. Dann streckt er den rechten Arm aus, um das Gras zu berühren. Es ist angenehm kühl und etwas feucht, wie nach einem Sommerregen.

Fasziniert davon steht Waylon gedanklich auf. Sogar das Gefühl des Gehens auf der Wiese ist das Gleiche wie in Wirklichkeit. Dabei sitzt er in der Realität nach wie vor ruhig und entspannt auf der Holzbank! Dann gibt es einen schnellen Szenenwechsel.

Das leise betörende Wispern des Baumes versiegt. Wiesen und Felder, unzählige Blüten und Sträucher wiegen sich im Takt aufkommenden Windes. Sanft strahlt die Sonne. Es ist warm. Dann huscht ein Schatten über die Landschaft. Am Horizont wird es schlierig. Regen setzt sein. Aus dem Wind wird ein Sturm. Immer finstrer wird die Umgebung. Grelle Blitze zucken in der Ferne. Donnerhall dringt an seine Ohren. Aus dem Sturm wird ein heftiges Unwetter. Der darauf einsetzende Orkan taucht alles stroboskopartig in finsteres Chaos. Die Intensität des Geschehens lässt Furcht aufkommen. Sie nagt am Verstand. Will nicht wahrhaben, was doch unabwendbar ist. Ein Entkommen unmöglich! Ergeben im Schicksal wirkt Vergangenes verloren. Das Morgen ohne Chance, jemals den Tag erleben zu können. Die Sonne bleibt im Tal verborgen dunkler Albträume. Auch sie chancenlos. Inmitten ohrenbetäubenden Unheils kehrt abrupt gnadenlose Stille ein. Auch sie schmerzt, wenn auch auf anderer Art. Nun bebt die Erde. Es ist genau spürbar, wie sie atmet. Wieder Stille. Und als sei nichts geschehen, werden Sterne am Firmament sichtbar. Einer nach dem anderen bahnt sich einen Weg durch die Nacht. Der Orkan wird zum Sturm und schwächt sekündlich weiter ab, um in einem lauen Nachtlüftchen zu verstummen. Kurz darauf geht der Mond auf. Weiche Schatten wirft sein fahles Licht. Seine Bahn am Himmel ist vorbestimmt. Unbeirrt nähert sich die Nacht dem Ende. Nachdem der Mond an Kraft verliert, beherrscht wieder Finsternis die Welt. Doch schon zeugt ein heller Streifen am Horizont vom nahenden, neuen Tag.

Waylon reißt die Augen auf. Von alldem ist nichts mehr zu sehen. Noch immer ist es dunkle Nacht. Entspannt gibt er sich weiter der Aura des Baumes hin.

Inzwischen ist Waylon im Geiste aufgestanden und umrundet den Baum. Kurz zwinkernd glaubt er einer visuellen Irrung erlegen zu sein, als erneut etwas die Aufmerksamkeit erregt. Um dem Phänomen auf den Grund zu gehen, tritt er näher heran. Dabei sucht Waylon die nähere Umgebung des Baumstammes und den Wurzelbereich ab. Wie auf ein Zeichen hin weht ein Lufthauch übers Gras. Die Büschel neigen sich sanft. Dabei bemerkt Waylon etwas Glitzerndes. Neugierig bückt er sich. Tatsächlich – da liegt etwas ... Metallisches?

Vorsichtig drückt er mit den Händen das Gras auseinander. Nein, Metall ist es nicht. Glas? Im Material widerspiegelt sich das Licht. In der Größe gleicht das Ding etwa einer 50 Pence-Münze. Nur ist es mehr oval und hat unzählige Kanten. Und eine Splitterkante ist auch da. Den Drang das Stück Was-auch-immer zu berühren widersteht Waylon nicht länger.

»Das ist kein Glas«, hört er sich murmeln. Doch was dann? Mit den Fingerspitzen kratzt Waylon die Erde drum herum weg. Wie sich heraus stellt, ist die Größe des Fundes um ein vielfaches größer als gedacht. Zehn Minuten später liegt das weiße, fast durchsichtige Ding frei. Um die fünfzehn Zentimeter umfasst es; im Durchmesser vielleicht vier. Die Oberfläche erscheint auf den ersten Blick geschliffen. Aus der Hosentasche nimmt er ein gefaltetes Papiertuch. Mit bloßer Hand scheut er den Fund anzufassen. Nachdem das Tuch auf dem Stück liegt, zieht er mutig das Ding aus der Erde. Nach kurzem Widerstand hält er es in voller Pracht in Händen.

Die Form ist meist schlank, an manchen Stellen ausgebeult.

An der Unterseite ist ein längliches Stück abgesplittert, dessen Ende spitz zuläuft. Eine Verletzungsgefahr besteht aber nicht. Jetzt, nachdem er es von nahem betrachtet, weiß er, was es ist: Ein Stück Kristall. Von Menschen unbearbeitet. Um den Fund in aller Ruhe zu untersuchen, umwickelt Waylon es mit noch weiteren Papiertüchern und steckt es in die Jackentasche.

Hier bricht der Film ab und das Fenster verschwindet.

Sieben

Der kleine Patient ist auf dem Weg der Genesung. Bereits am zweiten Tag kann das Äffchen besser gehen. Nayatis naturheilkundiges Wissen schlägt gut an.

Durch seiner ›Behandlung‹ bemerkt Nayati einen Irrtum. Der Affe ist kein *er*, sondern eine *sie*!

»Wir sollten einen Namen für dich finden«, meint er lächelnd. »Oder soll ich dich einfach ›Äffchen‹ nennen?«

Das Primaten-Weibchen, das der Art der Mohrenmakis angehört, bedeckt ihr Gesicht mit beiden Vorderpfoten, als schäme sie sich.

»War ja nur Spaß«, lenkt Nayati lachend ein. »Lass mich mal überlegen, Kleine.«

Prompt gehen die Pfoten wieder nach unten und die großen Augen beobachten ihn neugierig.

»Wie wär's mit … nein, nein …« Nayati winkt heftig ab und das Äffchen zuckt leicht zusammen.

»Ich bin kein guter Namenvergeber, Kleine. Bei einem Menschen wäre es einfacher. Bei *Adsila* zum Beispiel. Das Mädchen ist so schön und zart, wie eine Blume. Oder *He lush ka*, unser Kämpfer, der immer gewinnt. Nicht zu vergessen *Ashkii*, der genauso viele Sommer erlebt hat wie ich, aber sich immer noch wie ein Junge verhält.«

Nayati schmunzelt.

»Tja, Kleine. Jetzt könntest du einen Vorschlag machen.«

Der Maki rührt sich nicht. Diese Regungslosigkeit könnte glatt als ›nachdenken‹ durchgehen. Es wäre interessant zu wissen, was das Tierchen gerade denkt, wenn es denn komplexe Dinge im Kopf verarbeiten kann. Der Gewahrer bezweifelt es. Eine Verständigung mit Tieren findet auf einer anderen Ebene statt. Dabei spielen nicht Worte eine Rolle, sondern Stimmfarbe, Mimik und Gestik als Ganzes.

»Chitto! Wie gefällt dir der?«

Die Reaktion als *keine* zu benennen, wäre übertrieben. Auf den ersten Blick äußerlich ruhig, zuckt nur das spitze Näschen einmal kurz.

»Aber du bist ja ein Mädchen … Ein kleines noch dazu …«

Er hält inne. Ein vager Gedanke blitzt sekundenschnell auf, will wieder verblassen. Was hat er gerade gesagt? *Ein kleines noch dazu*? Wihakayda, die Kleine! Das passt!

Als Nayati seiner aufmerksamen ›Zuhörerin‹ den Vorschlag unterbreitet, lässt sie ein freudiges *flippern* hören.

»Also gut, Wihakayde. Dann auf zu neuen Taten!«

Von vornherein steht fest, dass Wihakayda bei ihm bleibt. Es sollte der Beginn einer langen Freundschaft sein über die Zeiten.

Die folgenden Tage sind geprägt vom Durchstreifen Nosy Bes. Mit Wihakayda an seiner Seite geht ihm alles viel leichter von der Hand. Der Bau eines Unterstandes am Kratersee, von dem er endlich überzeugt ist, dass keine Reptilien herumlungern. Die Erforschung des unmittelbaren Umlandes, bei der die Kleine sichtlich ihren Spaß hat. Ein besonders farbenfroher Riesen-Schmetterling hat es ihr angetan. Nayati beobachtet seine neue Freundin dabei, wie sie verträumt mit dem prächtig anzusehenden Flugkünstler spielt. Doch nachdem das Interesse schwindet, lässt Wihakayda nicht etwa ab von ihm. Blitzschnell schnappt sie zu und kaut genüsslich. Die farbenfrohen Flügel schweben anschließend unbeachtet zu Boden.

Die Natur ist schön und – grausam.

Abends entzündet Nayati ein kleines Feuer. Vorher gefangene Fische rösten in den Flammen. Ein appetitlicher Geruch erfasst der laue Wind und trägt ihn weit ins Landesinnere; ein Hauch frühzeitlicher Zivilisation.

Auch Wihakayda weiß Leckerbissen zu schätzen und nagt gierig an der ihr gereichten Portion.

»Ist mal was anderes …«

Gackerndes, schmatzendes *Flippern* versteht Nayati als uneingeschränkte Zustimmung. Von den drei kapitalen Fischen ist nicht mehr viel übrig. Genüsslich beißt er ab. Die beigelegten Kräuter passen gut dazu und runden die Mahlzeit würzig ab.

Die Nacht verbringt Nayati im Unterstand. Seine kleine Freundin übernimmt eine Art Wache. In der Wildnis aufgewachsen, verschafft Wihakayda ihr ausgeprägter Instinkt einen nicht unterschätzbaren Vorteil. Im Moment schläft sie tief und fest. Nayati wirft ihr einen liebevollen Blick zu. Dann versucht auch er zu schlafen.

Er schreckt hoch. Ein ungutes Gefühl bemächtigt sich seiner. Doch scheinbar ist alles ruhig. Nayati sieht zu Wihakayda hinüber, jedenfalls dorthin, wo sie vorhin schlief und er sie auch jetzt noch vermutet. Aber der Platz ist leer! Alarmiert setzt er sich auf. Fahles Mondlicht taucht die Umgebung in diffuses Licht; unmöglich, Einzelheiten zu erkennen. Vorsichtig streckt er die Hand aus und tastet den Boden ab. Vielleicht hat Wihakayda ja nur den Platz gewechselt. Doch das Tier ist nicht auffindbar.

Nayati wird nervös. Er ahnt Schreckliches. Angespannt lauscht er in die Nacht. Da! Ein leises Schleifen! Im Umkreis nur weniger Meter ist stockdunkle Nacht. Das Mondlicht reicht nicht aus, Details dort zu erkennen. Und von dort dringen diese nichts Gutes bringenden Geräusche.

So leise und vorsichtig wie möglich erhebt er sich. Der Unterstand bietet nur vage Sicherheit. Ein Angriff ist von allen Richtungen her möglich und kaum abwendbar. Besonders wenn es sich um nächtliche Jäger handelt, deren Sicht bei Dunkelheit der seinen am Tage ähnelt. Eine fatale Fehleinschätzung, die sich nun rächen könnte.

Wieder hört er das Schleifen, diesmal aus der gegensätzlichen Richtung. Sofort schießt ihm der Gedanke durch den Kopf, er sei umzingelt. Da mit Menschen in dieser Gegend nicht zu rechnen ist, können es nur einheimische Tiere sein. An dieser Stelle hat er bei seinen früheren Aufenthalten auch noch nie ein Nachtlager aufgeschlagen.

Dementsprechend unsicher fühlt sich Nayati. Das Verschwinden des Makis beunruhigt ihn doch sehr viel mehr. Zwar würde das Tier ihn nicht wirklich helfen können, allerdings wäre es andersherum ein seelisch-moralischer Rückenhalt.

Nayati fasst sich an den Gürtel, in dem das Messer steckt. Es ist da. Linker Hand rascheln vereinzelte Blätter. Die tiefschwarze Silhouette zeichnet sich scharf vom silberfarbenen Hintergrund ab. Davor glaubt er etwas ausgemacht zu haben.

»Wihakayda?«, ruft Nayati halblaut im angehobenem Flüsterton.

Knacken.

Die darauffolgende Stille hämmert in seinem Kopf.

Dann huscht ein hellerer Schatten nur wenige Meter an ihm vorbei. Nayatis Herz überschlägt sich. Für einen Moment glaubt er, dass ein Stück Fell im Mondlicht aufblitzt. Schon will er aufatmen, doch irgendetwas stimmt nicht. Er kommt nicht dazu weiter darüber nachzudenken, denn vom Kratersee her dringen weitere Geräusche. Nach einem Schleifen taucht ein Körper, leichte Wellen schlagend, im Kratersee auf.

Weitere Minuten bangen Ausharrens vergehen. Alles ist weitestgehend ruhig. Leichter Regen setzt ein. Mit seiner Ruhe ist es endgültig vorbei, an Schlaf nicht mehr zu denken. Leise erhebt er sich. In drei Metern Entfernung weiß er einen Baum, auf dem er die Stunden bis zum Morgengrauen verbringen will. Bequem wird es sicherlich nicht werden, dafür aber sicherer.

Eine Nacht in einer Astgabel zu verbringen ist nicht gerade die komfortabelste Stellung. Nayati ist bei Sonnenaufgang total gerädert. Nach dem nächtlichen Regen herrscht jetzt bei Sonnenaufgang eine extrem hohe Luftfeuchtigkeit. Verdunstende Wasser steigen als kompakte Nebelschwaden auf, überziehen Bodensenkungen und liegen schwer darüber.

Nayati reckt sich. Schweißgebadet macht er sich am See frisch. Das Wasser kühlt den Körper angenehm, und er überlegt ernsthaft, ob nicht doch ein Bad sinnvoller wäre. Aufgrund der nächtlichen Vorkommnisse, die nach wie vor ungeklärt sind, nimmt er von dieser Idee vorsichtshalber Abstand.

Anschließend sucht Nayati nach erklärenden Spuren, findet aber nichts. Ihm bleibt vorläufig nichts anderes übrig, als die Sache auf sich beruhen zu lassen. Allerdings wird er hier so schnell keine Nacht mehr verbringen; jedenfalls nicht ohne dementsprechende Vorbereitungen.

Die kleine Freundin bleibt verschwunden. Es kommt ihm vor, als hätte es Wihakayda nie gegeben. Ein wenig bedrückt verlässt Nayati den Kratersee. Manchmal kann er nicht anders und schaut suchenden Auges zurück.

Es gibt Dinge, die sind nicht erklärbar. Sie ähneln einem Gang auf einem schmalen Grat, dessen Abgründe nur kaum zwischen Traum und Wirklichkeit unterscheiden. Man muss schon genauer die Sache beleuchten, genauer hinschauen und beobachten. Doch die Wirkung, die wenig später einsetzt, ist nicht selten gegenläufiger Natur.

Der Zeitgleiter steht dort, wo er ihn zurückgelassen hatte. Trotz der Tarnvorrichtung beschlich sein Unterbewusstsein eine komische Ahnung, die sich jedoch nicht bewahrheitet. Dennoch bleibt ein fahler Nachgeschmack.

Dementsprechend zögert Nayati mit der Abreise. Die Minuten vergehen. Auf was wartet er? Ihm ist es jederzeit möglich wieder zu kommen. Dank des arimeanischen Gleiters kann er sich ungehindert durch Raum und Zeit bewegen. Andere sind in *ihrer* Zeit und an *ihrem* Ort gebunden – er nicht! Dies bedeutet grenzenlose Bewegungsfreiheit. Ein unverschämtes Privileg und Machtinstrument.

Angestrengt lauscht er auf die Umgebungsgeräusche. Er kann sich nicht helfen, aber eines davon passt nicht so recht in einen Dschungel. Nayati schließt die Augen. Im Hintergrund glaubt er das nächtliche Schleifen herauszuhören. Die innere Stimme alarmiert ihn. Als er wieder die Augen öffnet, macht er seitlich eine Bewegung aus. Um nicht entdeckt zu werden, schaltet er die Tarnung ein. Obwohl der Zeitgleiter sich nicht von der Stelle bewegt, ist er für niemanden sichtbar. Und tatsächlich. Es rührt sich etwas. Gerade noch rechtzeitig verschwindet Nayati, denn aus dem dichten Geäst schleicht ein fremdes Wesen heran, hält genau auf seinen Standort zu.

Viel Zeit bleibt Nayati nicht, wenn er eine ungewollte Kollision verhindern. Doch was er da erblickt behindert seine Gedankenfreiheit. Das Wesen hat, statt Arme, an jeder Seite vier schlanke Tentakel. Der Kopf ist schlank und unförmig lang, geht übergangslos in den Hals über, der an Stelle der Schulterpartien einen pflanzenähnlichen Auswuchs hat. Unterhalb verjüngt sich der Körper stabförmig, an dessen Seiten zwei ebenso dünne Tentakelbeine entspringen. Nach einigen Schritten bemerkt Nayati, wie die Kreatur etwas nachzieht. Zuerst denkt er an einen Transport irgendwelcher Sachen. Doch dann erkennt der Gewahrer den überdimensioniert langen Schwanz, der auf dem Boden liegend hinterher gezogen wird und dieses Geräusch verursacht.

Nayati stellen sich die Nackenhaare auf, wenn er bedenkt, eines dieser Wesen ist in der Nacht in seiner Nähe herumgetappt.

In letzter Sekunde startet Nayati den Zeitgleiter, der unbemerkt sich auflöst und die Dimension wechselt.

Acht

Gegenwart. Vereinigtes Königreich.

Die Bilder des Déjà-vus wirken verstörend. Waylon benötigt fast eine Stunde, bis er wieder in der Wirklichkeit ankommt. Das, was er gesehen hat, war unwahrscheinlich plastisch reell. So, als hätte er es selbst erlebt. Dies wiederum aber ist unmöglich, denn Waylon hat die Parkbank nicht verlassen. Das soeben erfahrene Erlebnis war ausschließlich geistiger Art; wie auch immer so etwas möglich ist.

Waylon hadert mit seinem Erinnerungsvermögen. Misstrauisch sucht er nach tatsächlichen Begebenheiten zu genau dieser Zeit. Allerdings ist deren Angabe ziemlich vage, als dass er genau sagen könnte, wann das eben ›erschaute‹ geschah. Dennoch bekommt er das Gefühl nicht los, es reell erlebt zu haben.

Inzwischen ist Stimmengewirr laut geworden. Er sieht sich um. Niemand da, soweit er es von hier aus beurteilen kann. Aber er könnte schwören, etwas Vergleichbares gehört zu haben.

Langsam erhebt sich Waylon. Er ist allein im Park. Keine Menschenseele weit und breit! Hat ihn etwas das Gehirn vernebelt? Verärgert – mehr über sich selbst – geht er ein Stück weiter weg. Mitten im Gang hält er urplötzlich inne. Vor Waylons Augen flackert es. Gleichzeitig wird ihm schwummrig und er hat Probleme mit dem Gleichgewicht.

Der Zustand hält nur einige Sekunden an und vergeht wieder. Seit dem Auffinden der Tagebuch-Kladden hat er das innere Gleichgewicht verloren. Wäre er seelisch nicht so gefestigt, wäre Waylon völlig aus der Bahn geworfen worden. Karoline bietet ihm festen Halt in dieser Lebensbrandung. Ebenso die Kinder. Dadurch nimmt er die Situation als gegeben hin, schöpft daraus sogar noch Kraft.

Er bleibt stehen. Aus irgendeinem Grund dreht er sich um und geht langsam zum Baum hinüber. Am Stamm angekommen sucht er den Boden ab. Doch was sucht er eigentlich?

Waylon weiss es selbst nicht. Eine Stimme flüstert ihm zu, aufmerksam zu sein und unter keinen Umständen die Suche abzubrechen. Die ›Nadel im Heuhaufen‹ kommt ihm in den Sinn. Er schmunzelt. Quadratmeter um Quadratmeter geht Waylon ab. Ohne Zeitgefühl ist ringsherum alles Störende ausgeblendet. Ähnlich einem Tunnelblick gibt es nur den Stamm und den Erdboden.

Der innere Impuls, dem Waylon nachgibt, spornt weiter an.

Kurz zwinkernd glaubt er einer visuellen Irrung zu erliegen, als wiederum etwas seine Aufmerksamkeit erregt. Um dem Phänomen auf den Grund zu gehen tritt er weiter heran. Dabei sucht Waylon die nähere Umgebung des Baumstammes und den Wurzelbereich ab. Wie auf ein Zeichen hin weht ein Lufthauch übers Gras. Die Büschel neigen sich sanft. Dabei bemerkt Waylon etwas Glitzerndes. Neugierig bückt er sich. Tatsächlich – da liegt etwas … Metallisches? Vorsichtig drückt er mit den Händen das Gras auseinander. Nein, Metall ist es nicht. Glas? Im Material widerspiegelt sich das Licht. In der Größe gleicht das Ding etwa einer 50 Pence-Münze. Nur ist es ovaler und weist unzählige Kanten auf. Und eine Splitterkante ist auch da. Den Drang, das Stück *Was-auch-immer* zu berühren widersteht Waylon nicht länger.

»Das ist kein Glas«, murmelt er. Doch was dann? Mit den Fingerspitzen kratzt Waylon die Erde herum weg. Wie sich herausstellt, ist die Größe des Fundes um ein vielfaches größer als gedacht. Zehn Minuten später liegt das weiße, fast durchsichtige Ding frei. Um die sechs Zentimeter umfasst es. Sein Durchmesser vielleicht vier. Die Oberfläche erscheint auf den ersten Blick geschliffen. Aus der Hosentasche nimmt er ein gefaltetes Papiertuch. Er scheut sich den Fund mit bloßer Hand anzufassen. Nachdem das Tuch auf dem Stück liegt zieht er mutig das Ding aus der Erde. Nach kurzem Widerstand hält er es in voller Pracht in Händen. Um den Fund in aller Ruhe zu untersuchen, umwickelt Waylon es mit noch weiteren Papiertüchern und steckt es in die Jackentasche. Noch ein bisschen das entstandene Loch mit den Füßen ebnen, dann geht er auf schnellstem Wege nachhause.

☆★☆

Olivias Geduld wird auf eine harte Probe gestellt. Eigentlich ist sie darin erprobt. Seit jeher begleitet Warterei ihr Leben. Auf Termine, persönliche Jahrestage, auf eine sternenklare Nacht, den Sommer und so weiter und so fort. Früher fiel es ihr schwer, den nächsten Geburtstag abzuwarten, nicht zuletzt der großzügigen Geschenke wegen. Damals, so fällt ihr gerade ein, gab es nur einmal eine Situation, in der sie die Eltern nach Waylons Daddy fragte. Die übereinstimmende Meinung lautete, dass er früh gegangen war und man nicht wisse, wo er sich befinde. In stillen Minuten überlegte Olivia damals oft, was dieses ›gegangen‹ überhaupt bedeute. Fortgegangen, im Sinne von ›die Familie verlassen‹ bis hin zu ›aus dem Leben gerissen‹. Letzteres war es also nicht, wie sie heute weiß.

Olivias Unterbewusstsein beginnt zu rechnen. Daddy war bei ihrer Geburt wie alt? Wenn ihre Rechnung stimmt, vierunddreißig. Geht man davon aus, dass früher meist die Eltern Mitte zwanzig waren, als der erste Nachwuchs geboren wurde, wäre Großvater um die neunzig. Ein stattliches Alter! Doch wo war er all die Jahre? Warum verheimlichte Dad ihn? Oder wußte Dad nichts? Kaum vorstell-, aber denkbar.

Im Krieg sind viele Väter gefallen und oft Jahre danach für tot erklärt worden. Viele Angehörige konnten so zur Ruhe kommen.

›Gleich morgen werde ich Dad danach fragen‹, nimmt sich Olivia vor.

Sie steht vom Sofa auf. Es ist stockfinster draußen. Benjamin ist bereits vor Stunden ins Bett gegangen. Auf dem Wohnzimmertisch liegt das Testament. Noch einmal nimmt sie es in die Hand und überfliegt die Zeilen. Obwohl Olivia es auswendig kann, sucht sie nach etwas bestimmten. Und nach einigen Minuten weiß sie auch, wonach. Besser gesagt, was sich *nicht* darin befindet: Eine Datumsangabe!

Zu allen Zeiten war und ist solch eine Angabe notwendig, damit der Wille des Verfassers festgeschrieben und erfüllt werden kann. Die internationale Rechtssprechung (besonders in der westlich geprägten Welt) ist eindeutig. Hat dieses Testament damit keine Gültigkeit?

Olivia atmet tief ein.

So gern sie dem letzten Wunsch des verschollenen Großvaters nachkommen möchte – viel lieber hätte sie ihn persönlich kennengelernt –, gilt die Schrift (wohlgemerkt rechtlich gesehen) als unrelevant und somit als nicht existent.

Wußte das Großvater etwa nicht? Kann sich Olivia kaum vorstellen. Vergessen? Ebenso unwahrscheinlich. Aber einen plausiblen Grund muss es dafür geben.

Langsam wird sie müde. Diese Grübelei ist ganz schön anstrengend und fordert Tribut. Sie gähnt herzhaft und ausgiebig. Als Olivia sich erheben will, kommt sie ins Schleudern. Schwerfällig sinkt sie zurück. Arme und Beine sind schwer wie Blei.

Es kommt selten vor, dass sie die Müdigkeit übergeht. Aber noch nie war sie jemals so übermannt worden wie eben. Sie denkt noch »Was soll's«, und lehnt sich erschöpft zurück. Beim nächsten Atemzug ist sie bereits eingeschlafen.

☆ ★ ☆

Wieder daheim starrt Waylon seinen Fund an. Mitten auf dem Ecktisch liegt es. Wie ein kleiner Junge kniet er davor, den Kopf auf die verschränkten Arme gelegt. Die einfallende Sonne lässt an der Wand dahinter Prismen gleich Lichtspiele tanzen. Je länger er es anschaut, umso mehr verliert er sich darin. Die Beschaffenheit ist ein Glanzstück der Natur. Denn die vielen Unebenheiten hätte ein Meister – aus welcher geschichtlichen Epoche auch immer – niemals zugelassen. Aber genau deshalb wirkt es fast magisch.

Im Inneren glaubt Waylon etwas zu erkennen, was er außerstande ist, genauer zu benennen. Anders kann er dieses Lichtspiel nicht erklären. Sämtliche Regenbogenfarben schillern. Faszination pur! Bilder längst vergangener Jahre sprudeln aus dem Morast des Vergessens. An der Oberfläche lassen sie Waylon das Hier vergessen.

Vielleicht sollte er seinen Fund untersuchen lassen. Man weiß ja nie. Vielleicht lag er über Jahrmillionen unter der Erde. Was haben sie festgestellt? Im Permafrost wurden Methan-Gasblasen entdeckt. Sollten sie jemals freigesetzt werden, würde dies den Klimawandel weiter beschleunigen. Stammt der Kristall überhaupt von der Erde? Oder kommt er vom Mond? Ist es überhaupt ein *Kristall*? Wenn das Ding Glas schneidet ist es kein Kristall. Hält das Material, wenn Waylon ihn fallen ließe? Doch möchte er das schöne Stück überhaupt kaputt machen? Wär' schade drum …

Alle Überlegungen bringen gar nichts, wenn sie nicht zu einem Ergebnis führen. Bisher hat Waylon nur geschaut und geträumt. Inzwischen geht die Nacht zu Ende; dabei er ist hundemüde. Die Knie schmerzen, als Waylon sich schwerfällig erhebt. Mühevoll humpelt er bis zum Sessel, lässt sich bleiern hinein fallen. Plötzlich kann er nicht mehr. Die Lieder fallen zu und er versinkt in einen traumbehafteten, tiefen Schlaf.

Es ist ein Traum voller pulsierenden Lichtes, der den Schlafenden heimsucht. Er beginnt im Park. Zwei Mädchen schnattern ohne Ende. Gleich daneben spielen einige Jungs Fußball. Sie nutzen den dicken Stamm als Prellbock. Ein alles übertönendes Geschrei erfüllt den Park. In der Nähe bellt ein Hund. Der moosige Boden unter seinen Füßen ist vollgesogen von Wasser. Jeder einzelne Schritt verursacht Schmatz-Geräusche. Waylon hat den Eindruck, in den Boden zu versinken. Die Schuhe halten die Nässe fern – noch. Eigenartig das Tageslicht. Alles ist eingetaucht in einem roten Schleier, mit überdimensioniertem Blauanteil. Dadurch wirkt der Park irreal. Eine seltsame Süße überlagert den ansonsten würzigen Park-Duft. Am Übergang vom Stamm zur Wurzel erkennt er ein pulsierendes

Licht. Dieses sieht genauso aus, wie das im Wohnzimmer. Und noch etwas verwundert ihn: Trotz Tageslicht kann er es genau erkennen! Urplötzlich beginnt das Licht schneller zu werden. Dann wächst es pulsierend in alle Richtungen. Wie eine Rankenpflanze zieht es sich um den Baum herum, nur schneller. In Sekundenbruchteilen überdeckt das Licht den gesamten Baum. Hinzu kommt eine rasche Abfolge im Farbwechsel.

Über den Park wird es dunkel. Dicke Gewitterwolken lassen kaum noch Sonnenlicht hindurch. Aus der Mitte der Wolken zucken ineinander verästelte Blitze. Tauchen ihn und den Park in eine gespenstisch anmutende Atmosphäre. Waren die ersten Blitze noch zart und fein, beginnen sie intensiver zu werden. Jeder im Park geht seinen Wegen nach. Die Kinder spielen weiter, der Hund ist inzwischen still und schnüffelt über den Boden. Und die beiden Frauen zicken sich gegenseitig schrill an. Nur Waylon scheint diese Beobachtungen gemacht zu haben. Selbst als starker Regen einsetzt, ist er der Einzige, der schutzsuchend dicht an den Baum geht. Alle anderen macht der Regen offenbar nichts aus.

Zwischen den Regentropfen dringt Donnerhall an seine Ohren, gefolgt von endlosen Blitzen. Aus dem Regen wird Hagel, der unmittelbar nach Einsetzen das ganze Gras überdeckt. Niemand stört dies! Unvermittelt schlägt ein Blitz in den Baum. Der Knall ist ohrenbetäubend und Waylon glaubt, taub zu werden. Der Geruch vom verbrannten Holz und Elektrizität steigt ihm in die Nase. Besorgt schaut er nach unten. Genau zwischen den Füßen ist die Erde aufgewühlt. *Glück gehabt!*

Während sein Adrenalinspiegel sinkt, schaut er in die Gegend. Alle sind noch da. Nur das Niemand von ihm beziehungsweise vom soeben Geschehen Notiz nimmt. Subtiler kann eine Situation nicht sein …

»Hallo Darling!«, schrillt Karolines Stimme. »Bin wieder da!«

Hart fällt die Tür ins Schloß.

Waylon zuckt verstört auf. Es ist hell und er fühlt sich wie durch den Fleischwolf gedreht.

Neun

Zwischen den Dimensionen versucht Nayati, dass eben erlebte zu verarbeiten. Das Tentakel-Wesen überwiegt die Erinnerung auf dramatische Weise, die Angst macht. Nicht auszumalen, wenn Nayati entdeckt worden wäre.

Ihm schaudert's.

Zum ersten Mal seit langem weiß er nicht, was zu tun ist. Nosy Be hat urplötzlich den Charme einer idyllischen Insel verloren. Und der aufkommende Verlustschmerz, eines sicher geglaubten Rückzugsortes, übermannt Nayati wie ein Wirbelsturm glatte See.

Dieser Einschnitt bringt alles durcheinander. Was er jetzt braucht ist, außer einen klaren Kopf, einen Plan. Und zwar einen guten.

Des Mentors Worte kommen ihm in den Sinn.

«Folge dem Kodex, und die Macht des *Hüte-Kreises* wird dich schützen! Doch hüte dich vor übereilten Handlungen.»

Die Aufgaben eines Gewahrers sind allumfassend. Darunter fällt vor allem das Artefakt zu schützen, was seit Urzeiten auf die Erde verbracht worden war, um die Gilde der ›Sternenbruderschaft‹ zu stärken. Durch dessen Auslagerung in ein fremdes Sonnensystem ist es beinahe unmöglich, Arimeas Macht zu beschädigen oder gar zu vernichten. Die geheime Allianz überlebt so Tausende von Jahren. Derartige Maßnahmen – einst beschlossen und initiiert von der *Wächtern* –, sollen den Erhalt von Lebensformen aller Art sichern. Horrende Ziele verlangen dementsprechende Einsätze, zu denen auch die Verbreitung arimeanischen Genmaterials hörte. Daraus entwickelten sich im Laufe erdgeschichtlicher Epochen schließlich die Menschen.

Alte Kulturen, längst versunken, berichten in steingehauenen erzählenden Geschichten davon. Da ist die Rede von einer Familie der ›Zwölf Planeten‹, deren gesamtes Wissen über die Erde verteilt ist, um zu entsprechender Zeit abrufbar zu sein. Oft werden darin bestimmte Hinweise verschlüsselt beschrieben, wohl auch deswegen, weil es nichts vergleichbares zur damaligen Zeit gab.

Nayati hat noch nicht das Ganze als solches vor Augen. Dafür reicht die Zeit noch nicht, um sich einen objektiven Überblick zu verschaffen. Das will er jetzt schleunigst nachholen. Die sprechende Bibliothek auf Uridräo wird dem jungen Gewahrer alle Fakten offenbaren. Und er hofft inständig, auch über das Tentakel-Wesen schlauer zu werden.

Bevor Nayati allerdings nach Uridräo reisen kann, geschieht das Unfassbare. Beim Verlassen der Zwischen-Dimension bekommt der Zeitgleiter einen Schub von fehlgeleiteter Energie ab, der ihn ins Trudeln bringt. Dadurch kommt die automatische Steuerung falsche Informationen, was wiederum zur Folge hat, dass das ursprüngliche Ziel um Lichtjahre verfehlt wird. Zu allem Übel bricht die Energieversorgung noch vor der Landung völlig zusammen. Das Ergebnis ist ein unkontrollierter Absturz im wahrsten Sinne des Wortes …

✦

Es ist nicht mehr weit. Auf der Hochebene herrschen extrem klimatische Bedingungen. Tagsüber ist es unerträglich heiß, des Nachts fallen die Temperaturen unter dem Gefrierpunkt. Am Rande der Ebene lebt ein kleine Gruppe von Aymará, ein indigenes Volk Südamerikas. In der kargen Landschaft leben sie gemeinsam mit einigen Alpakas, die unter diesen klimatischen Bedingungen sich als robust und widerstandsfähig erwiesen haben.

Ein Aymará nähert sich der Truppe. Er ist tagelang auf Streifzug gewesen. Im Gepäck hat er ein paar kleinere Nagetiere, die für einige Tage reichen müssen. Dementsprechend wird er von den Seinen jubelnd empfangen. Die Frauen machen sich sogleich an die Arbeit.

Bald wird es dunkel werden. Das letzte Tageslicht wird innerhalb weniger Augenblicke verschwinden. Dann werden entfachte Feuer Licht und Wärme spenden. Alpaka-Felle sorgen dafür, während des Schlafes nicht zu erfrieren.

Nur noch einen Fingerbreit ist die Sonne vom Horizont entfernt und wird gleich die Reise durch die Nacht beginnen. Der zurückgekehrte Jäger sucht Holz für die Feuer, und entfernt sich nochmals von der Gruppe.

Lang werden die Büsche nicht mehr halten. Dann heißt es, weiterzuziehen und das Lager an anderer, geeigneter Stelle neu aufzubauen. Während der Heimgekehrte Holz sammelt, beginnt die Luft auf eigenartiger Weise zu flimmern. So etwas hat er noch nie zuvor gesehen. Auch wurde derartiges nicht überliefert. Gebannt schaut er dem Schauspiel zu. Jetzt wird aus dem Flimmern eine sternenzackige Kreisform mit Farbüberlagerungen. Die Atmosphäre wird spürbar schwer, lastet auf die Körper, als wäre man auf dem Boden des Meeres. Das entstehende Phänomen besitzt einen riesigen Durchmesser, der alles bisher Bekanntes in den Schatten stellt.

Die komplexe Struktur ist nicht von dieser Welt. Dafür sind höhere Mächte verantwortlich. Pachamama, die allmächtige Göttin! ›Mutter Welt‹ will den Kreaturen, den sie das Leben schenkt und ernährt, auf eine Probe stellen. Auch wenn der tiefere Sinn den Aymará verborgen bleibt, würde niemand dies infrage stellen. Pachamamas Wege sind unergründlich.

Indessen wächst das flirrende Luft-Monstrum immens an. Die Moleküle im Inneren vollführen einen regelrechtenTanz. Dann beginnen die Außenränder des gezackten Wirbelkreises bedrohlich zu glühen. Die Intensität ist so groß, dass es die Netzhaut des indigenen Betrachters überfordert, und er den Blick geblendet abwenden muss. Dadurch entgeht dem Aymará das folgende Spektakel und wird das Erscheinen von ›Mutter Welt‹ nur noch bekräftigen.

In der Mitte der immer mehr in Wallung geratenen Luftteilchen brodelt es. Riesige Blasen bilden sich, die nach allen Himmelsrichtungen streben, doch von einer nicht erkennbaren Kraft in Zaum gehalten werden. Blitze durchzucken hektisch den Kreis; ihr Aufflackern blendet zusätzlich. Ein Vibrieren erfüllt die Luft. Die anderen Ayamaras suchen vorsichtshalber Deckung, was auf der Ebene fast unmöglich ist. Zusammengekauert und fest auf den Boden schmiegend, beten sie mit geschlossenen Augen um Schutz.

Den wellenähnlichen Vibrationen gesellt sich dumpfes Grollen, das aus den Tiefen der Hölle entsprungen sein muss. Was den Aymará entgeht, ist ein überdimensionierter Lichtball, der aus dem Waberkreis entspringt und mit Getöse etliche Meter weiter aufprallt. Sofort zerfällt die Struktur. Die einsetzende Ruhe dagegen wirkt nicht minder bedrohlich.

Der Lichtball verschwindet beim Aufprall und entlädt seine geballte Energie in Form einer Explosion. Dabei wird ein Krater in die Ebene gerissen, dessen Erde und Gestein verdampft. Reste davon, die der Hitze strotzen können, rieseln als Staub herab und hüllen alles in eine leuchtende Wolke ein, die nur allmählich schwindet.

Die verängstigten Aymará danken der allmächtigen Göttin, dass sie überlebt haben.

✧

Nayati wird heftig im Zeitgleiter herumgeschleudert. Die Orientierung endgültig verloren, bleibt ihm nur eines, so unbeschadet wie möglich aus der Situation zu kommen. Allerdings bietet der Gleiter innen kaum Festhaltepunkte; eine fatale Fehlkonstruktion, wie er findet. Offenbar sind die Erfinder nie davon ausgegangen, oder haben es in der Planung nicht mit einbezogen, dass eine Extremsituation wie diese eintreten könnte.

Hart stößt Nayati mit dem Kopf an. Alles virtuelle ist verschwunden, somit ein rascher Eingriff in die Steuerung unmöglich. Er bezweifelt zwar, dass er etwas ausrichten könnte, doch in der Not frisst der Teufel bekanntlich Fliegen.

Aufs kläglichste versagt die Steuerungsautomatik. Völlig mit sich beschäftigt, bekommt Nayati vom eigentlichen Flugverlauf – in Wahrheit vom längst einsetzenden freien Fall – nichts mit. Die Rogalit-Kabine wird permanent in Eigenrotation gebracht, wobei zwischen Längs- und Querachse ein ständiger Wechsel stattfindet. Als ob das nicht ausreicht, wird die Drehung abrupt gestoppt und in umgekehrte Richtung erneut in Gang gesetzt.

Die Blessuren die Nayati davon tragen wird, sind neben Hautabschürfungen und Beulen auch mittelschwere Prellungen. Besonders die Schienbeine werden den Gewahrer lange Zeit das Geschehen in Erinnerung rufen. Doch erst einmal steht die unweigerlich harte Landung an. Er kann sich noch kein wirkliches Bild davon machen, wie hart sie tatsächlich ausfallen wird. Doch wie sooft im Leben ist die Realität meist härter als irgendwelche ausgearteten Fantasien.

Im Zeitgleiter wird es unerträglich heiß. Nayati wird unbarmherzig herumgewirbelt, wie eine Murmel in einem Geschicklichkeitsspiel. Jeder einzelne Aufprall an sich bedeutet eine Verletzung; in der Gesamtheit steht sein Leben auf dem Spiel.

Dann kommt es, wie es kommen muss. Der Zeitgleiter verlässt die Zwischendimension, mit einem einhergehenden Richtungswechsel. Mehrere Meter über den Erdboden öffnet sich das Portal, dessen angestaute Energie mit der Wucht etlicher unkontrollierter Explosionen sich schlagartig entlädt. Kurzzeitig fühlt Nayati völlige Schwerelosigkeit. Der darauf folgende Aufprall raubt ihm letztendlich die Sinne.

✦

Im letzten Tageslicht versammeln sich die verstörten Aymará um den Krater. Genau in der Mitte liegt ein umgekipptes Gefährt, dass es auf der Erde nicht geben kann. Zu ihren Erstaunen erkennen sie unweit davon eine verkrümmt daliegende Gestalt. Diese ähnelt dem Menschen, doch die seltsame Kleidung lässt die Aymará demütig zurückhaltend sein. Denn die Gestalt, die dem Wabernden Kreis entsprang, kann nur ein Abgesandter Pachamamas sein …

Zehn

Vereinigtes Königreich in der Gegenwart.

Karoline entgehen nicht die tiefen Augenringe ihres Mannes. Besorgt mustert sie ihn. Nach so langer gemeinsamer Zeit, benötigt es nur weniger Worte zwischen beiden, um zu verstehen, was im Gegenüber vorgeht.

»Ich mach uns Kaffee«, haucht sie. Karolines Gespür verrät ihr, dass ein Ereignis eingetreten ist, welches Waylon schwer zusetzt.

»Ja«, entgegnet er.

Waylon ist unwohl. Die letzten Sequenzen des Tagtraumes (wie er es bezeichnet) sind noch präsent, und passen so gar nicht ins Bild. Überhaupt ist in den letzten Stunden seine Welt nicht mehr die, die es einmal war. Seit dem er das Testament im Briefkasten gefunden hat. Was ist bloß los? Spielt die Welt verrückt? Oder spinnt er selbst? Wie soll Waylon es anders nennen, in Anbetracht des Tagtraums, der ihn – kurz bevor Karoline heim gekommen ist – anheim fiel!

Duft von frisch gebrühten Kaffee holt Waylon aus seinen Gedanken.

»Kommst du?«, ertönt Karolines Ruf aus der Küche.

Gehorsam und nicht Herr seiner Sinne, kommt Waylon der Bitte nach. Im Moment sieht er auch keine andere Möglichkeit. Er überlässt es gern seiner Frau, Ordnung ins Chaos zu bringen.

»Du siehst abgespannt aus«, beginnt sie umschweifslos. »Dir bekommt es wohl nicht, wenn ich nicht da bin?«

Er trinkt einen Schluck, nickt kurz.

»So maulfaul hab ich dich schon ewig nicht mehr erlebt. Was ist los?«

Sein Achselzucken ist untypisch zurückhaltend.

»Also?«

Waylon räuspert sich. Wo soll er anfangen? Plötzlich kommt er sich ziemlich albern vor. Er versteht nicht nur die Welt nicht mehr – was auch nicht weiter schlimm ist –, auch sich selbst glaubt er nicht mehr richtig zu kennen.

»Ist kompliziert ...«

Seine Stimme will ihm auch nicht mehr richtig gehorchen.

»Hast du so wenig Vertrauen?«

Karoline senkt traurig den Blick.

»Das ist es nicht«, krächzt er mühselig. »Ich versteh ... es doch ... nicht mal selber ...«

Sie schaut ihn kokett an.

»Ich kann gut zuhören ...«

Ihre Augen treffen sich und verschmelzen im Blick miteinander.

»Okay. Es beginnt mit einem Testament ...«

☆ ★ ☆

An der Haustür wird geläutet. Drinnen ertönt ein Westminster-Gong. Die Frau an der Tür tritt von einem Bein auf den anderen. Alles ist ruhig. Die läutet noch einmal. Da wird die Tür geöffnet.

»Ja, bitte?«

Der Mann verstummt, als er erkennt, mit wem er es zu tun hat.

»Polizei?«, fragt er verwundert.

»Mr McGowan? Ist ihre Frau zu sprechen?«

»Meine Frau? Was ist denn los?«

»Mein Name ist Sheffield und ich muss Ihrer Frau ein paar

Fragen stellen.«

»Kommen Sie rein. Olivia ist im Wohnzimmer.«

Sich bedankend folgt Miss Sheffield Benjamin. Olivia sitzt auf einem Stuhl und sieht zum Fenster hinaus. Ihr Blick ist in weiter Ferne entrückt. In der Hand hält sie das Testament.

»Mrs McGowan?«

Keine Reaktion.

»Mrs McGowan!«, wiederholt die Polizistin, diesmal in einem schärferen Ton.

Olivia wendet den Kopf in Richtung der Besucherin.

»Mrs McGowan. Ich habe etwas für Sie. Dazu muss ich allerdings sicher sein, dass Sie Mrs Olivia McGowan sind.«

»Ja?«

»Mrs McGowan! Kann ich Sie unter vier Augen sprechen?«

Sheffield sieht fragend zu Benjamin.

»Ich … natürlich …«

»Nichts für ungut, Mr McGowan«, sagt Sheffield entschuldigend.

»Schon gut«, entgegnet Benjamin. »Ich wollte sowieso mit den Kindern …« Er beendet den Satz nicht. Erst jetzt fällt ihm das Kuvert auf, dass Sheffield bei sich führt.

»Danke, Sir.«

Wortlos geht Benjamin hinaus und lässt die Frauen allein.

»Mrs McGowan …«

»Olivia …«

»Olivia … Ich bin Deborah. Ich habe etwas für Sie.«

Deborah hält ihr das Kuvert hin.

»Sie wissen Bescheid, wurde mir versichert.«

Olivia nickt nachdenklich, ergreift den versiegelten Umschlag.

»Bevor Sie ihn öffnen, soll ich Ihnen noch eine persönliche Nachricht überbringen.«

Deborah Sheffield macht eine Pause. Dann wiederholt sie den ihr auferlegten Text.

»Vertraue Dich niemanden an, Olivia. Sprich nur mit dem Dreizehnten.«

☆★☆

Nachdem Waylon geendet hat, versinkt er wieder in seine bisherige Grübeleien. Karoline hat den Kopf in die Hände vergraben und denkt ihrerseits nach. Einen Sinn kann auch sie nicht erkennen, spürt aber das drohende Ausmaß. Waylons Worte und seine Stimme gehen ihr unter die Haut. Und die Nackenhaare stehen ihr noch immer zu Berge.

Waylon beschleicht ein komisches Gefühl, nämlich das, dass es womöglich falsch ist, alles zu erzählen. Jemanden naherstehenden mit hineinzuziehen, kann unter Umständen fatale Auswirkungen haben. Wie die aussehen können, entzieht sich ihm noch.

Doch jetzt ist es für – wie auch immer geartete – Vorwürfe zu spät. Gesagt ist gesagt, daran ändert sich nichts mehr.

Unterdessen ist der Kaffee kalt geworden. Kalter Kaffee schmeckt scheußlich, doch das ist nun auch egal. Wertvolle Sekunden gewonnen, um nichts sagen zu müssen. Ein willkommenes Ablenkungsmanöver, um Zeit zu gewinnen.

Manchmal sieht das Schicksal anderes mit einem vor, als es gerade noch den Anschein hatte. Der Zufall will es, dass es an der Tür klingelt.

Karoline schaut verwundert auf, bleibt jedoch in starrer Haltung sitzen. Waylon erhebt sich nach dem zweiten Klingelläuten.

Am Tor erkennt Waylon eine Frau in Uniform. Für einen Moment glaubt er, sie zu kennen, verwirft jedoch sofort den Geistesblitz. Auf dem zweiten Blick schellt er sich. Nein: Diese Dame hat er noch nie gesehen!

»Mr Latham?«, ruft sie Waylon zu, als er die Tür einen Spalt öffnet.

»Ja? Was kann ich für Sie tun?«

Ohne sie aus den Augen zu lassen, geht er langsam auf sie

zu.

»Sorry, dass ich störe, Sir. Aber ich muss mit Ihnen reden.«

»Nur zu, Miss ...«

»Sheffield, Deborah Sheffield von der hiesigen Polizeidienststelle.«

»Polizei? Hab' ich was angestellt?«

»Nein, Sir. Deswegen komme ich nicht. Ich überbringe etwas, was Sie vermutlich schon erwarten. – Können wir vielleicht reingehen?«

»Was ich erwarte?«

Deborah nickt ernst.

»Ich weiß zwar nicht was«, sagt Waylon gedehnt und wider besseren Wissens, »aber kommen Sie doch bitte.«

Gedanklich fügt er hinzu, dass die Nachbarn sich jetzt wohl die Mäuler zerreißen werden, aufgrund des staatlichen Besuchs.

Waylon führt Deborah in den Garten. Die Polizistin schaut sich um und vergewissert sich, dass keine fremde Augen sie beobachten. Das Anwesen ist sauber und gepflegt. Die Hecke bietet einen natürlichen Sicht- und Schallschutz.

»Hier steckt eine Menge Arbeit drin«, sagt sie anerkennend. »Dafür habe ich absolut kein Händchen.«

»Man braucht schon ein gewisses Gefühl dafür, das stimmt schon. Und fruchtbaren Boden. Aber ich denke, deswegen sind Sie nicht gekommen ...«

»Nein, ganz bestimmt nicht«, lächelt sie verlegen. »Um ehrlich zu sein, glaube ich Sie, von irgendwoher zu kennen.«

»Das kommt mir auch so vor. Allerdings kann ich mich nicht entsinnen, woher.«

»Geht mir ebenso. Okay ... Kommen wir zum eigentlichen Anliegen meines Besuchs.«

Deborah wird augenblicklich förmlich.

»Sir, in Anbetracht der Situation benötige ich ein Dokument, was mir beweist, dass Sie der sind, für den ich Sie halte.«

Waylon runzelt die Stirn.

»Ein Ausweis genügt …«, fügt sie rasch hinzu.

Nachdem sie Waylons Ausweis auf Echtheit kontrolliert hat, treffen sich ihre Blicke für einige Millisekunden zu lang. Verlegen sucht Deborah nach den richtigen Worten.

»Sir«, beginnt sie schließlich, »mir wurde aufgetragen, Ihnen heute und an diesem Ort diesen Brief zu überreichen.«

Lang starrt Waylon das ihm hingehaltene Kuvert an. Zögernd ergreift er es mit zittriger Hand, was Deborah nicht entgeht.

»Alles in Ordnung, Sir?«

»Ja, ja … alles bestens …«

»Das ist noch nicht alles, Sir.«

»Nicht?«

Deborah schüttelt den Kopf.

»Eine persönliche Nachricht.«

Waylon hat hunderte Fragezeichen im Blick.

»Vertraue Dich niemanden an, Waylon! Sprich nur mit dem Dreizehnten …«

Elf

Besinnungslosigkeit ist nicht gleichzusetzen mit absoluter innaktiver Gehirntätigkeit. Dieser Irrtum ist weit verbreitet und geschuldet mangelndem anatomischen Wissen. Als komplexes Organ sind noch nicht alle seine Areale erforscht. Auch sind (noch) nicht alle Aktivitäten messbar. Nachgewiesen sind zwar bestimmte Gehirnströme während des Denkens zum Beispiel, doch was genau stattfindet, liegt noch im Verborgenem.

Nayati durchlebt gerade dieses Stadium. Obwohl für die Außenwelt leblos, erfährt er selbst (oder sein Bewusstsein) eine weitreichende Erfahrung.

Vom jetzt Geschehenem bekommt Nayati nichts mit. Sein Geist weilt in anderen Sphären, die mit der Wirklichkeit nichts zu tun haben. Auch wird allgemein angenommen, dass Schwerverletzte, deren Leben am seidenen Faden hängt, einen Film sehen, der aus erlebten Bildern zusammen gesetzt ist. Doch auch dies trifft auf Nayati nicht zu. Er durchlebt soeben eine Wirklichkeit, fern der Erde und in einer anderen Zeit.

Umgeben von einer unendlich weiten Wiese mit sämtlichen Gräsern, Blumen und Kräutern, die in diesen Gefilden gedeihen, atmet er frische, würzig-aromatische Luft. Zuerst erkennt Nayati das Land nicht, doch mit der Zeit kommt die Erinnerung. Es muss sich eindeutig um ein Teilstück auf Nosy Be handeln. Die Stelle hat er während seiner ersten Aufenthalte auserwählt und für geeignet gehalten. Ein großer Irrtum, wie sich bald herausstellte.

Wie kommt er hierher?

Eine berechtigte Frage, denn er kann sich weder erinnern, wann er angekommen sein soll, noch was er hier will. Außerdem wird Nayati unsicher, was die Location betrifft. Warum kann er nicht sagen, es ist nur so ein Gefühl …

Er beugt sich herunter. Sanft streicht er über die Gräser. Sie sind da; er kann sie sehen und fühlen. Doch etwas widerspricht dem Idyll. Leicht wiegt sich die Wiese im Wind.

Nayati bricht einen Halm ab, reibt diesen zwischen zwei Fingern. Der Geruch ist extrem würzig. Eigentlich ist alles in Ordnung. Wenn da nur nicht etwas wäre, dass Nayati stört.

Ziellos streift er umher. Am Himmel ist keine einzige Wolke. Tiefes Blau, welches in den Flüssen vom Wasser widerspiegelt wird. Ein herrliches Wetter, das einen wundervollen Tag verspricht.

Die Wiese scheint unendlich zu sein. Bereits lange Zeit unterwegs, will sie einfach nicht enden. Ein erneutes Mysterium, was nicht passt.

Nayati bleibt stehen, wirft einen Blick zurück. Das idyllische Paradies liegt ihm friedlich zu Füßen. Nichts trübt die Stille.

Stille! Es ist diese Art von Stille, die bei längerer Dauer, schmerzt.

Das ist es, was ihm die ganze Zeit beschäftigt. Kein einziger Laut ist zu hören!

»Hallo!«

Sein Ruf hallt klar über das Land. Um sich zu vergewissern, wiederholt er ihn mehrmals, immer mit dem selben Erlebnis. Wenn der Schall übertragen wird, den Nayatis Stimme erzeugt, weshalb ist es dann so still?

Angestrengt lauscht er. Nicht einmal der Wind hinterlässt das bekannte Rauschen …

Diese totale Geräuschlosigkeit wirkt bedrückend. Man kann schnell verrückt werden. Um dem zu entkommen, beginnt Nayati Selbstgespräche zu führen. Alles was er erblickt, kommentiert er von nun an. Stellt sich bei unbekannten Pflanzen Fragen, beschreibt sie so genau und ausführlich, wie möglich. Jeder Erhebung vergibt er Namen. Auf diese Art wird sein Wunsch nach einer Geräuschkulisse erfüllt, was jedoch das Grundübel nicht ausmerzt.

Ohne Zeitgefühl stapft er weiter. In regelmäßigen Abständen schaut er sich um. Vielleicht läuft ihm ja jemand über den Weg! Dem könnte er dann fragen, wo genau er ist. Doch dann fällt Nayati ein, dass es auf der Insel keine Menschen gibt. Deswegen hat er Nosy Be ja schließlich auserwählt.

Enttäuscht geht er weiter. Da kommt ihm eine Idee. Das er daran nicht sofort gedacht hat!

Es gibt nur einen einzigen Weg, die Insel zu betreten: Mit dem Zeitgleiter! Diesen sollte er suchen, und zwar sofort. Umso schneller klärt sich alles auf!

Trotz intensiver Suche, kann er das arimeanische Gefährt nicht finden.

»Nayati«, erschallt plötzlich eine zärtliche Stimme.

Er fährt herum. Spielt ihn die absolute Stille einen Streich?

»Nayati, hier!«

In einer Entfernung von zwei Dutzend Metern macht er eine zierliche Gestalt aus. Sie hebt den Arm, winkt ihm zu. Ein Lächeln umspielt ihre Züge.

»Martha …?«, flüstert er.

»Ja, Liebster …«

Das kann nur eine Sinnestäuschung sein! Wie ist Martha her gekommen? Sie dürfte gar nicht hier sein! Nicht auszudenken …

»Komm zu mir, Nayai«, fleht sie mit eindringlicher Stimme.

Er will losgehen, zu ihr hinüber. Sie umarmen und nie wieder loslassen. Doch als er einen Schritt macht, zieht ihn eine unsichtbare Macht um eine Beinlänge zurück. Sosehr er sich auch anstrengt, die Entfernung wird immer größer.

»Martha!«, schreit er verzweifelt.

»Geh nicht, Liebster!«

Es hilft nichts. Alle Anstrengungen sind vergebens.

Dann verhallt auch ihre zarte Stimme voller liebevollem, sehnsüchtigen Klang. Ohne das Nayati es verhindern kann, lässt ihn der Sog nicht mehr los und Martha verblasst nebulös.

✦

Pachamamas Gesandter schlägt die Augen auf. Ein weiteres

Zeichen für die göttliche Abstammung. Denn solch einen Aufschlag kann ein normaler Mensch nicht überleben. Die Aymará knien ehrfürchtig nieder, während ihr Medizinmann sich über den Gesandten beugt. Vorsichtig flößt er Nayati einen Kräutertrank ein. Schluck für Schluck wandert der dickflüssige Sud durch die trockene Kehle. Ein wohliges Wärmegefühl erfüllt seinen Magen.

Aufkommender Hustenreiz lässt Nayati würgen. Er droht zu ersticken, wenn er weiter trinkt. Der Medizinmann setzt das Gefäß ab und sagt etwas, was der Gewahrer nicht versteht. Da sein Körper sich beruhigt, nickt er und schließt die Augen.

Die Nacht bricht fast übergangslos herein. Sorgfältig wird Nayati zugedeckt und in seiner Nähe ein Feuer entfacht. Geschwächt fällt er in einem bleiernen Schlaf. Die Aymará stellen eine Wache auf. Dem Gesandten darf nichts geschehen. Die übrigen finden aufgrund Nayatis Eintreffen keine Ruhe. Jeder macht sich seine eigenen Vorstellungen darüber. Nur die Kinder schlafen bereits.

Nayati benötigt sechsunddreißig Stunden, um halbwegs zu genesen. Wacklig hält er sich auf den Beinen. Er nimmt an den kargen Mahlzeiten der Gruppe teil, die gerne teilt. Nur mit der Unterwürfigkeit kommt er nur schwer klar. Jegliche Anstrengungen dies zu unterbinden, eignen sich gegenteilig aus. Ihm bleibt es nur hinzunehmen, was sehr schwerfällt.

Am dritten Morgen nach seinem Unfall, untersucht Nayati den Gleiter. Offenbar funktioniert der noch. Gemeinsam mit einigen kräftigen Männern richten sie das Gefährt auf. Sämtliche Anzeigen leuchten so wie es sein soll. Für die Richtigkeit seiner Annahme hat er nicht das technische Verständnis, und kann sich nur daran orientieren, wie es vor dem Unfall war.

Als die Aymará die virtuellen Anzeigen aufleuchten sehen, verneigen sie sich urplötzlich. Da die Sprachbarriere unüberwindlich ist, bedeutet Nayati ihnen schließlich mit Handzeichen, sie mögen aufstehen. Nur widerstrebend kommen die Eingeborenen dem nach; ihre Angst ist einfach zu groß.

In diesem Punkt kann Nayati sie sogar verstehen, erging es ihm doch anfangs genauso. Mit Technik hatte er vorher nichts zu tun, besonders auf Basis von Mikroprozessoren. Ironischerweise hat er mittlerweile überhaupt keine Berührungsängste mehr. Sogar in den Programmablauf getraut er sich einzugreifen.

Ein Schmunzeln macht seine Gesichtszüge weich, was die Aymará wohlwollend aufnehmen. Er hingegen hat nur Augen für den Gleiter. Es gilt, so schnell wie möglich zurückzukehren.

Mit gewohnten Handgriffen leitet er die Startsequenz ein. Alles scheint wie gewohnt zu funktionieren. Schon jubelt er im Stillen, als während der Ziel-Eingabe das System zusammenbricht.

Nayati zieht die Arme erschrocken zurück. Hat er etwas falsch gemacht? Den Systemabsturz vielleicht eigenhändig provoziert?

Er atmet tief aus.

Hat er was übersehen? Ist durch seiner Hand der Gleiter unbrauchbar geworden?

Nicht auszudenken, wenn dies der Fall wäre. Er säße hier fest! An einem fremden Ort, unter fremden Menschen, in ein fernen Zeit …

Die Vorstellung ist entmutigend.

Als ob die Aymará seine Verzweiflung spüren können, schwingt tiefes Mitgefühl in ihren Blicken.

Einer von ihnen traut sich und kommt näher. Seine Stimme ertönt, und Nayati weiß auch ohne zu verstehen, dass es ihm leid tut. Dann bedeutet der Aymará den Gesandten unterwürfig, ihm zu folgen.

Zwölf

Gegenwart, im Hause Latham.

Waylon starrt den versiegelten Briefumschlag an. Seitdem Deborah Sheffield gegangen ist, überlegt er. Das Kuvert wird die erklärende Nachricht sein, die im Testament angekündigt wurde. Zum Einen ist er gespannt darauf, das Siegel zu brechen. Auf der anderen Seite scheut sich Waylon davor. Was wird der Umschlag alles offenbaren? Und was, wenn es ihm nicht gefällt?

Eine Ahnung versetzt Waylon in Unruhe. Wenn er so darüber nachdenkt, steigt seine Nervosität. Es fühlt sich an, als stünde etwas Wichtiges an, mindestens jedoch liegt etwas in der Luft. Er hasst Ungewissheit; dies wird ihm jedesmal bewußt. Besonders dann, wenn man sich vor etwas fürchtet, was einem wahrscheinlich nicht gefällt.

Mit jedem Mal, wenn Waylon den Brief anschaut, wird das Unbehagen stärker.

»Du hattest Besuch?«, fragt Karoline. Sie wirkt erschöpft und ebenfalls durcheinander. »Wer war's denn?«

»Der Bote ...«

Sie entdeckt dem Brief auf dem Tisch.

»Ist es das, was ich denke?«

Waylon antwortet nicht.

»Willst du ihn nicht öffnen?«

»Sicher ...«

»Verstehe«, sagt Karoline gedehnt. »Du willst allein sein.«

Wieder bleibt er ihr eine Antwort schuldig.

Eine Weile wartet sie, dann dreht die sich um, um das Zimmer zu verlassen.

»Ich frage mich, ob es nicht falsch von mir war, dich mit hineinzuziehen.«

»Haben wir nicht immer alles miteinander besprochen, Way?« Karoline wendet sich ihrem Mann wieder zu. »Soll das jetzt etwa anders werden?«

»Ich weiß nicht so richtig die Situation einzuschätzen.« Er spricht langsam und wohl überlegt. »Ich kenne keinen Nayati. Mein Dad starb vor langer Zeit ...«

»Ich hätte ihn gern kennengelernt«, gesteht Karoline. »Du hast ihn sehr gemocht ...«

Da kommt ihr eine abgefahrene Idee.

»Mir kommt da was in den Sinn ... Ich sollte es vielleicht für mich behalten ... Aber ... kann es nicht sein ... dass ...«

»Was?!«

Karoline hält inne. Kopfschüttelnd spricht sie langsam weiter, als ob sie es selbst kaum glauben kann.

»Besteht die Möglichkeit, dass du ... adoptiert wurdest?«

Sein Blick widerspricht stumm dieser absurden Idee. Aber er schweigt.

Die Zeit verstreicht im Schweigen. Als Karoline es bereits aufgibt, an einer Erwiderung zu glauben, sagt Waylon: »Dafür gibt es keine Anhaltspunkte. In Mutters Nachlass hätte sich doch etwas finden lassen müssen.«

»Nicht zwangsläufig.«

Waylon zieht die Stirn graus.

»Vielleicht gab es für ihre Liebe keine Zukunft, oder es war ihm unmöglich, wiederzukommen.«

Vor über fünfundsechzig Jahren war noch vieles anders. Das wird auch Waylon immer bewusster. Wie schnell man sich doch an Annehmlichkeiten gewöhnen kann. Plötzlich erscheint seine Kindheit völlig fern; es fühlt sich an, als sei es eine völlig andere Welt gewesen! Da bekommen zeitgenössische Dokumente eine wichtige Bedeutung. Vieles verblasst in der Erinnerung oder verschwindet gar. Wenn es nur jemanden geben würde, den er fragen könnte!

»Wenn ein Kontakt oder eine Beziehung von einem zum anderen Moment abbricht, kommt es vor, dass keine Briefe existieren.«

Der von Karoline aufgegriffene Gedanke behagt ihm überhaupt nicht. Auch wenn es ein Erklärungsversuch ist, der das

Testament rechtfertigt. Doch dies würde heißen, er lebte all die Jahre mit einer Lüge, ohne es gewusst zu haben, dass es eine ist! Aufschluss darüber könnte das Kuvert geben. Und wenn nicht? Wenn der Brief eine weitere Lüge ist? Wie soll er herausfinden, keiner Täuschung zu erliegen?

Ihm wird übel.

Im Gegensatz dazu, verspürt Karoline Hunger. So gehen beide ihren Bedürfnissen nach.

Stunden später sitzt Waylon im Garten. Das Siegel ist noch ungebrochen. Karoline hat sich hingelegt und ist noch nicht wieder herunter gekommen. Soll er auf sie warten? Schnell wischt er den Gedanken weg. Dies würde seiner Einstellung grundlegend widersprechen. Und wer weiß schon, wofür es gut ist, allein das Kuvert zu öffnen.

Er gibt sich einen Ruck und löst sich aus der Starre. Beherzt reißt Waylon den Brief auf.

«Mein Sohn», liest er auf der ersten Seite, in der gleichen Handschrift, mit der auch das Testament verfasst worden ist.

Mein Sohn!

Ein Stich trifft ihn unmittelbar mitten ins Herz.

Nach der ungewohnt persönlichen Anrede folgt ein Absatz über die Geschicke des Schreibers. Herkunft und Weggang aus der vertrauten Welt, um einem neuen Ziel zu folgen. Er beschreibt die Pflichten eines Gewahrers. Dabei verliert er sich beinahe.

Nach einem harten Schnitt kommt Nayati Wikvaya zum eigentlichen Kern.

«Deine Aufgabe, mein Sohn, wird es sein, meine Aufgabe, im Sinne des Kodexes, fortzuführen. Die Verflechtungen des Universums und der existierenden Lebensformen untereinander, sind tiefer, als wir Menschen jemals in seiner ganzen Bandbreite verstehen in der Lage sein werden. Wir sind Brüder – nicht nur im Geiste (also in der Vorstellung von Werten, die das Leben direkt betreffen) –, auch in der Bewertung von Naturgesetzen, die im Großteil des Universum gültig sind.

Unsere Ahnen stammen vom Ur-Planet Arimea ...»

Waylon stockt.

Arimea?

Der Name kommt ihm verdächtig vertraut vor! Je öfter er das Wort wiederholend ausspricht, umso sicherer ist er. Er kennt Arimea – wenigstens vom Hörensagen. Ein Funke einer weit entrückten Erinnerung flammt auf, jedenfalls ordnet Waylon ihn so ein. Und ein Bild tritt aus dem von Nebel umhüllten Fetzen: Das eines Raumschiffes!

Raumschiff?

Form und Verarbeitung deuten eindeutig auf einen nichtmenschlichen Ursprung hin, ja, beweisen regelrecht diese Annahme. Allerdings gelingt es Waylon nicht, das Bild im Geiste festzuhalten; schnell verschwindet es wieder und nur ein flaues Gefühl bleibt.

«... dessen Bewohner die wahren Götter sind», liest Waylon weiter. So erfährt er, was die Verfechter von prähistorischen Besuchern permanent anmahnen und unentwegt durch alte Reliefs vergangener Kulturen zu beweisen suchen, dass die Urbevölkerung des Planeten Arimea tatkräftig in die Evolution der Erde eingriffen und maßgeblich an die Entwicklung des Menschen beteiligt waren. Was Waylon besonders beschäftigt, ist die hier zu lesende Bemerkung Nayatis, die der im Nebensatz fallen ließ. Das Aussterben der Dinosaurier ist die Folge eines aus dem arimeanischen Systems stammenden Kristalls! Auch die Bezeichnung liefert der Schreiber: Rogalit.

Waylon hebt den Blick.

Vieles, was er gerade gelesen hat, mutet wie ein Science-Fiction-Roman an; utopisch und aus der Luft gegriffen, stellt das Schriftstück den Inhalt als unumstößliche Ereignisse heraus; wie ein Bericht eines Zeitzeugen.

Das ist zuviel! Das ... das kann Waylon nicht ernst nehmen. Hier will ihn jemand an der Nase herumführen! Und zwar ganz gewaltig!

Achtlos lässt Waylon die Seiten fallen.

☆ ✯ ☆

Zeitgleich beschäftigt noch jemand, etwa fünfzig Kilometer vom Hause Latham entfernt, mit einem Brief gleichen Inhalts. Eigentlich wollte Olivia bereits unterwegs zu Dad sein, doch der kurzfristige Besuch von Deborah Sheffield machte alle Planung zunichte. Anstatt mit einer vertrauten Person die Dinge zu beleuchten, sitzt auch sie über die letzte Niederschrift ihres vermeintlichen Großvaters.

«… Unsere Ahnen stammen vom Urplanet Arimea, dessen Bewohner die wahren Götter sind. Eine aus Wissenschaftlern bestehende Crew besuchte vor Abertausenden von Jahren mit der ›Sternengral‹ die frühe Erde und vermengte arimeanisches Erbgut mit dem Hiesigen. Erfolglosigkeit ließ sie einen der im Orbit von Arimea kreisenden Rogalit-Mond gen Erde entsenden, der zum Untergang prähistorischem Getiers führte.»

Olivia stutzt. Trotz der schwammigen Umschreibung weiß sie auf Anhieb, wovon der Verfasser schreibt. Von Neugier getrieben liest sie weiter.

«Ich habe mich höchstpersönlich davon überzeugen können. Sicherlich wirst Du mir jetzt ungläubig dies absprechen wollen. Dennoch schreibe ich die Wahrheit.

Spätestens wenn Du, meine Enkelin Olivia McGowan, in meine Fußstapfen treten wirst, wird Dein erstes Ziel eines der fortschrittlichsten Gefährte sein, den eine Intelligenz je erbauen kann. Dort wirst Du auch weitere Instruktionen vorfinden, die ich mir an dieser Stelle erspare, um sie vor unberechtigten Dritten zu schützen.»

Olivia empfindet große Empathie für das bevorstehende, ungewöhnliche Unterfangen, welches ihr aufgetragen wird. Noch weiß Olivia nicht, um was es genau geht. Folgt sie den eindrucksvollen Zeilen, in denen sie sich mühelos hineinversetzen kann, werden ihr die Aufgaben des Gewahrers übertragen. Somit wird sie für unbestimmte Zeit der Zivilisation entsagen müssen.

Und das verursacht schieres, angstbeladenes Herzrasen. Denn es hieße dann, Abschied zu nehmen von Freunde und Familie, und Benjamin mit den Kindern allein zu lassen. Ist sie dafür bereit? Es bleibt abzuwarten, wie die Entscheidung ausfallen wird. Und Olivia muss sie allein treffen.

Dreizehn

Bereits mehrere Tage weilt Nayati in der Indianer-Familie, durch deren Fürsorge er gänzlich genest. Seit zwei Tagen nun sind sie unterwegs, und dem Gewahrer gelang es bisher nicht, die Motivation für die beschwerliche Reise zu erfahren. Ihm missfällt, den Gleiter unbeaufsichtigt an Ort und Stelle zu belassen, zumal auch der Tarnschutz den Dienst verweigert. Aber Nayati geht davon aus, dass sowieso niemand das Gefährt bedienen kann.

So fügt er sich in die Situation und überlässt der Aymará-Familie die Entscheidung. Er gewinnt immer mehr den Eindruck, dass sie genau wissen, was sie tun. Er hofft nur, dass der Zeitgleiter sich noch fort befindet, wenn es überhaupt möglich ist, ihn wiederzufinden.

Sobald die Dunkelheit herein bricht, werden Feuer entzündet. Die Alpakas sind so an die Menschen gewöhnt, dass beide Spezies die Nacht über eng beisammen verbringen. Dadurch muss keiner frieren.

Nayati hat sich mit einem jungen Aymará angefreundet. Beide haben einen guten Draht zueinander, mögen sich. Tagsüber, während der Trupp tapfer voranschreitet, lernen sie voneinander. Alltägliche Wörter kennt Nayati schon, wie Schlafen, Gehen, Tag, Nacht, Feuer, Trinken, Essen. Der junge Aymará erweist sich als gelehriger Schüler. Hapert's auch mit der Aussprache, hat er bald mehr Vokabeln gelernt, als Nayati.

Er erfährt auch dessen Namen: Qi'tam. Der lacht, wegen der Aussprache, wenn Nayati ihn anspricht. Vielleicht betont er die Silben auch falsch, und dadurch bekommt es einen anderen Sinn.

Am Horizont wird ein grüner Streifen sichtbar. Auch der Boden verliert das steppengleiche Antlitz, wird bewachsener und bietet für unzählige Pflanzen Lebensraum. In den Augen der Familie leuchtet es auf. Die Kinder werden munterer, lachen vor Vorfreude auf das frische Nass des zu erwartenden Wassers. Offenbar kommen sie ans Ziel.

In der flirrenden Luft schwingt ein Hauch von sauberem, frischen Sauerstoffs mit; ein Zeichen von bestens gedeihender Vegetation.

Als sie den vermuteten Wasserlauf endlich erreichen, trinken alle ausgiebig. Einige der Kinder tollen im erfrischenden, sauberen Nass. Man lässt sie ausnahmslos gewähren, ja, forderte die Anderen auf, es gleichzutun.

Etwas abseits vom Treiben, lässt sich Nayati nieder. Es ist das erste Mal seit seiner Ankunft, dass er so etwas wie Ausgelassenheit verspürt. Der quälende Gedankenpanzer, der ihn anheim fällt und kaum ruhen lässt, bekommt erste Risse. Dadurch wird die Marter ein wenig erträglicher.

Qi'tam kommt näher. Mit einer angedeuteten Ehrerweisung, in Form einer Verbeugung, bittet er, herantreten zu dürfen.

Nayati nimmt derartige Respektbezeichnungen mittlerweile als gegeben hin, gelingt es ihm doch nicht, dass die Familie darauf verzichtet.

Sinngemäß teilt Qi'tam dem Gesandten mit, dass sie hier das Lager aufschlagen wollen. Nayati reimt sich vieles von Qi'tams gestenreiche Sprache so gut es geht zusammen. Dadurch kann er sich ein gutes Bild machen.

Doch das ist noch nicht alles, was Qi'tam sagen will. Und sichtlich versetzt es den jungen Aymara in Erregung.

»Was hast du auf den Herzen, Qi'tam?«

Genauso langsam und gestenreich spricht Nayati langsam.

Ein Anflug eines Lächelns deutet sich auf Qi'tams Lippen ab, doch es erstarrt; ganz offensichtlich wiegt eine Last auf seiner Seele.

Qi'tam zieht mit den Händen ein Oval in der Größe eines menschlichen Kopfes. Augen und Stimme sprechen von einem heiligen Gegenstand, worunter sich Nayati allerdings nichts vorstellen kann. Das gemalte Luftbild gleicht einer ovalen Kugel; doch das ergibt keinen so richtigen Sinn. Auch benutzt der Aymará für Nayati unbekannte Worte. Sei es einer bestimmten Erregtheit zu schulden – doch die Laute hören sich ungewöhnlich genuschelt an.

Der Gewahrer verzieht das Gesicht. Qi'tam stockt, schaut ihn ebenso unverständlich an. In Qi'tams Mimik tut sich etwas, er versteht, dass er an die Grenze ihrer beider Kommunikation angelangt ist. Er sinnt darüber nach.

Die Zeit des Schweigens währt noch an, da kommt ein anderer Aymará näher. Nayati kennt ihn, wenn auch nicht mit Namen. Der Typ ist stets auffallend zurückhaltend gewesen. Was mag der Grund sein, diese scheue Zurückhaltung aufzugeben?

Der Ankommende beginnt auf Qi'tam in einem Ton einzureden, den Nayati als unfreundlich empfindet. Er glaubt den Begriff «inti» herausgehört zu haben, den die Aymará für *Sonne* benutzen. Ein Blick in den Himmel, und Nayati fühlt sich bestätigt. Bis die Sonne untergeht dauert es nicht mehr allzu lang.

Am Schluß der Unterredung, bei der Qi'tam meist geschwiegen hat, verneigt sich der Aymará kurz vor Nayati und geht wieder. So wirklich schlau ist der Gewahrer nicht daraus geworden. Auch wenn er einen Anhaltspunkt glaubt erkannt zu haben.

Qi'tam gibt sich nachdenklichen Schweigens hin. Indes stampfen die Frauen und Kinder Bambusrohr zu einem zähen, nahr- und schmackhaften Brei. Fürs Abendessen ist gesorgt.

Am darauffolgenden Tag geht der Marsch weiter, mit den einen Unterschied, dass Frauen und Kinder zurückbleiben. Die Stimmung gleicht der einer Prozession. Es herrscht allgemeines Schweigen. Nayati hängt seinen Gedanken nach. Mittlerweile hat er vollends die Orientierung verloren; der Zeitgleiter ist fürs erste unerreichbar.

Der Weg führt allmählich, aber stetig bergan. Und auch die Vegetation ist üppiger, als bisher. Dies schlägt sich ebenfalls auf die Atemluft nieder, die nun aromatisch und sauerstoffreich die Lungen füllt. Zeit, endlich einmal tief durchzuatmen.

Nach zwei Stunden Dauermarsch lässt der Vordermann Halt machen. Die kurze Rast nutzen die Aymara um die Wasservorräte an einem Flusslauf aufzufüllen. Auch Nayati nutzt die Gelegenheit sich auszuruhen; lang ausgestreckt döst er vor sich hin. Von den Aymara wird er in Ruhe gelassen. Im weiten Bogen lagern die Anderen um ihn herum; nicht weil sie ihn ausschließen aus der Gemeinschaft, sondern weil sie in ihm den göttlichen Gesandten sehen. Nayati ist es recht, findet er doch so ein wenig Entspannung.

Doch sie währt nicht lang. Qi'tam macht auf sich aufmerksam. Ihre Blicke treffen sich und Nayati versteht, dass er den jungen Aymará folgen soll.

Angeführt vom Schamanen der Familie, geht es einen immer schmaler werdenden Pfad hindurch einen urwäldlich geprägten Dschungel. Feuchte Hitze schlägt ihnen entgegen. Den beiden Aymará ist nichts anzumerken, scheint die unerträgliche Schwüle nichts auszumachen. Nayati hingegen bekommt Probleme. Es dauert nicht lang, da strauchelt er.

Nach Atem ringend geht er zu Boden. Qi'tam springt herbei, stößt einige undefinierbare Laute aus, die den Schamanen alarmieren. Der flößt Nayati einige Schlucke Wasser ein.

Der Gestrauchelte nimmt gierig das erfrischende Nass auf. Erst später erfährt er, dass es sich nicht um pures Wasser handelte, sondern um eine Mixtur verschiedener Pflanzen und Früchte. Im Moment wundert er sich nur, dass nach wenigen Augenblicken der Schwächeanfall überwunden und er kräftiger als zuvor den Marsch fortsetzen kann.

Plötzlich führt der Weg steil nach unten. Terrassenartige Stufen erleichtern den Abstieg, der nicht enden will. Schlingpflanzen, welche Nayati niemals vorher zu Gesicht bekam, dienen als natürlichen Halt. Innerhalb von wenigen Minuten haben sie hunderte von Tiefenmetern überwunden. Und Nayati erkennt kein Ende.

Unbeirrt, mit dem Wissen der Urväter und Ahnen, stapft der Schamane voran. Hin und wieder schlägt er in den Pfad hineinreichende Triebe. Ein frischer Duft von Lianensaft erfüllt die stickige Luft; er wirkt eigenartig betörend anregend.

Etwa weitere siebzig Meter sind sie tiefer vorgedrungen, da ist die Talsohle erreicht. Von nun an geht der Weg horizontal weiter.

Bereits nach wenigen Schritten erkennt Nayati eine überwucherte Gesteinsmauer. Stellenweise sind vereinzelt Stücke herausgebrochen. Bereits auf den ersten Blick drängt sich die Vermutung auf, hier ein uraltes Zeugnis einer längst untergegangen Kultur vorzufinden.

Je weiter sie vorwärts kommen, umso rätselhafter wird das lose aufeinander getürmte Gestein. Dass ohne Bindemittel die Mauern Jahrhunderte überdauert haben und den Widrigkeiten der Natur strotzten, macht Nayati neugierig. Wer waren diese architektonischen *Künstler*? Sie mussten ein unsagbar reichhaltiges Wissen besitzen, und geschickt waren sie dazu!

Mittlerweile wird der Pfad breiter, mündet auf einen vom Geschling umgebenen Platz. Der Schamane bleibt stehen und wechselt mit Qi'tam einige Worte. Letzterer wirft Nayati einen Blick zu, der nicht deutbar ist. Dann nickt der Aymará.

Vierzehn

Vereinigtes Königreich, Gegenwart.

Deborah trägt bereits den ganzen Tag dieses unwirkliche Gefühl in sich. Eigentlich viel länger. Nämlich seit dem Auftauchen dieses seltsamen Alten, der sie tagelang beobachtet hatte, wie er später gestand. Sie war ihm nicht böse. Irgendwie ging keine Gefahr von ihm aus, obwohl es ein Fremder war. Diese Vertrautheit hat sie von Anfang an irritiert und willenlos gemacht. Skeptisch neuen Bekanntschaften gegenüber, ließ sie ihn sogar bei dich übernachten. Es war, im Nachhinein und mit Abstand betrachtet, wie ein Rausch. Deborah lauschte seinen Worten, ohne diese wirklich aufzunehmen. Manchmal stockte er fragenden Blicks, dann nickte sie übertrieben.

Sie fühlte sich eigenartigerweise in dieser Nacht behütet. Wie schon lange nicht mehr. Eingehüllt in einem Kokon von väterlichen Gefühlen.

Sie schluckt bei diesem gedanklichen Eingeständnis. Vater! Sie hat ihn nie kennengelernt! Es gibt nicht einmal Fotos! Mutter starb, da war sie dreizehn. Mitten in der Pubertät kam sie ins Heim. Die erste große Liebe entpuppte sich als Drogen-Junky. Beinahe wäre sie ihm verfallen, hörig geworden. Einmal büxte sie aus. Am Bahnhof wurde sie von einem Herrn aufgehalten, der ein ziviler Polizist war. Dank seiner Güte und Einfühlsamkeit schaffte es Deborah, dem drohenden Kreislauf von Drogen und Sex zu entkommen.

Die Erinnerung an Onkel Miklas zaubert ihr ein Lächeln. Zum ersten Mal hatte sie einen wirklichen Dad! Und nicht nur das: Er verstand das kleine Mädchen und war immer da, wenn sie einen Freund und guten Zuhörer brauchte. Bis an den Tag ihrer Vereidigung. Nach der Feier brach er auf, wie immer mit einem Lächeln. Zuhause kam Onkel Miklas nie an. Unbekannte erschossen ihn hinterrücks. Motiv unbekannt. Wie die Polizei ermittelte waren es mindestens zwei Täter. Den Verstümmelungen nach zu urteilen, kam ein Raubmord nicht infrage. Der

Oberinspektor ging eher von einer Hinrichtung aus. Doch die Spuren verliefen im Sande.

Verstohlen wischt Deborah eine Träne weg. Nein, sie will nicht weinen! Jetzt nicht! Erst, wenn sie den Täter gestellt und zur Strecke gebracht haben wird. Dafür lebt sie und ist willig, *alles* dafür zu geben.

Den aufkommenden Hass hinterschluckend, wechselt sie blitzartig den Gedankenstrang. Auch das hat sie gelernt, mental sich zu beherrschen und zu kontrollieren. Das war harte Arbeit, die sich in Momenten wie diesen auszahlt.

Das vage Gefühl liegt flau im Magen. Ähnlich dem, welches, vom vegetativen Nervensystem ausgelöst, von bevorstehenden Unheil warnt. Etwas wird zeitnah geschehen, und wenn sie es richtig deutet, wird es ihr nicht gefallen. Deborah kann sich nicht erwehren und entziehen schon gar nicht.

Deprimierend!

Nein – angsteinflößend!

Sie hat Angst! Doch wovor?

In Deborahs Magen rebelliert es. Nervös überlegt sie, um dem Grund aufzuspüren.

Da erscheint ihr im Geiste des Alten Bild. Milder, weiser Blick, sanfte Mimik. Ein Hauch Exotik umhüllt sein Konterfei. Sie wird erneut in seinen Bann gezogen. Fühlt innere Beruhigung, gepaart mit dem Reiz, diesen Manne nah zu sein.

Sie schüttelt wirsch den Kopf. Begierde? Ist es das, was sie sich insgeheim wünscht? Oder gar sehnt?

Angeekelt von der eigenen Vorstellung verzieht Deborah das Gesicht. Ist das noch sie? Ist sie so abgestumpft, dass derartige Ideen blitzartig erscheinen, als sei sie eine Nymphomanin? Oder ist ihre Seele verhärmt?

Entschlossen dem ein Ende zu setzen, macht sie sich auf den Weg. Es ist an der Zeit zum Abreagieren. Und ein Zehn-Kilometer-Dauerlauf ist genau das Richtige!

☆✮☆

Je länger Waylon darüber nachdenkt, desto mehr ist er überzeugt, dass die bevorstehende Entscheidung unausweichlich und seine Zukunft nachhaltig beeinflussen wird.

Des Schreibers letzte Worte gehen ihn besonders nah: «Mein Leben war lang und erfüllt, *micinksi*. Wovon andere nur träumen, habe ich erfahren dürfen. War ich als Mensch auch erfolgreich, als Vater versagte ich. Das Ende meiner Tage ist nah. *anpetuwi* wird hinter dem Horizont versinken, ohne Wiederkehr. In Deinem Herzen aber werde ich weiterleben. Und Du wirst fortsetzen, was mir blieb versagt.»

Im Unterbewusstsein hat sich Waylon schon längst entschieden. Nur der Verstand braucht Zeit, um die Entscheidung logisch zu untermauern und zu rechtfertigen.

Karoline darf von alldem nichts erfahren; jedenfalls vorläufig nicht. Sie würde sich zu viele Sorgen machen, und das will er ihr unbedingt ersparen.

Einen bestimmten Termin kann Waylon im Testament nicht finden. Somit liegt es in seinem eigenen Ermessen, den Wunsch des Verfassers nachzukommen, wann immer er es als notwendig erachtet.

Den Schreiber als *Dad* zu bezeichnen, widerstrebt Waylon. Sorgfältig faltet er den Brief, legt ihn zusammen. Niemand soll davon erfahren, niemand *wird* den Inhalt jemals lesen! Entschlossen steht er auf.

Ein sicheres Versteck ist bald gefunden. Auf dem Dachboden gibt es viele Ecken und Winkel, in denen seit Jahrzehnten Dinge schlummern, die niemand vermisst. Es würde wiederum Jahre dauern, bis verloren geglaubtes gefunden werden wird.

☆★☆

Erschöpft und abgekämpft, aber mit klarem Kopf kommt Deborah zurück. Ein isotonisches Getränk verschafft ihr zusätzliche Energie.

«Ihrer Bestimmung wird es sein, Olivia und Waylon die Briefe zu übergeben – persönlich, junge Frau.»

Die Worte hämmern ihr in einem fort im Kopf.

Verflucht!

Doch halt! Wie sagte der Alte weiter?

«Wache über ihr Tun. Handle im Stillen und bleib verborgen!»

Deborah gibt sich eine Stirn-Klatsche. Eine direkte Botschaft! Sie wird des Alten verlängerte Augen sein. Wird beobachten, wie Waylon sich verhält, wird erfahren, wie Olivia sich schlägt. Denn im Grunde genommen ist es eine Art Wettstreit. Wer zuerst das Rätsel löst, wird der Sieger sein.

Doch kann Deborah allein der ›Schiedsrichter‹ sein?

Sie zweifelt. Doch was hat der seltsame Alte sonst damit gemeint?

Verschwitzt springt Deborah unter die Dusche …

☆★☆

»Darling? Die Kinder fragen …«

Auch hier im Schlafzimmer ist Olivia nicht. Benjamin stutzt. Ist sie außer Haus gegangen? Nirgendwo ist sie auffindbar. Gedankenverloren lässt er sich aufs Bett sinken. Dabei erspäht er die freie Stelle zwischen Schrank und Wand. Was hat sich dort befunden?

Benjamin überprüft den Abdruck im Teppich und die deutlich hellere Stelle. Der Reisekoffer!

»Olivia!?«

Mit panischen Entsetzen rennt er zur Haustür, reißt sie mit Schwung auf, sodass sie gegen die Wand geschleudert wird.

»Olivia!?!«

Im Nachbargebäude werden die Gardinen etwas gelüftet. Neugierige Gesichter erscheinen. Doch sobald sich Blicke treffen, verschwinden sie scheu.

Benjamin ist allein mit seiner Angst, die immer mehr nach ihm greift. Was erzählt er bloß den Kindern?

Noch einmal schreit er ihren Namen. Vergeblich.

☆★☆

Kaltes Wasser kühlt Deborahs überhitzten Körper auf ein erträgliches Maß herunter. Kreislauf und Durchblutung kommen auf Touren, färben ihre Haut rot. An der gefliesten Wand sich abstützend, hält sie den Atem an. Noch einen kurzen Augenblick! Schauer jagen über ihren Körper. Die feinen Härchen gehen in Abwehrstellung. Gänsehaut überzieht jeden Quadratzentimeter.

Jetzt hält die es doch nicht länger aus. Hektisch dreht Deborah das Wasser ab. Außerhalb der Dusche empfindet sie es als angenehm warm. Dennoch schlüpft sie in den bereit hängenden Bademantel.

Auf den Weg in den Flur überkommt sie ein erneutes ungutes Gefühl. Deborah bleibt stehen. Es stimmt etwas nicht! Sie fühlt sich beobachtet! Aber es ist niemand da.

Äußerlich unbefangen geht sie ins Schlafzimmer, um den Revolver aus der Nachtschublade zu holen. In der Gegend gab es in letzter Zeit gehäuft Einbrüche. Keine guten Voraussetzungen für eine alleinstehende, gut aussehende junge Frau.

»Das wird nicht nötig sein«, erklingt eine bekannte Stimme.

Deborah zuckt zusammen.

»Wer … wer ist da …?«

»Ein Freund«, kommt prompt die Antwort.

Langsam dämmert es ihr.

»Sind Sie's, Mr Dako?«

Ihre Stimme zittert.

»Nennen Sie mich doch Nayati, Miss.«

»Wie kommen Sie hier herein?«

Nayati tritt aus dem Schatten.

»Fürchten Sie sich nicht, Miss Deborah. Es gibt keine Veranlassung dazu.«

»Was wollen Sie?«

»Eine weitere Lieferung ist fällig. Die Letzte.«

»Ach ja? Es war nur von zweien die Rede.«

Deborah wird ungehalten.

»Übernehmen Sie den Auftrag dennoch?«

Der Schreck steckt noch tief. Nur langsam beruhigt sie sich.

»Was soll ich tun, Mister?«

»Diesmal ist es nur ein Päckchen. Es ist für Waylon Latham bestimmt.«

»Nur eines? Wie kommt's?«

Dako räuspert sich.

»Olivia ist bereits aufgebrochen.«

›Das ging aber schnell‹, denkt Deborah. Laut fragt sie: »Das *Spiel* beginnt also?«

Dako nickt.

»Was ist in den Päckchen?«

»Etwas, mit dem nur Waylon etwas anfangen kann.«

Diesmal nickt Deborah ihrerseits.

»Sie vertrauen mir nicht, Sir.«

»Es hat nichts mit Vertrauen zu tun. Das gehört zur Aufgabe, oder wie Sie es nennen, zum Spiel.«

»Ich habe nur immer noch nicht meinen Part begriffen.«

»Sie, Deborah, sind nur der stille Bote.«

»Und was haben Ihre Worte letztens zu bedeuten?«

Der Alte runzelt nachdenklich die Stirn.

»Wache über ihr Tun«, zitiert sie aus dem Gedächtnis. »Handle im Stillen und bleib verborgen!«

»Das, junge Dame, überlasse ich Ihrer Interpretation.«

Fünfzehn

Es muss ein Tempel gewesen sein. Der Bau wirkt pompös, auch wenn der Zahn der Zeit kräftig nagt. Der Schamane und Qi'tam sind draußen geblieben. Es gelang Nayati beim besten Willen nicht, sie dazu bewegen, ihn zu begleiten. Das Einzige ist die Fackel, die der Schamane bereit war, ihm mitzugeben. Allein auf sich gestellt, irrt er nun durch verzweigte Gänge, ohne zu wissen, was er hier soll.

Die Fackel wirft ein gespenstisch zuckendes Licht an die steinernen Mauern. Gleichzeitig hält sie die vorherrschende Feuchtigkeit fern. Die Wände sind kahl und die Räume unmöbliert. Gerade geht er einen schmalen Gang entlang, der scheinbar tiefer hinein führt. Die Bestimmung des uralten Gemäuers ist nicht zuzuordnen. Der zu Beginn geglaubte Tempel kann es nicht sein, dafür ist er zu klein und zu verbaut. Ein Wohnhaus?

Der Gang nimmt kein Ende. Stellenweise ragen Wurzeln bis auf den Boden. Einige kann Nayati zur Seite schieben, andere muss er mit Kraftaufwand beseitigen.

Kein Lichtstrahl dringt von draußen herein. Schon drängt sich ihm die Frage auf, ob es nicht doch eine Falle ist, in der er leichtgläubig hineintappt. Obendrein stellt er mit Entsetzen fest, dass er sich verlaufen hat.

Vor einem besonders starken Wurzelstrang bleibt er stehen. Dahinter ist endlich das Gangende absehbar. Zwei Durchgänge kann er im Fackelschein erkennen.

Ohne geeignetes Hilfsmittel ist allerdings ein Durchkommen unmöglich. Nayati trägt ein kurzes Messer bei sich, das er nun herausholt und anfängt, den Strang zu attackieren. Schon nach den ersten Schnitzern muss er sich eingestehen, dass sein Vorhaben misslingen wird.

Außer Puste hält er inne. Durch die hohe Feuchtigkeit steht die Wurzel gut im Saft. Nayati drückt dagegen. Kaum einen Millimeter weicht sie. Nur gelockerte Erde rieselt herab. Darin mit dem Messer herum stochernd, löst er weitere dünne Riesel-

Lawinen aus. Sonst tut sich nichts.

Genervt lässt Nayati davon ab. So kommt er nicht weiter.

In Kniehöhe ist der Strang dünn gewachsen und flexibler. Ein letzten Versuch will er noch starten, ehe er aufgibt. Auf allen vieren schiebt er sich vor. Der Gegendruck der Wurzel ist groß, aber bezwingbar. Nach Kopf und Schultern folgt der Oberkörper, bis zur Hüfte. Jetzt wird es schwer, und Nayati steckt fest. In der jetzigen Lage aufgeben kommt ihm nicht in den Sinn. Es muss doch eine Möglichkeit geben!

In einer Pause des Nachdenkens ereilt ihn eine Idee. Wenn er sich auf die Seite dreht, verbraucht er weniger Raum. Er vollführt also eine viertel Drehung. Mit einem Ruck kommt er frei und schlüpft vollends hindurch.

Nayati rappelt sich auf. So schwer der Durchgang auch war, so ist er doch fest entschlossen herauszufinden, was hier seine Aufgabe sein wird. Ihm ist bewußt geworden, dass der Schamane und sein junger Freund ihn nicht einfach so aufgefordert haben, dies Überbleibsel zu betreten. Aufgrund der Art, wie respektvoll die Familie mit ihm bisher umging, beinahe übertrieben ehrfürchtig und gottesfürchtig, kommt Nayati der Verdacht, dass der Bau von den Einheimische doch als Tempel angesehen wird.

Über den beiden Durchgängen prangt ein farbenprächtiges, fremdartiges Symbol. Seine Klarheit passt nicht zu den Mauern, die karg und unwirtlich wirken. Sie stehen im krassen Widerspruch zueinander. Doch so fremd die Symbole wirken, kommen die Nayati vertraut vor. Das Eine zeigt die Kontur eines Auges, in dessen Mitte zwei Wellenlinien die Pupille ersetzen. Das Zweite ist ein in sich verdrehtes Quadrat mit senkrechtem Strich.

Nayati wählt, einer Ahnung nachgebend, den Zugang mit dem Auge.

Bereits nach wenigen Schritten erreicht er eine nach oben führende Steintreppe. Sie scheint in ein endloses Nichts zu führen; allein geschuldet der fehlenden Reichweite des zuckenden Lichts.

Er zögert. Ist dies der richtige Weg? Nayati verbindet das Wellenauge mit Aussicht, mindestens aber mit Erkenntnis.

Des Zögerns überdrüssig, erklimmt er die Stufen; eine nach der Anderen. Jeder Schritt verursacht ein hallendes Geräusch, welches durch die Schachtbauweise verstärkt wird und den Aufstieg in seltsamer Atmosphäre taucht.

Alle neun Stufen zeigen mittig das Symbol des Auges. Still zählt Nayati ihr Auftauchen. Nach dem neunten Symbol hört die Treppe einfach auf und endet abrupt an einer Wand. Sind die Wände bisher alle gemauert, besteht sie jetzt aus einem Stück glatten Gesteins. Und nicht nur das: Durch die Ritzen strömt frische Luft herein! Der Luftzug ist so stark, dass er beinahe die Fackel erlöschen lässt.

Der Block ist von Menschenhand geglättet. Nirgends ein Zeichen oder Symbol. Nayati stemmt sich dagegen. Nichts rührt sich. Der Gewahrer verstärkt seine Anstrengung. Erfolglos und enttäuscht setzt er zum Rückweg an. Nach den ersten Stufen blickt er nochmal zurück. Dabei fällt ihm auf, dass dem Auge in der Stufe die Wellenform fehlt. Stattdessen ist dort eine künstliche Vertiefung.

Er berührt das feuchte Gestein. Ein ovales Stück ist aus der Stufe fein säuberlich ausgeschlagen worden. Nayati streicht sanft darüber. Dabei fühlt er einen geradlinigen Riss. Währenddessen glaubt er, die Stufe sei locker.

Wenn er etwas hätte, was in den Riss passen würde …

Nayati stockt. Mit der Fingerspitze fährt er nochmals darüber. Von der Breite her könnte sein Messer passen. Er zieht es aus dem Hosenbund. Prüfenden Blicks schiebt es Nayati in die Rissöffnung. Tatsächlich gleitet es bis zum Griff hinein. Aber es geschieht nichts. Noch einmal. Rausgezogen ist es schnell. Dann wiederholt der Gewahrer das Ganze; er schiebt die Klinge gleichmäßig langsam hinein.

Nanu? Einige Millimeter fehlen diesmal. Überhaupt hat er den Eindruck, dass das Spiel nach beiden Seiten ziemlich groß ist, und demzufolge der Schlitz *ausgeleiert* ist.

»Das ist nicht für ein Messer gedacht«, sagt Nayati laut. »Das ist für ein Schwert!«

Mit etwas mehr Gewalt drückt er die Klinge weiter hinein, bewegt es in der Längsachse hin und her, dass die Spitze im Riss nach links und rechts *ausschlägt*. Dadurch wird ein kleiner Widerstand spürbar.

Es dauert ein Weile, bis er sich überzeugt hat, in welche Richtung er die Klinge schieben muss, um den Widerstand auszumachen. Vielleicht gibt es ja eine andere Möglichkeit …

Wider Erwarten schnappt er ab. Zuerst denkt er, die Klinge sei abgebrochen, was sich allerdings als falsch herausstellt. Nayati setzt nach diesem Schreckmoment das Messer wieder an, als plötzlich der Felsblock in Bewegung gerät.

Überall rieselt Staub und feiner Sand herab. Nayati muss husten. Nicht sofort begreifend was geschieht, flüchtet er einige Stufen hinab, in die er sich sicherer glaubt. Doch auch hier ist alles voller Staub.

Nur langsam verfliegt das mikroskopisch feine Gesteinspulver und gibt die Sicht wieder frei. Wäre er weiter oben stehen geblieben, wäre er weitestgehend verschont worden vom Reizhusten. Demzufolge erkennt er auch relativ spät, dass der Weg jetzt frei ist.

Er setzt sich in Bewegung und zieht im Vorbeigehen sein Messer heraus. Dann betritt er, als erster Mensch seit Jahrhunderten, einen ebenen, nicht natürlichen Ursprungs entstandenen Fußbodens.

Es ist eine völlig andere Welt, die Nayati nun betritt. Steril und clean. Die Wände bestehen aus einem unbekannten Material. Die Fackel reflektiert mehrfach ihr Licht. Die so entstehende Lichtfülle blendet unsagbar.

Nayati steht in eine Art Schleuse, an deren Ende ein Schott zu sehen ist. Daneben ein leuchtendes Quadrat.

Damit kann er etwas anfangen. Wenn es das ist, wofür er es hält, steht einem zügigen Vorankommen nichts mehr im Weg.

Das Quadrat reagiert auf Annäherung. Kaum steht Nayati davor, wird eine virtuelle Konsole, ähnlich der im Zeitgleiter, aktiviert. Wie fremdgesteuert tippt er eine Folge der arimeanischen Zeichen. Zischend geht das Schott auf.

Vor dem Gewahrer eröffnet sich ein respekteinflößendes Relikt.

Sechzehn

Vereinigtes Königreich, Gegenwart.

Deborah verlässt Waylons Haus mit gemischten Gefühlen. Wieder ereilte sie ein Déjà-vu. Wieder unerwartet und heftig. Für Sekundenbruchteile glaubte sie, schon viel früher, vor Jahren, mit ihm zutun gehabt zu haben. Doch so, wie es blitzartig aufkam, so schnell war es auch wieder vorbei und – es bleibt ein übler Nachgeschmack.

Sie fährt mit dem Dienstwagen davon. Im Rückspiegel beobachtet sie unauffällig Waylons Haus so lange es geht. Dadurch abgelenkt gewährt Deborah einen flüchtigen Schatten. Erschrocken verreißt sie das Lenkrad, bremst scharf. Irritiert steigt sie aus den Wagen, schleicht um ihn herum. Gott sei Dank hat sie ein gutes Reaktionsvermögen. Doch was war es? Klar, ein Tier. Für einen Menschen zu klein und zu flink. Selbst Kinder können da nicht mithalten; weder in Größe noch Schnelligkeit. Eine Katze wäre denkbar.

Angestrengt hält Deborah Ausschau. Sicherheitshalber sieht sie auch unter dem Auto nach, denn wie schnell ist ein Tier überfahren. Und nicht immer ist die eigene Unachtsamkeit schuld.

Unter dem Wagen ist nichts. Sie atmet kräftig durch. Vorstellen mag sich Deborah nur ungern, wenn sie ein Haustier erwischt hätte, dessen Halter übertriebene Tierliebe praktiziert.

Solche Fälle sind nervenaufreibend. Das Schlimmste ist das Gejammer und Gezetere der Betroffenen. Trotz Tierschutzgesetz gilt ein Tierleben nicht gerade viel, und wird einem Gegenstand gleichgestellt. Und den Ärger bekommen zuerst immer die an der Basis ab.

In Gedanken versunken will sich Deborah aus der Hocke erheben, da erfassen ihre Augen an der anderen Straßenseite einen Mischling. Der scheint sie seinerseits aufmerksam zu mustern. Als sie aufsteht weicht er zurück. Ähnlich reagiert der Streuner, denn davon geht Deborah aus, als sie langsam in den Wagen steigt. Ehe sie ihn startet trifft ihr Blick den des Hundes, den beide standhalten.

Nachdem Deborah den Augenkontakt löst, rennt der Mischling blitzschnell davon.

☆ ★ ☆

Eine Stunde später. Karoline hatte die Tür klappen hören, blieb aber noch liegen. Jetzt steht sie auf. Die Uhr zeigt, dass sie zwei Stunden im Bett verbracht hat. Gequält langsam steigt sie in die Hauspantoffeln. Die Müdigkeit will einfach nicht weichen. Nach einer schlaflosen Nacht auch kein Wunder. Kein Auge konnte Karoline zumachen. Ihr feines Gespür für Probleme hat sie nicht getrogen. Es gibt nicht Schlimmeres, als diese verfluchte Ungewissheit.

Die Diskussion mit Waylon setzt ihr zu. Er will sie nicht belasten und in etwas hineinziehen! Pah! Seinen Worten entnimmt sie schwindendes Vertrauen. Und das nach Jahren ihrer glücklichen Ehe!

Wenn Karoline nicht aufpasst, puscht sie sich jetzt wieder auf. Zeit für ein klärendes Gespräch!

Schon auf der Treppe spürt sie, dass etwas *anders* ist als sonst. Dieses *anders* ist nicht definierbar. Als hat jemand etwas durchtrennt; vergleichbar mit einem Angler, den die Angelsehne reißt. Es gibt einen Ruck und der Fisch ist samt Schnur auf und davon.

Der Vergleich hingt, allerdings nur auf den ersten Blick. Ein unsichtbares Band verbindet beide seit Jahrzehnten; das Band heißt Liebe. Durch dick und dünn sind sie gegangen. Dies schweißt zusammen. Keine Affären belastet die gemeinsame Zeit. Spannungen begegneten sie konsequent und entschlossen. Nie gab es einen Abend, an dem Karo und Waylon zerstritten zu Bett gingen. Bekanntlich ist die Versöhnung ja am schönsten …

Dieses Band von Vertrautheit und Zusammengehörigkeit scheint gerissen. Karoline wird mulmig zumute. Instinktiv werden ihre Schritte schneller. Angst ergreift sie. Sofort beginnt ein Kopfkino mit schrecklichen fragmentarischen Szenen.

Schnellen Fußes gelangt sie in die untere Etage. Es ist still, für ihr Empfinden zu still. Flüchtig schaut sie in jedes Zimmer, doch nirgends ist Waylon.

Sie beruhigt sich ein wenig. Vielleicht ist er einkaufen gegangen?! Das wird es sein! Das würde zumindest das Türklappen erklären. Manchmal spielen einem die Nerven ganz schön übel mit.

In der Küche nimmt sie ein Glas aus dem Schrank, füllt es mit Leitungswasser. Die Erfrischung ist erquickend. Endgültig findet sie die innere Ruhe wieder. Es kommt schließlich öfters vor, dass Waylon zu dieser Zeit außer Haus geht. Kein Grund zur Sorge!

Dann erblickt Karoline beim Verlassen der Küche eine aufgerissene, längliche Schachtel auf den Tisch …

☆★☆

In der Nähe des Präsidiums wird Deborah wieder jäh aus ihren Gedanken gerissen. Zum Glück kommt kein Auto entgegen, denn sie verreist das Steuer derartig, dass es dann unweigerlich zu einem Zusammenprall hätte kommen müssen.

Was in sie gefahren ist?

Ein weiteres Mal an diesem Tage spielt ihr die Einbildung

einen derben Streich. Die ansonsten stets beflissene, aufmerksam handelnde junge Polizistin unterliegt wiederholt einer Irreführung ihrer Sinne!

Es ist wie das Erwachen aus einem aberwitzigen Traum, bei dem man Mühe hat, in die Wirklichkeit zurückzukehren.

Ein herannahender Wagen hupt verärgert. Vorsichtig setzt Deborah zurück. Unweit des Tatortes findet sie eine Parklücke, in der sie ohne zu überlegen hineinfährt. Als sie ausgestiegen ist, glaubt sie kaum ihren Augen.

Ist das der gleiche Mischlingshund wie eben?

Unmöglich!

Dem Blick des Hundes nach zu urteilen nicht. Deborah erkennt deutlich ein Wiedererkennen in seinem Blick. Doch diesmal bleibt er länger am Fleck.

Wieso glaubt sie, diesem Tier bereits begegnet zu sein?

Sie zweifelt an ihren Verstand!

»Ich brauche Urlaub!«, murmelt sie.

Als Deborah noch einmal hinüber schaut, ist der Mischling verschwunden. Aber die Zweifel bleiben.

☆◎☆

Pulsierendes Licht erfüllt den Rogalit-Kokon mit sanfter Energie. Der im Inneren Eingebettete wird mit allem wichtigen versorgt, was ein Mensch braucht zum Überleben. Dieser Mensch ist soeben angekommen. Er folgte dem Ruf des Kristalls. Vom Alter gezeichnet, regeneriert der Körper mit reguliert dosierter Strahlung. Die Prozedur ist notwendig und überfällig, da der Eingebettete viel länger als andere unter den Lebenden weilt.

Zusammengenommen sind es fünf Leben in einem. Mehr, als ein Körper aushält, da die Biologie nicht für die Unendlichkeit geschaffen ist. Natürlich weiß er von alldem im Alltag nichts. Dafür sorgt der Rogalit, der ihn beschützt und beobachtet.

Alle fünftausendeinhundertachtundzwanzig Erden-Jahre

kommt es zu einer Überlappung zweier gegensätzlicher Zeitlinien. In dem Moment, in den beide Linien im Horizont der Anderen stehen, kommt es unter den Geschöpfen im Einflussbereich zu Fehlentscheidungen der humanoiden Kulturen, die die darauffolgenden 1.872.000 Tage dominieren.

Durch Zufall haben die Arimeaner diese seltsame Anomalie, für die es lange Zeit keine logische Erklärung gab, entdeckt. Es war während eines der Urigorischen Kriege, in die Arimea einst gezogen wurde. Man fand heraus, dass, fand ein Angriff am Anfang der Zeit-Überlappung statt, sich die kriegerischen Aktivitäten zukünftig häuften und an Bestialität kaum zu übertreffen waren; fanden dagegen keine statt, folgte ein langer Zeitraum des Friedens.

Alle Anstrengungen zur Vermeidung der animalischen Begegnung scheiterten. Unzählige kluge Köpfe starben dabei. Auch war ein Eindringen in die fremde Zeitlinie unmöglich. Näherten sich die Raumschiffe, wurden sie im Vorwärtskommen gehemmt und später – als man das Geheimnis der Dunklen Energie enträtselt hatte, und mit unvorstellbarer Geschwindigkeit Billionen von Lichtjahren zurücklegen könnte – prallten sie einfach ab, oder zerschellten am gegensätzlichen Kraftfeld.

Die Energie der Überlappung ließ sich nicht oder nur sehr schwer messen. Dennoch übte die auf die Gehirne von intelligenten Spezies einen ungeheuren Einfluss aus. Selbst friedliche, niedere Arten auf den beobachteten Planeten benahmen sich abnormal aggressiv.

Als einer der letzten arimeanischen Außenposten gilt die Erde. In der Sprache der ältesten Intelligenz *Aremodon*, was soviel bedeutet wie Randplanet. Tatsächlich ist es vom Mutterplaneten die entlegenste Bastion am Rande des erforschten Universums.

Deshalb entsandte man einen der dreizehn Rogalit-Monde, die Arimea umkreisen, zur Erde. Der schlug dann auf der Erde ein und war verantwortlich für einen Maßen-Exodus. Fortan ruht der Kristall in über zwanzig Kilometer Tiefe. Dort befindet sich auch der Kokon.

Siebzehn

Inmitten des glänzenden Raumes, dessen Wände erstrahlen im matten grünblauem Licht, steht ein schlanker Schrein. Da heraus schaut ein Augenpaar dem Eindringling entgegen. Nayati hält inne, gehören die Augen doch zu einem Kopf. Dieser glänzt ebenso wie der übrige Raum. Alles ist dem eines menschlichen Schopfes nachempfunden. Das Antlitz hat etwas dämonenhaftes, fehlen doch markante Dinge. Es ist ein Schädel, der kahl und ausdruckslos in die Ferne starrt, ohne zu sehen. Fehlt nur das Skelett, das den Schädel trägt.

Erstaunlich ist die perfekte Darstellung der verschiedenen Knochenpartien. Auch hier war ein Meister am Werk. Stirn und Schläfen haben einen hohen Ansatz. Die Augenhöhlen sind tief, wirken aber nicht bedrohlich. Fast scheint es Nayati, der Schädel strahle Güte aus.

Aber das Relikt ist seelenlos. In unbekanntem Material gefertigt, vermutlich aus einem Stück, geht eine Mystik von ihm ohnegleichen aus. Allein schon deswegen ein unvergesslicher Anblick. Wahre Magie!

Nayati verharrt noch immer auf der Stelle. Gebannt kann er den Blick nicht abwenden. Die Fackel in seiner Hand brennt gleichmäßig, wenn auch ohne direkten Nutzen. Hell erleuchtet wird der Raum von den Wänden selbst.

Der magische Schädel scheint ihn anzugrinsen. Oder verhöhnt er den Gewahrer etwa? Nayati ist unsicher. Wissen die Aymará um das geheimnisvolle Relikt? Dies setzt voraus, sie sind einmal hier gewesen. Wenn einer von ihnen hier war, weshalb nahmen sie den Schädel nicht an sich?

Sobald er wieder draußen ist, wird Nayati der Sache auf den Grund gehen.

Sein Entschluss steht fest. Er wird den glänzenden Schädel mitnehmen. Nayati löst sich aus seiner Bewegungslosigkeit und geht auf den Schrein zu.

Plötzlich spürt er ein kribbelndes Gefühl auf der Haut. Irritiert bleibt er wieder stehen. Ihm ist warm, wie nach einem anstrengenden Lauf. Sämtliche Gefäße und Poren sind geweitet. Nayatis Körper ist gestresst.

Er macht noch einen Schritt, was alles um ein Vielfaches verstärkt. Ein weiterer Schritt verursacht heftigen Kopfschmerz mit einhergehendem Schwindel. Winzige zuckende Lichtpunkte Trüben die Sicht. Schweißgebadet japst er nach Luft.

Zweifelsohne ist der Schädel durch einen Energieschirm geschützt, der es unmöglich macht, unbeschadet das Relikt zu berühren. Kein Wunder, dass die Aymará die Finger davon ließen.

Unverrichteter Dinge kehrt Nayati zum Platz zurück, den er, gut drei Meter vom Schrein entfernt, verlassen hat. Interessanterweise ist hier nichts mehr zu spüren.

Jetzt versteht der Gewahrer. Die Familie hält ihn für einen Gottgesandten. Nur ihm wird es gelingen, das Relikt schadlos zu berühren. Betrübt schließt Nayati die Augen. Er wird die Familie enttäuschen! Was immer sie in ihm sehen, er wird es *nicht* sein!

Erfolglos wird er zurückkehren. Er mag sich nicht vorstellen, wie sie ihm empfangen werden. In traurige Gesichter wird er schauen, die in ihm große Hoffnung gesetzt haben.

Nayati denkt nach. Hoffnung auf was? Kaum zu glauben, dass es um diesen Schädel da geht. Und wer sagt denn, dass er deshalb hierher geführt wurde?

Nun schöpft er neue Hoffnung. Aufmerksam sucht er die Wände ab. Irgendwo wird es doch einen Durchgang geben. Kaum vorstellbar, dass das alles sein sollte.

Direkt an der Wand entlanggehend sucht er nach Hinweisen. Es dauert eine Weile, bis seine Augen dem entgegenschlagenden Glanz stand halten können, und einige Details sich herauskristallisieren. Nahtlos ist das künstliche Gefüge. Staunend geht Nayati weiter. Nicht eine einzige Fuge! Wie kann derartiges erschaffen werden?

Da, eine erste Trübung im Glanze!

In Kopfhöhe sind deutlich Schleifspuren zu sehen, die das Material eindeutig beschädigt haben. Tiefe Rillen zeugen von enormer Krafteinwirkung. Das Alter ist nicht abzuschätzen, da es keine anderen relevanten Vergleichsspuren gibt. Nayati fährt mit den Fingern darüber. Die Ränder sind scharfkantig, auch spürt er Grat.

Der Gewahrer untersucht jeden Quadratmeter sorgfältig. Auf dieser Seite bleibt es bei der einen Scharte. Davon abgesehen ist die Wand auffallend glatt.

Im rechten Winkel führt die stirnseitige Wand von der bisherig Untersuchten ab. Nach einigen Metern fällt Nayati eine Abnormalität auf, die beinahe untergegangen wäre. Um einen besseren Überblick zu erhalten, tritt er einige Schritte zurück.

Unterliegt er gerade einer Sinnestäuschung? Ist diese Wand wirklich, nach außen hin – gewölbt?

Egal aus welchem Blickwinkel er aus sie betrachtet, ändert sich nichts daran. Die Stirnwand ist nicht so, wie sie sein sollte! Ein erster Hinweis? Motiviert setzt Nayati seine Untersuchung fort.

Es bleibt bei dem Ergebnis. Nach kurzer Verschnaufpause widmet er sich intensiv besagter Fläche. Hätte er ausreichend Grundkenntnisse über derzeitige wissenschaftliche Fakten, würde Nayati einen Vergleich mit einem Hohlspiegel ziehen. Weit hergeholt dagegen seine These, die eine gewaltige Kraft voraussetzt, um die Verformung zu rechtfertigen. Er denkt dabei etwa an Erdbeben oder vergleichbaren Naturereignissen.

Ein Haken hat seine Überlegung: Warum ist nur die eine Seite deformiert?

Außer der Wölbung gibt es nichts auffälliges. Hat dies etwas mit dem Abrieb zu tun? Könnt auch sein, dass ein schweres Etwas gegen die Wand donnerte, und dabei die Schrammen hinterließ. Doch dafür sind die Spuren nicht ausgeprägt genug.

Er kann es drehen und wenden; an dieser Stelle versagt Nayatis Fantasie.

Nicht das was war steht im Vordergrund, ruft er sich ins Gedächtnis. Sondern das, was ist! Da steht der Schädel in voller anmutender Pracht. So nah und doch unerreichbar!

Nayati besinnt sich auf den naheliegenden Gedanken, der schon einmal gedacht, aber sogleich verworfen wurde. Jetzt, angesichts der Sackgasse, liegt in ihm der einzig gehbare Weg. Er wird, schweren Herzens und unverrichteter Dinge, zurückkehren und sein Versagen wird lange Zeit in ihm nagen.

Er wendet den Blick, als ob die Tür, durch die er hier herein gelangte, die Antwort kennt. Doch welch Erschrecken bemächtigt sich Nayatis Gemüt, als dort, wo er den Ausgang glaubt, nur eine ebenso glatte, glänzende Wand prangt! Bei all seinen Ahnen, soll das sein Ende sein?

Panikartige Angst packt Nayati mit voller Wucht einem Rammbock gleich. Denken ist kaum möglich. Und Handeln? Was kann er tun, um diesen Käfig zu entrinnen? Er will schreien! Angestauter Frust und ansteigende Wut suchen nach einem Ventil.

Eine Welt bricht zusammen. Er ist Gefangener seiner Eitelkeit, die – angestachelt durch das Verhalten der Aymará – Nayatis Blick trübte bis zur vollendeten dümmlichen Blindheit. Resigniert versagen ihm die Beine. Sie Knicken einfach ein und noch im Fallen verliert er das Bewusstsein.

Ein tiefes Brummen durchdringt den Raum. Nayati schlägt die Augen auf und blickt in die glühenden Augen des glanzvollen Schädels. Sofort setzt die Erinnerung ein. Schlagartig weiß er wieder, in welch aussichtsloser Lage er sich befindet.

Leichte Vibrationen erschüttern den Raum. Gleichzeitig wechselt die Augenfarbe des Relikts von tiefrot zu blau. Das

Vibrieren verschwindet. Benommen und ängstlich erhebt sich Nayati schwerfällig. Was geht hier vor? Träumt er vielleicht?

Er fühlt sich fehl am Platz. Alles ist irreal und weit weg. Obwohl mittendrin, kommt er sich wie ein Zuschauer vor. Und dazu ist Nayati in Watte gebettet.

Das Brummen nimmt periodisch zu; schwillt an, dass es schmerzt. Des Schädels Augen werden eine Nuance dunkler.

Nachdem der eindringliche Ton ein hohes Niveau erreicht, hält er schwingend diese Tonlage. Nayatis Magen rebelliert, ebenso wie sein Kreislauf.

Plötzlich verschwindet der Ton. Er starrt ungläubig das Relikt an. Der einsetzenden Ruhe misstrauend, getraut sich Nayati nicht zu bewegen. Sogar den Atem hält er an. Da die Stille anhält, rappelt er sich schwerfällig auf.

Als er endlich steht, fällt ihm das Licht auf, das die Schädelaugen abstrahlen. Es wechselt in der Helligkeit und flackert. Vorsichtig bringt er die Hand in den Lichtkegel, zieht sie aber sofort wieder zurück. Erstaunt schaut er auf die Hand. Der Strahl ist einfach nur Licht! Gefahrloses Licht!

Er lacht hysterisch auf. Spielt wie ein Kind mit dem Licht, um sich an der Schattenwirkung zu erfreuen.

Doch dann traut er seinen Augen nicht. An der rückseitigen Wand, auf die das Licht bisher seine verursachten Schatten projiziert, entsteht ein überbelichtetes Bild. Sein Herz will stehenbleiben. Für Sekunden vergisst er sogar zu atmen.

Die Überbelichtung weicht allmählich. Farben treten hervor, verblassen wieder. Eine flüchtige Bewegung bringt Unruhe in die Projektion. Der gesamte Bildausschnitt wackelt. Und dann betritt ein Mann die Szene. Der Mann hat weit die Sechzig überschritten. Trägt ein abgewetztes Kostüm, welches dem Nayatis ähnelt. Langsam begreift er, um wen es sich handelt …

Achtzehn

Gegenwart.

Dieser Latham ist spurlos verschwunden, genau wie seine Tochter Olivia McGowan! Beide Partner, Benjamin McGowan und Karoline Latham sind völlig überrascht. Die Verschwundenen haben nichts dahingegen verlauten lassen. Ihre ›Abreise‹ geschah ohne das Wissen des Anderen!

Deborah weiß, dass der Schlüssel dazu von ihr selbst überbracht wurde. Nur das sie das nicht sagen darf. Sofort kämen Fragen auf, die sie nicht beantworten kann. Und viel schlimmer noch: Ihre Karriere steht auf dem Spiel. Inspektor Gomery müsste sie suspendieren. Solang der Fall unaufgeklärt ist, hat sie kaum eine Chance, zu einer Lösung beizutragen. Niemand wird ihr glauben!

Deborah atmet tief durch. Um handlungsfähig zu bleiben, darf niemand davon erfahren! Unter allen Umständen muss sie dafür Sorge tragen, dass dies so bleibt. Alles andere wäre kontraproduktiv und inakzeptabel.

Sie fühlt sich unwohl in ihrer Haut. Nicht mit offenen Karten zu spielen, widerstrebt der korrekt arbeitenden Polizistin zutiefst. Insgeheim hofft sie, dass der Fremde noch einmal auftaucht. Ein dringend klärendes Gespräch würde Abhilfe schaffen! Es bleibt zu hoffen, dass ihr der Alte nochmal über den Weg läuft.

☆◎☆

Wie geht es Dir, Waylon?

›Es ist schön, wieder hier zu sein.‹

Du hast den richtigen Zeitpunkt erwählt.

›Kann mich nicht erinnern, diese Entscheidung getroffen zu haben …‹

Sei beruhigt. Nur Du entscheidest, wann Du heimkehrst.

›Ich denke, Du hast Recht.‹

Waylon erreicht ein warmes, ihn umschlingendes Gefühl

einer zärtlichen Umarmung. Geborgenheit und Liebe ummantelt den nachhause Gekommenen.

›Wie lange werde ich bleiben?‹

So lange Du es wünscht.

›Gern würde ich für immer bleiben‹, denkt Waylon, der plötzlich den Drang verspürt, nie wieder gehen zu müssen.

Der Rogalit schweigt hierzu.

›Muss ich zurück?‹

Ja, Waylon. Deine Zeit ist noch nicht gekommen.

›Ich befürchtete es, und doch bin ich erstaunt.‹

Du musst Deinen Weg noch zu Ende gehen.

Waylon überlegt eine Weile.

›Ist das so?‹

Ja. Du hast noch viel zu erledigen.

›Schaff ich das?‹

Auch das liegt in Deiner Hand!

›Ich bin so unsagbar müde …‹

Ruh Dich aus, Waylon. Sammle Kraft und setze fort, was Du begonnen hast!

☆ ★ ☆

Deborah durchstreift die Umgebung. Jedes Geräusch und jede Bewegung versucht sie zu analysieren und einzuordnen. Ihre Sinne geschärft, ist sie hellhörig. Hinter jeden Laut vermutet sie das erwartete Ereignis, weswegen sie das Ganze überhaupt auf sich nimmt: Das Olivia, Waylon oder der Alte irgendwann auftauchen, und am liebsten dort, wo Deborah sich gerade aufhält. Bisher jedoch sind und bleiben sie verschollen …

Ein Verdacht erhärtet sich mit jeder weiteren vergehenden Stunde, in der nur sinnlos die Zeit vergeht, ansonsten aber nichts geschieht. Deborah wurde benutzt! Wie eine Marionette, an deren Fäden der Fremde zog und sie steuerte!

Dieser Gedanke wirft sie fast um, zum denkbar ungeeigneten Zeitpunkt. Sie taumelt, kann aber noch einen Ast ergreifen, um sich festzuhalten. Der Polizistin schwindelt es; fängt sich jedoch wieder.

Trotzdem empfindet Deborah einen Hauch von Schmach. Das sie nur so leichtgläubig sein konnte, das ärgert sie am meisten. Wie ein weltfremdes Schulmädchen, das auf schöne Augen und die Versprechungen eines Kavaliers hereinfällt. Sie schimpft sich blauäugig naiv!

Aus der Schmach erwächst unbändige Wut! Der größte Anteil gilt ihr selbst. Doch seelische Selbstzerfleischung löst das Problem nicht. Es muss ein Schlachtplan her, und zwar einer, der Hand und Fuß hat!

Die Umgebung hinter Waylon Lathams Haus hätte unter anderen Umständen der naturverbundenen Deborah eine beruhigende Kulisse bieten können. Doch hierzu hat sie im Moment keinen Draht.

☆ ★ ☆

Benjamin versteht die Welt nicht mehr! Er fühlt sich alleingelassen. Wo ist Olivia? Keine einzige Nachricht! Nicht einmal am Kühlschrank, wo sie sonst die noch so kleinste Mitteilung an pinnt. Auch auf dem Tisch oder im Schlafzimmer – Fehlanzeige!

Was soll er den Kindern sagen? Das Mom Besorgungen macht, funktioniert höchstens ein paar Stunden; mit etwas Glück bis zum nächsten Morgen. Und was dann? Ein Lügengebäude errichten, was verteufelt ist, wie ein Kartenhaus einzustürzen? Kinder sind nicht dumm; sie haben ein Gespür für Wahrheit, welches den Erwachsenen irgendwann verloren ging. Und wie er sich kennt, wird er sich schnell verhaspeln beim Versuch, eine Geschichte zu konstruieren.

Sein Handy klingelt. Es ist Olivias Mutter. Was will sie? Ist etwas passiert? Karo ruft dich nicht ohne triftige Gründe an!

Klopfenden Herzens nimmt Benjamin das Gespräch an.

»Hallo Karoline! Was verschafft mir denn die Ehre?«

Er hört sie laut atmen, ehe sie ihr Anliegen vorbringt. Sie wirkt seltsam gefasst, doch ihre Stimme lässt ihre Anspannung erahnen. Ruhig hört er zu.

»Way ist verschwunden! Er hat nichts hinterlassen, Ben.«

Benjamin schluckt hart den sich bildenden Klos hinunter.

»Ben, ich … ich habe Angst das ihm … etwas zugestoßen sein könnte …«

»Wie kommst du denn darauf«, versucht er zu beschwichtigen. »Du kennst ihn doch, Karo. Er wird irgendeiner Idee hinterher jagen.«

»Einer Idee? Er hat nichts davon erzählt …«

»Das zeichnet Way doch aus. Er ist immer gut für eine Überraschung.«

»Meinst du? Ich weiß nicht … Er war seltsam drauf die letzten Tage …«

»Was meinst du damit?«

Sie erzählt von dem Schriftstück, welches Waylon erhielt, allerdings ohne zu erwähnen, dass es ein Testament ist. Benjamin wird hellhörig. Reagierte Olivia nicht ebenso, völlig gegen ihre Art? Beinah schon verbissen und ohne jegliche Logik?

»Karoline … Ich hab dir auch etwas zu sagen …«

☆✯☆

Das angrenzende Waldstück, gleich hinter der Wiese, eignet sich gut für die Observation. Dank Teleobjektiv und digitaler Spiegelreflexkamera ist Deborah ausgezeichnet ausgerüstet, und hat mit diesem Equipment ein ganzes *Labor* zur Verfügung. Früher war dies anders. Das Filmmaterial musste erst entwickelt werden, was Zeit und Geduld kostete. Erschreckend, wie schnell sich alles ändert.

Auch an einen digitalen Aufnahmerekorder hat Deborah gedacht. Das Ding ist kaum größer als ein Computer-Stick und liefert Aufnahmen in exzellenter Tonqualität. Integrierte Software filtert Störgeräusche. Dazu passt es in jede auch noch so kleinen Tasche.

Allerdings taugt das beste Equipment nichts, wenn es nicht zum Einsatz kommt, zum Beispiel wegen fehlenden Tatverdächtigen. Warum hat sie gerade dieses Terrain ausgesucht? Es ist abgelegen und die Annahme, den Alten hier zu entdecken geht gegen Null. Dennoch ist es gerade diese Art Einsamkeit, die Deborah im Unterbewusstsein getroffen hat, um in Ruhe nachzudenken.

Ohne weiter zu überlegen, richtet sie das ebenfalls mitgebrachte Richtmikrofon auf Lathams Garten. Die Kamera auf dem Stativ ist auch darauf ausgerichtet. In diesem Moment vernimmt sie eine Frauenstimme im Kopfhörer.

›Gerade rechtzeitig‹, denkt Deborah noch, dann lauscht sie konzentriert.

Das Gespräch führt Karoline Latham mit ihren Schwiegersohn. Sie tauschen sich über das spurlose Verschwinden von Vater und Tochter aus. All dies ist bekannt.

Interessant ist eine Verabredung beider, betreffs Karolines Enkel.

»Es ist doch nichts ungewöhnliches daran, wenn Vater und Tochter verreisen«, meint Mrs Latham.

»Das nicht«, hält Benjamin McGowan dagegen. »Aber werden sie es auch glauben? Besonders Jason ist nicht leichtgläubig.«

»Dir wird schon eine Geschichte einfallen, Ben.«

»Im Lügen bin ich nicht geschickt. Und was, wenn sie dich fragen?«

Es entsteht eine Pause.

»Wir werden uns absprechen müssen.«

»Ja, das kann funktionieren. Wie wäre es denn, wenn beide eine Art Exkursion machen? Olivia schwärmt doch des Öfteren vom Sternenhimmel.«

Deborah zieht die Stirn kraus.

»Das allein wird nicht reichen«, gibt Karoline ernsten Tones zu bedenken. »Exkursion ist gut, aber das mit dem Nachthimmel …«

Benjamin atmet gut vernehmbar ein.

»Uns wird schon was einfallen …«

☆◎☆

Die Sonne scheint kraftvoll. Es spielt keine Rolle, dass es nicht die heimatliche Sonne ist. Waylon weiß das. Der Rogalit hat es gesagt.

«Dieses Mal wirst Du alles wissen, Waylon.»

Wie dies geht, macht Waylon keine Angst. Alles, was er er je erlebt hat, wird die Erinnerung zum passenden Zeitpunkt freigeben. Jetzt zum Beispiel weiß er, das er sich auf dem Stützpunkt Uridräo befindet, der in urzeitlicher Vergangenheit von den Arimeanern errichtet wurde.

Er erinnert sich an seinen ersten Besuch, und wie er sich damals diese Welt erschloss. Das Baumhaus ist unberührt, die Flechtleiter zum Aufstieg bereit.

Waylon schaut sich um. Nirgendwo im Universum hat er sich, im Nachhinein betrachtet, so wohl gefühlt, wie auf dem Mond Uridräo. Dieser Himmelskörper ist seine Bestimmung, daran besteht kein Zweifel. Auch wenn das Leben auf der Erde seinen Charme und unbestreitbar Annehmlichkeiten hat, überwiegt hier das Wesentliche des Daseins.

Mit jugendlichem Elan erklimmt Waylon die Leiter. Droben hält er noch einmal Ausschau und vergewissert sich, ob alles normal ist. Auch im *Appartement* findet er alles so vor, wie er es verlassen hatte. Ein Schmunzeln umspielt seine Mundwinkel. Die Erinnerung an die erste Begegnung mit der *Kleinen* erheitert ihn. Wo steckt sie bloß?

»Wihakayda!«, ruft er mit sehnsüchtiger Stimme. »Wihakayda! Mädchen, ich bin wieder da!«

Er lauscht. Irgendwo draußen raschelt es. Als ist es das Selbstverständlichste von der Welt kommt der Mohrenmaki angestürmt. Durch das offene Fenster sieht Waylon die *Kleine* freudig *flippernd* aufs Baumhaus zueilen. Ein kräftiger Sprung bringt das Äffchen an den Stamm. Kratzgeräusche lassen Waylon wissen, das Wihakayda gleich oben sein wird.

Die letzten Meter Distanz überwindet Wihakayda in einem

Sprung, der Waylon fast umhaut. Groß ist die Wiedersehensfreude. Der Maki umschlingt Waylons Hals, der die Freundin seinerseits ebenso herzt. Vergessen ist die Zeit der langen Trennung. Es zählt nur das Hier im Jetzt …

Neunzehn

Auf dem Projektionsbild ist er selbst zu sehen! Deutlich älter und von der Sonne gebräunt, aber es ist Nayati. Geschockt starrt er das Bild an. Dahinter, vom älteren Ich halb verdeckt, steht ein Mann, der ihm auch ähnelt. Einen Bruchteil später, ahnt er zumindest, wer das ist: Sein Sohn!

Wieder will ihn das Bewusstsein schwinden. Jedoch erregt eine neue Szene seine Aufmerksamkeit. Allein das seltsame Gefährt lässt ihn staunen, in das der ältere Nayati soeben einsteigt. Gleich darauf tritt sein Sohn in den Bildausschnitt, mit einem unbekannten, in ein Tuch gehüllten, Gegenstand in den Händen.

Für einen Augenblick glaubt er, anhand der Form, es handele sich um den von ihm hier vorgefundenen Schädel, was er aber sofort wieder verwirft. Trotz des Tuches weicht der Umriss deutlich ab. Es könnte sich aber um eine weitere solcher Nachbildungen handeln.

Erneuter Szenenwechsel. Offenbar aus dem Inneren des Gefährtes. Dieses Mal spricht sein älteres Ich.

«Sie sind komplett, *micinksi*», hört er sich sagen. «Alle dreizehn sind versammelt.»

«Und sie sollen alle zur Erde gebracht werden?»

«Die *Wächter* halten es für das Beste, ja.»

Der Andere, der zweifelsfrei als *mein Sohn* angesprochen worden ist, nickt.

«Die Gilde überlässt es uns, die Artefakte zu platzieren,

damit sie im verborgenen bleiben.»

«Das sollte nicht zu schwierig sein, Dako», entgegnet sein Sohn. «Verbringen wir die Schädel doch in eine fernere Erdenzukunft.»

Nayati der Ältere schüttelt den Kopf.

«Nein, nein. Ihre Kraft können die Rogalite nur dann voll entfalten, wenn sie jederzeit verfügbar sind. Keiner weiß, wann sie gebraucht werden.»

Das Bild erlischt.

Dako – *Wächter* – Rogalite! Nayati schwirrt der Kopf. Schon schwer genug, sich selbst zu sehen! Und dann noch den eigenen, ungeborenen Sohn!

Das ist zu viel für sein Gemüt. Kraftlos sinkt er zusammen.

Nayati hat sämtliches Zeitgefühl verloren. Nachdem er sich wieder aufgerappelt hat, weiß er nicht, wie lang er weggetreten war. Spielt auch keine große Rolle, da er noch immer vergeblich nach einen Ausgang sucht.

Seitdem die ›laufenden Bilder‹ erloschen sind, glühen die Augen des Relikts nicht mehr. Sogar das unsichtbare Schild, das Nayati so zugesetzt hat, scheint verschwunden. Bis auf ein paar Schritt geht der Gewahrer allerdings nicht heran. Gebrannte Kinder scheuen nun mal das Feuer!

Das Einzige, was sich langsam einstellt, ist die wiedererlangte Ruhe. Endlich kann er wieder denken. Das Gesehene schiebt Nayati bewußt beiseite; damit kann er sich ein andermal beschäftigen. Er denkt nur noch an eines: Raus hier!

An der gewölbten Wand, die ihn vorhin soviel Kopfzerbrechen bereite hat, flimmert eigenartigerweise die Luft. Erst glaubt er an einer Sinnestäuschung, die die strapazierten Nerven nun endgültig überfordern. Später, als er sich längst wieder seinen Überlegungen widmend, tritt das *Luft-Flirren* erneut auf.

Nayati ignoriert es immer mehr, denn er kann sich darauf keinen Reim machen. Auch stellt die *Erscheinung* keinerlei erkennbare Bedeutung dar. Das ändert sich erst, als er – völlig den Gedanken nachhängend, durch eine Tür zu gehen – aufblickt, und plötzlich tatsächlich ins Freie schaut, anstatt auf die Wand. Seltsamerweise flimmert es rings um die Öffnung extrem stark.

Ist das Wirklichkeit, oder Fantasie?

Zögernd geht Nayati auf die Öffnung zu. Was da zu sehen ist, kann nicht *wirklich* sein. Eine blau gefärbte Blütenpracht von riesigen Ausmaß der einzelnen Blumen. Weit dahinter überragt ein Bergmassiv die fremdartige Szenerie. Sogar Laute dringen an sein Ohr. Oder ist es gar Sprache?

Neugierig geht er näher heran. Instinktiv unterlässt er es, den Flimmer-Kranz zu berühren. Dann bräuchte er nur den Arm auszustrecken oder einen großen Schritt machen, und er wäre draußen. Doch etwas hindert den Gewahrer daran; nämlich ureigene Angst.

Unbekanntes wird seit ehedem mit Vorsicht beäugt. Urvölker, die eine *Wissenschaft* nicht kennen, beten die geeignete Gottheit an, die am ehesten in der Lage erscheint, das Ereignis zu besänftigen. Spätere Kulturen taten sich schwer mit naturwissenschaftlichen Erklärungen, lehnten sie grundlegend ab, da diese wider Gottes Willen sein mussten. Die Erde, anfangs noch als Scheibe, war der Mittelpunkt allen Seins. Galileo Galilei hatte es schwer mit der Anerkennung seiner Forschungen. Die Kirche hatte die alleinige, uneingeschränkte Erklärungshoheit. Alle Phänomene seinen von Gott bewirkt und entziehen sich dem eingeschränkten Verstand des Menschen. Das Urteil war gnädig milde; lediglich verurteilte man ihn für wenige Wochen Kerkerhaft, die nach seinem Schwur: »… dass er stets geglaubt habe, gegenwärtig zu glauben und in Zukunft mit Gottes Hilfe glauben zu wollen, was die katholische und apostolische Kirche für wahr hält, predigt und lehret …« in Hausarrest umgewandelt wurde. So geschehen im Jahre des

Herrn 1632[1].

Davon ahnt Nayati mangels Wissen natürlich nichts; er handelt aus purem Eigenschutz. Es gibt ja auch keinen, der anklagt.

Weit entfernt kommt Bewegung in die exotische Idylle. Eine kleine Gestalt kommt auf direkten Wege auf Nayati zu. Er nimmt eine Abwehrhaltung ein und macht sich bereit, in Deckung zu gehen. Die Gestalt wird rasch größer. So sehr sich Nayati auch anstrengt, kann er den oder die Ankommende nicht als Freund oder Feind identifizieren.

Und noch eine Entdeckung macht ihn zu schaffen: Der Herankommende scheint ebenfalls irritiert zu sein, wenn Nayati dessen Verhalten richtig deutet. Diese Beobachtung bändigt ein wenig seine Angst.

Die Gestalt hat eine schlanke Figur, in seltsamer Kleidung. Anhand der Hosen wird es ein Mann sein. Aber die Haltung und der Schritt deuten eher auf eine Frau.

Gleich darauf bestätigt eine helle Stimme seine Vermutung. Nayati lauscht ihrem betörenden Klang. Manchmal kommt es ihm vor, er verstünde ein Wort. Das alles passt so gar nicht zusammen. Erst die üppige Vegetation und dann die Frau im Hosenanzug …

Bis auf wenige Meter ist die Fremde herangekommen. Dann schaut sie unvermutet in Nayatis Richtung und bleibt wie angewurzelt, mit offenem Mund stehen.

Auch Nayati ist seltsam berührt, treffen sich doch ihre Blicke. Es fühlt sich an, wie aufeinander treffende Blicke sich anfühlen; in der Herzgegend gibt es einen warmen Stich, der wie ein Blitz durch den Rest des Körpers geht.

Kann sie ihn etwa auch sehen? Vorsichtig und zeitlupenartig hebt er den Arm und winkt ihr zu.

»Wer … wer … bist du …«

---

[1] *Quelle Albrecht Fölsing: Galileo Galilei: Ein Prozess ohne Ende. Rowohlt Taschenbuch Verlag, Reinbeck bei Hamburg 1996*

Mitten im Gruß hält er in der Bewegung inne. Ist das Englisch, was sie da eben gesprochen hat? Hörte sich seltsam an, nach irgendeinem Dialekt. Viele Siedler sind Einwanderer.

»Verstehst du mich?«

Das muss eine Einwanderin sein! Vielleicht aus Old-England?

»Ja«, antwortet Nayati gedehnt und betont deutlich. »Ich verstehe …«

Ein Anflug eines Lächelns entspannt ihre Miene.

»Ah, Gott sei Dank«, plappert sie drauflos. »Ich dachte schon, hier gibt es keine Menschenseele!«

Langsam nickt Nayati, noch immer mit erhobenen Arm. Es fällt ihm schwer, sie zu verstehen. Aber sie muss arg gläubig sein, wenn sie ihrem Gott schon jetzt dankt.

»Kannst du mir sagen, wo ich hier bin? Ich weiß noch nicht einmal, wie ich hierher komme. Es ging alles verdammt schnell.« Sie schnippt mit den Fingern. »Was ist das? Ein zoologischer Garten? Oder Eden?! – Nimm doch deinen Arm herunter, das macht mich ganz nervös!«

Endlich endet ihr Redeschwall, der auf Nayati einprasselte wie ein starker Hagelschauer. Genauso trafen ihm die Worte, die er nicht verstand.

»Was glotzt du mich denn so an?! Sag doch mal was!«

»Ja, Ma'am …«

Jetzt glotzt sie ungläubig. In ihren weit aufgerissenen Augen erkennt Nayati etwas wie Furcht und Unverständnis.

»Ich … Nayati, Ma'am …«

Über sein Vorpreschen hat er sie regelrecht in die Schranken von Anstand und Respekt verwiesen. Verdutzt entgegnet sie, nun leiser und etwas schüchtern: »Olivia.«

TEIL 2

RISS IM SCHATTEN

Und es liegt darnieder des Basilisken schwerer Leib.
Gezeichnet vom hernieder brausendem Blitz,
stürzet das Ungetüm vom Throne.
Gezeichnet im Antlitz von
vernarbtem Male
endet jahrtausendealte
Herrschaft.
Von der Zeit an schwindet
dunkle Finsternis.

Zwanzig

Von jetzt auf gleich sich an alles erinnern zu können, mag in mancherlei Hinsicht recht angenehm sein. Es gibt kaum unbeantwortete Fragen, die in einem nagen. Doch häufig überfordern sie den Betroffenen, verschaffen zusätzliche gesundheitliche Probleme. Grund ist das menschliche Gehirn, welches für einen plötzlichen Leistungsanstieg nicht gewappnet ist. Schließlich nutzen die Menschen gerade einmal etwa zehn Prozent des Gehirns; der Rest liegt brach und ist ungenutzt. Vielleicht gibt es irgendwann in der menschlichen Evolution einen Schub, der weitere Areale nutzbar macht.

Waylon spürt eine gewisse Veränderung, mit der er aber umgehen kann. Dafür hat der Rogalit gesorgt. Während der Zellerneuerung wurden auch einzelne Synapsen neu verwebt und Hirnareale freigegeben, die sonst niemals nutzbar gewesen wären. Ein Vorteil für den weiteren Lebensweg.

Nach der ausgiebigen Wiedersehensfreude macht er es sich erst einmal gemütlich und streckt sich auf der Pritsche aus. Wihakayda Macht es ihm gleich. Sichtlich genießt sie Waylons Nähe; liebevoll kuschelt sie sich an ihn an. Ihr gleichmäßig gehender Atem deutet auf eine tiefe Vertrautheit beider.

Auch er spürt aufkommende Müdigkeit. Mit geschlossenen Augen döst Waylon vor sich hin.

Das Baumhaus ächzt. Waylon muss eingeschlafen sein, wie sonst ist es zu erklären, dass er sich darüber wundert. Die leichte Pendelbewegung hat eine durchaus beruhigende Wirkung. Dennoch bereitet ihm etwas Sorge; was genau, das gilt es herauszubekommen.

Unterschwellige Unruhe macht Waylon nervös. Wihakayda liegt zusammengerollt auf dem Bett. Fenster und Tür sind offen. Obwohl die Pinie stark hin und her schaukelt, geht kaum Wind. Ein Punkt, der die Unruhe weiter stärkt.

Um einen festen Stand zu haben, muss er sich auf der Astgabel, die als Plattform beim Auf- und Abstieg dient, festhalten. Es ist windstill. Durch die Schaukelbewegung des Baumes in Ekstase gebrachte Blätter rauschen stark. Ein Grund dafür ist nicht auszumachen. Entgegen aller Logik schwankt die Pinie ohne Unterlass.

Waylon beobachtet angespannt die Umgebung. Wenigsten versucht er es, was – unter den gegebenen Umständen – nicht gerade einfach ist. Und er macht eine Entdeckung: Wenige Schritte vom Baum ist ein Riss im Gras. Ansonsten ist alles so, wie es sein sollte.

Das Hin und Her wird langsamer. Offenbar ist die – wie auch immer geartete – Energie verbraucht.

Waylon steigt vorsichtig die Flechtleiter hinab. Ein nicht ganz ungefährliches Vorhaben, da sie schlingert. Dadurch muss er sich gut festhalten, will er nicht *abgeworfen* werden. Je näher er dem Boden kommt, schlägt das Leiterende peitschend aus, was es umso schwieriger macht. Waylon erwägt abzuspringen, unterlässt es aber. Die Folgen könnten fatal sein und mindestens mit einer Prellung der Gliedmassen oder – bei unglücklichem Aufschlagen – einer Gehirnerschütterung enden. Das braucht er jetzt nicht, und deshalb geht er auf Nummer sicher.

Noch zwei Sprossen sind zu überwinden. Die Wucht des peitschenden Leiterendes ist proportional um ein Vielfaches höher, als noch gerade eben. Ein Fehlgriff oder -tritt hätte schlimme Folgen. Der Radius beträgt mindestens ganze vier Meter. Selbst ein Absprung für einen geübten, gut trainierten Sportler wäre das Risiko erhöht.

Waylon entscheidet sich gegen den Absprung. Stattdessen streckt er das Bein aus und bremst die Schwingung mit dem Fuß ab. Der erste Bodenkontakt ist hart und hätte beinahe den Fuß verdreht. Dadurch kommt die Leiter unweigerlich zusätzlich in eine Längsdrehung.

»Konzentration, Junge!«, ermahnt er sich ärgerlich. »Konzentrier dich!«

Es kostet Waylon unwahrscheinlich viel Mühe, zu guter letzt nicht doch noch herunterzufallen. Mit ach und Krach klammert er sich am Geflecht fest, was ihm, wie durch ein Wunder, auch gelingt.

Dann versucht er nochmal mit dem Fuß abzubremsen – erfolgreich. Endlich bremst die Schwingung soweit ab, dass er gefahrlos auf den Boden gelangt. Die ganze Aktion war anstrengend. Breitbeinig und die Hände in die Seiten gestemmt bleibt er stehen und atmet durch.

Das Rätsel allerdings bleibt eines. Einige Atemzüge später ist Waylon sicher, dass es keinen Grund zur Sorge gibt. Alles im *Grünen Bereich*! Am Erdboden ist keinerlei Vibration, geschweige denn ein Erdbeben, spür- und somit nicht erkennbar.

Inzwischen hat das Schwanken der Pinie extrem nachgelassen. Dieses Problem hätte sich also erledigt – von allein.

Waylon legt prüfend die Hand an den Stamm und schließt die Augen, um sich besser zu konzentrieren. Falls sich unter der Erde etwas bewegt, dann sollten die Schwingungen vom Stamm aufgenommen und fühlbar sein. Allerdings würde auch dies nicht die Baumschwankung erklären.

Er hält die Luft an. Eins – zwei – drei – vier – fünf, zählt er im Stillen die Sekunden. Außer den eigenen Puls gibt es keine anders geartete Vibration. Waylon öffnet die Augen. Im Blickfeld taucht wider Erwarten Wihakayda auf, die ihn eindringlich mustert. Offenbar macht Waylons Gebaren sie neugierig. Wihakayda schnüffelt an seiner Hand, als könne sie dadurch besser verstehen.

»Dich hab ich doch glatt vergessen«, sagt er mit rauer Stimme.

Sie *flippert* leise. Ihre Zurückhaltung irritiert Waylon; vermutlich ist Wihakayda ebenso verstört.

»Ist alles gut«, beruhigt er. »Komm her, *Kleine.*«

Er streckt beide Hände nach dem Äffchen aus, das zuckend zurückweicht.

»Was hast du?«

In ihren großen Augen liest Waylon Angst. Die Irritation wird durch eine unbekannte Abwehrhaltung des Maki vollendet. Zum ersten Mal bekommt Waylon den Verdacht nicht los, die ansonsten friedfertige und stets aus Schmusekurs eingestellte Wihakayda wird ihn gleich angreifen oder sogar beißen.

Unwillkürlich weicht nun er stirnrunzelnd zurück.

»Wih …«

Der Gesichtsausdruck des Maki-Weibchens versetzt Waylon einen weiteren Schrecken. Blanke Angriffslust! Was ihn mehr entsetzt, ist er nicht ganz sicher; aber die Art des Tieres ist sehr beunruhigend.

Langsam rückwärts gehend, vergrößerst Waylon den Abstand, dabei Wihakayda fest anvisiert. Alles Vertrauen ist durch diese Aktion zerstört. Und er spürt in ihren Augen blanken Hass …

Beim Zurückweichen erregt jetzt allerdings etwas anderes seine Aufmerksamkeit. Linker Hand befindet sich die antike Pyramide. Ihre Spitze überragt den Dschungel. Doch über dem alten Bauwerk schwebt ein kreisrunder Ring aus flirrendem, blau-violettem Licht.

›Das Portal hat sich gebildet‹, schießt es durch Waylons bisherige Gedanken.

Sofort ist Wihakaydas Angriffslust vergessen. Denn nun beginnt sein wahrer, ihm vorbestimmter Weg.

◎

Ihm bleiben zwanzig Minuten Erdzeit. Gehetzt jagt Waylon den Pfad entlang, dass seine Füße kaum den Boden berühren. Nicht einmal in seiner Jugend konnte er so schnell rennen. Die Dedifferenzierung im Rogalit-Kokon wirkt Wunder. Schade, dass diese Rundum-Körper-Erneuerung nicht viel früher ihm zugänglich war. Er ist zwar fit, aber ein jugendlicher Körper wäre nicht zu verachten.

Zusehends schmilzt die Entfernung bis zur Pyramide. Doch

eine weitere Herausforderung wartet auf Waylon: Er muss die Stufen bis zum Eingang noch überwinden! Das heißt, sieben Ebenen mit je fünfunddreißig Stufen zu erklimmen. Macht insgesamt dreiundsiebzig einhalb Meter Höhenunterschied!

Waylon überschlägt gedanklich die zu benötigende Zeit. Vier Minuten sind bereis vergangen. Etwa noch einmal soviel braucht er bis zur Treppe. Bleiben knapp zwölf Minuten hinauf! Ist das Portal geöffnet, kann er einfach sich hineingleiten lassen. Problematisch wird es, wenn das Zeitentor sich schließt.

Die Pyramiden-Stufen sind schon zu sehen, als er eine Wurzel fast übersieht, ihr aber noch ausweichen kann. Dadurch allerdings kommt Waylon aus den Rhythmus und gerät ins Straucheln. Wertvolle Zeit verliert er durch einen Moment Unaufmerksamkeit. Er könnte sich ohrfeigen!

Die Stufen nimmt er einzeln. Noch einmal stolpern wird ihm zu gefährlich. Es gilt, keine Minute zu verlieren. Solang er die Nerven behält, ist es zu schaffen. Er kommt ins Schwitzen. In den Oberschenkeln erste Anzeichen von Überbelastung. So locker er gestartet ist, fällt es jetzt umso schwerer. Die Chance schwindet, wie auch die Zeit, das Portal zu betreten.

Soeben betritt er die zweite Etage. Waylon Atem geht schwer. Der Blutdruck ist angestiegen und das Herz pumpt. Ein Blick nach oben verrät, dass es bald soweit sein wird.

Der Weg ist das Ziel, heißt es so schön. Wer immer diese Worte einmal formulierte, weiß um deren tieferen Sinn. Philosophie war nie sein Steckenpferd. Manche Zitate wurden zu allgemeingebräuchlichen Floskeln, die für vieles herhalten müssen. Doch dieser Ausspruch trifft den Nagel auf den Kopf.

Dritte Etage.

Fünfunddreißig Stufen hat eine Treppe. Ungemütliche. Ein Auftritt misst fünfunddreißig Zentimeter. Diese im Gehen zu überwinden bedarf schon einiges an Kraft. In einer Art Dauerlauf wird die Muskelanstrengung um ein Vielfaches proportional erhöht.

Wie lang er wohl für eine Treppe benötigt?!

Waylon schätzt um die vierzig Sekunden. Noch! Denn die Anstrengung wird immer größer und er langsamer.

Auf der vierten Etage japst er auffällig. Dieses Tempo ist nicht durchzuhalten. Er verlangsamt den Schritt. Drei Treppen gilt es noch zu erklimmen. Drei! In Stufen umgerechnet: einhundertundfünf. Waylon schaut auf die Uhr. Ihm bleiben fünf Minuten.

In seiner Verfassung unmöglich, rechtzeitig oben zu sein. Er schellt sich einen Hitzkopf. Was hat ihn nur geritten, übereilt los zu preschen? Sicherlich spielt Wihakaydas Verhalten eine maßgebliche Rolle dabei. Was war nur plötzlich in sie gefahren? Dieser Hass in ihren Augen!

Waylon schaut gedankenverloren in die Richtung des Baumhauses. Einzelheiten sind von hier nicht auszumachen. Dafür müsste er die Augen eines Adlers haben. Oder besser: Er wäre gern der Adler! Dann wäre er längst durch das Tor entschwunden.

Kopfschüttelnd bleibt er an der Treppe stehen und schaut nachdenkend nach oben. Ohne es zu merken, hat Waylon kapituliert. Vielleicht hat er es bemerkt, will es aber nicht wahrhaben. Entkräftet lässt er sich auf die erste Stufe nieder. Dieses Mal hat er verloren. Da beißt die Maus keinen Faden ab! Unabänderlich! Doch noch ist nicht aller Tage Abend!

Wann wird sich das Portal erneut öffnen?

Er weiß es nicht. Einmal am Tag? Einmal wöchentlich?

Seltsam! Er hat absolut keinen Schimmer … Sagte der Rogalit nicht etwas davon, er würde *alles* wissen? Bisher war es jedenfalls so. Er hat das Portallicht gesehen und wußte Bescheid … Wenn Wihakayda nicht diesen Ausraster gehabt hätte …

Waylon ahnt, dass eine Lösung in der Luft liegt. Nur fassen kann er sie noch nicht.

Einundzwanzig

Uridräo, fünftausendvierhundert Jahre zuvor.

Es ist eine fantastische Welt. Blumenkelche, mit einem Durchmesser von über einem Meter. Bäume bis in den Himmel. Und die Farbenpracht macht alles so unwirklich. Grün scheint hier selten vorzukommen. Es dominiert ein türkisener Ton, mit einem nicht zu verhehlendem Rotstich. Im Schatten glänzen vereinzelnde Pflanzen lumineszenzartig. Die Wirkung ist alles andere als gespenstisch – einfach nur verzaubernd!

Nayati ist sprachlos. Genau wie Olivia, die mit weit geöffneten Augen und offenem Mund staunend sich umschaut. Nachdem beide festgestellt haben, dass sie doch keinen Gespinst erliegen, getraut sich der Gewahrer einen Schritt in die *Neue Welt*. Dass es nicht die Erde sein konnte, lag auf der Hand. Olivia hätte zwar lieber den von Nayati erwähnten Rückweg eingeschlagen, lässt sich aber von seiner spontanen Art anstecken, auf Entdeckungstour zu gehen.

Bald finden sie nicht mehr zurück. Der flirrende Luftkranz bleibt spurlos verschwunden. Dafür entschädigt die Gegend mit verzaubernder Landschaft; wie der Fantasie eines Malers entsprungen.

Beide sind schweigsam unterwegs, um die Eindrücke aufzunehmen. Wer weiß schon, wie lange sie hier sein werden. Wenigsten Olivia hat keinerlei Erinnerung daran, wie sie her gekommen ist. Nach dem Erhalt des Päckchens, öffnete sie es auch sofort. Doch die erhoffte Antwort blieb aus. Stattdessen fand Olivia den Kristall. Dann weiß sie nur noch, wie sie ihn in die Hand nahm. Der beiliegende Zettel blieb unbeachtet.

Darüber nachdenken kommt ihr nicht in den Sinn; viel zu viel Neues gibt es zu entdecken und zu bewundern. Derartig abgelenkt muss sie die Frage nach dem *Wie* hintenanstellen. Allerdings stehen beide bald einem neuen Problem gegenüber: Nahrung. Wie soll man hier etwas Essbares finden? Nach was sollen sie suchen, wenn die Flora völlig anders geartet ist, wie in ihrer gewohnten Umgebung?

Plötzlich stehen sie vor einem Wasserlauf. Olivia probiert einen Schluck davon und befindet das Wasser als äußerst geschmackvoll. Über eventuelle Verunreinigungen macht sie sich keine Gedanken. Weit und breit gibt es keine Ansiedlung. Keine Industrie, keine Kraftwerke. Wo sollen Schadstoffe herkommen?

»Tut das gut«, stößt Olivia blubbernd aus. »Herrlich ... Und so ... wunderbar frisch ... Köstlich ...«

Sie schöpft mit den Händen ein weiteres Mal.

Nayati dagegen kniet vor dem Bach mit gebeugten Kopf und trinkt direkt. Auf der Oberfläche tummeln oder schwimmen keine Insekten. Überhaupt ist die Natur sehr sauber. Nicht einmal verblühte Pflanzen, heruntergefallene Blätter oder abgestorbene Bäume gibt es. Einzig und allein ein seltsames Geflecht fällt auf, von dem er ausgeht, es handelt sich um ganz normales Moos.

»Jetzt nur noch was essen, und der Tag ist perfekt«, schwärmt Olivia halb verträumt.

Nayati stimmt nickend zu.

»Du sprichst nicht viel, hab ich Recht?«

Nayati wirkt auf die Frau schüchtern.

›Das Bürschchen ist jung und unerfahren‹, denkt sie bei einem weiteren Schluck. ›Wo er nur herkommt?‹

»Es gebührt sich nicht, eine weiße Squaw anzusprechen«, entgegnet er leise.

»Squaw?«, lächelt Olivia irritiert. »Bist du ein Indio?«

»Indio? Ich verstehe nicht, was Ihr damit meint.«

Sie will protestieren, besinnt sich aber.

»Nun. Bei uns heißt Indio Indianer. Bist du einer?«

»Ich gehöre dem Stamm der Dako an«, bejaht Nayati indirekt.

»Gut«, lächelt Olivia. »Verzeih meine Neugier, aber ich denke,es kann nicht schaden, wenn wir uns ein bisschen kennenlernen.«

Statt einer Antwort sieht Nayati sie blass und mit versteinerter Miene an. Diese Reaktion hat Olivia nicht erwartet. In seinen Augen liest sie Entsetzen und – Angst! Es wird schwer werden, das Eis aufzubrechen.

»Wohin jetzt?« Diese Frage stellt Olivia mehr sich selbst. Suchend dreht die den Kopf.

»Es gibt keine Spuren, denen wir folgen können«, antwortet Nayati nachdenklich.

»Was heißt das?«

»Es gibt kein Wild.«

Olivia hat zuerst an Menschen gedacht, bei denen sie Hilfe fänden. Doch der pragmatisch denkende Nayati meint schlichtweg das Naheliegende: Tiere.

»Vielleicht finden wir ja paar genießbare Früchte?«

Insgeheim hofft Olivia auf die Erfahrung des Dakota. Durch seine naturverbundene Lebensart traut sie ihm zu, wenigstens dieses Problem lösen zu helfen. Allein wäre sie hilflos und aufgeschmissen.

»Hat denn die Weiße Squaw dafür ein Auge?«

Olivia ist platt. Der Indianer hat ein gutes Gespür dafür.

»Ich dachte, du würdest mir dabei helfen …«

Nayatis Gesicht ist ausdruckslos.

»Euch Weißen fehlen grundlegende Eigenschaften, um in der Wildnis zu leben.« In seiner Stimme schwingt eine Spur Verachtung mit, die sich auch in seinen Augen wiederfindet.

»Wir leben im einundzwanzigsten Jahrhundert«, sagt sie scharfen Tones. »Deine Überheblichkeit ist unangebracht!«

Nayati wird blass. Er muss sich verhört haben! Soviel weiß auch er, den die Siedler noch immer als *Rothaut* beschimpfen, dass man das neunzehnte Jahrhundert in der Neuen Welt schreibt. Das Weib muss stark gelitten haben! Anders ist es nicht zu erklären.

»Im übrigen – nur so zu deiner Info: Ich liebe die Natur!«

»Und doch könntet Ihr nicht in ihr überleben«, beharrt er auf seinen Standpunkt. »Euch sind Annehmlichkeiten wichtiger, die Euch verweichlicht haben.«

»Dir etwa nicht?«

»Im Reservat haben wir gerade mal das Nötigste.«

Olivia wird hellhörig. Reservat! Darüber hat die mal was gelesen. Aber es ist etwas anderes, wenn einer leibhaftig vor einem steht.

»Sorry. Ich wollte dich nicht kränken. Ich kann es mir nur schwer vorstellen.«

Nayati senkt den Kopf und schweigt. Auch Olivia ist es peinlich und sie schweigt ebenfalls. In ihrer Vorstellung sieht sie verwahrloste Männer und Frauen, deren Sinn im Leben darin besteht, den Tag ohne jegliche Beschäftigung vergehen zu lassen. Denn es gibt nicht viel zu tun. Nur wenige dürfen das Reservat verlassen, um außerhalb einer Arbeit nachzugehen.

»Weiße Squaw spricht von Vorstellung«, beginnt Nayati zögerlich. »Ihr hat aber noch nie so gelebt wie Nayati.«

»Verzeih mir … War nicht so gemeint …«

»Ich verstehe Euch, Ma'am. Hätten wir die Wahl, lebten auch wir anders.«

»Und ich dachte immer, die Zeit des Kolonialismus sei überwunden.«

Der Dakota sieht Olivia fragenden Blicks an. In Sekundenschnelle begreift sie, dass er mit diesem Ausdruck nichts anfangen kann. Mit soviel Unwissen hätte sie niemals gerechnet. Und das in Zeiten des alles beherbergenden Internets! Aber klar: Minderheiten werden in den USA kleingehalten. Die Weltmacht schaut gern nach Afrika oder nach Asien. Überall mischen sie mit; es geht ja um Einfluss und Macht! Und vor der Haustür – oder besser im Flur des eigenen Hauses – übersieht man gern und beflissen selbst verursachte oder wenigstens vermeidbare Missstände.

»Das Unrecht in der Welt ist groß«, sagt Olivia leise. »Viel lieber verschließen wir die Augen, um nicht sehen zu müssen.«

»Ihr sprecht wahre Worte, Ma'am.«

Olivia rollt mit den Augen.

»Hör doch endlich mit der geschwollenen Ma'am auf! Macht mich ganz kirre!«

»Es steht mir nicht zu, Euch in vertrauter Weise anzusprechen …«

»Quatsch!«, fällt sie ihn ins Wort. »Zieme dich nicht so und geb dir einen Ruck, Naya! Falls es dich beruhigt: Wir sind allein. Außerdem entscheide ich allein, wer mich wie anspricht!«

Nayati ist irritiert durch ihren burschikosen Ton. Er will protestieren, doch Olivia schneidet dem Verdutzten erneut das Wort ab.

»Nun ist aber gut, Naya! Ich bin emanzipiert! Eine starke, moderne Frau mit Respekt vor Schwächeren. Egal welche Hautfarbe: Wir sind alle bloß Menschen!«

In ihren glanzvollen Augen liest er Wut. Doch sie gilt nicht ihm persönlich. Viel eher den gegenwärtigen gesellschaftlichen Verhältnissen.

»Im einundzwanzigsten Jahrhundert sollte eigentlich ein für alle Mal Schluß sein mit solchen widerwärtigen kleinkarierten Unterscheidungen.«

Nayati stutzt.

»Wann seid Ihr geboren, Ma'am?«

Olivia kocht. Ihrem Munde entfleucht ein hysterisch wirkender Laut.

»Ich heiße weder Squaw noch Ma'am, Naya!«, fährt sie ihn an. »Olivia! Einfach nur O–L–I–V–I–A!«

Eine Weile herrscht Stille. Olivias Gesicht entspannt sich langsam.

»Fragt man bei euch alle Mädchen nach dem Alter?«, fragt sie nun ruhiger, aber mit blitzenden Augen.

Er verneint.

»Und warum fragst du mich?«

»Ihr sprecht von Dingen, von denen ich noch nichts gehört habe.«

»Was meinst du genau damit?«

»Was ist das – das *einundzwanzigste Jahrhundert*?«

»Ist nicht dein Ernst, oder? – Es ist dein Ernst …« Sie schließt ahnend die Augen. »Du hast davon noch nie gehört? Hab ich dich richtig verstanden?«

Abermals nickt Nayati, der sichtlich verschüchtert wirkt.

»Nun denn, dann werde ich es dir erläutern müssen …«

Und so beginnt Olivia eine kleine, rhetorisch geführte Exkursion in die Geschichte.

Zweiundzwanzig

Man kann sagen was man will, aber es ist ein wahrer Hingucker, wenn das Portal sich schließt. Unendlich vielfältig ist das Farbenspektrum. Waylon kann sich kaum sattsehen. Es wirkt unwirklich, stößt dafür aber die Fantasie an. Fast wie in einem Traum! Alles bannend, in sich einsaugend. Ein Gefühl unendlicher Schwerelosigkeit, inmitten einer exotisch fremder Welt. Für die Länge der ihn entführenden Beobachtung, entrückt er sämtlicher Realität.

Die Lichtkreise werden immer enger, und der wabernde, rötlich fluoreszierende Mittelpunkt im Durchmesser kleiner. Jetzt ist der Zeitpunkt erreicht, dass das Tor unpassierbar wird. Was mit dem passiert, der es dennoch versucht, ist unklar. Darüber schwieg überraschend der Rogalit. Natürlich regt das Waylons Gedanken an und bringt sie in eine zerstörerische Richtung. Ein Körper würde in seine einzelne Atome aufgelöst, stellt er sich vor, und zerfallen in einen nebelartigen Gebilde.

Waylon jagt ein eiskalter Schauer übern Rücken. Auf einer Seite ist er froh, es nicht geschafft zu haben und – mehr oder weniger sicher – auf der vierten Etage das Spektakel zu beobachten. Natürlich muss er dorthin, was immer *dorthin* bedeutet. Aber nicht um jeden Preis! Seine Mission kann nur dann gelingen, wenn er gesund durch die Passage kommt. Was ihm auf der anderen Seite erwartet, steht – im wahrsten Sinne des Wortes – in den Sternen.

Die starke Luftverwirbelung ist mittlerweile stark ausgeprägt. Sicherheitshalber sucht Waylon die Nische auf, in deren Schutz er abwarten kann. Als er so dahockt, spürt er ein leichtes Zittern der alten Mauern. Die Energie des Zeitentores muss enorm sein! Uneingeweihte würden unweigerlich annehmen, alles im Umfeld würde eingesogen werden. Dass dem nicht so ist, beweisen die nachfolgenden Minuten.

Auf jeder Ebene gibt es solch eine Nische. Zu welchem Zweck sie genau errichtet wurde ist unklar. Doch ganz offensichtlich dient sie auch als Schutz. Gemütlich ist es hier nicht gerade, wie Waylon am eigenen Leib feststellt. Die Nische hat keine Sitzmöglichkeit, wie oben am Pyramideneingang. Dennoch bietet sie für eine Person ausreichend Platz.

Das Zittern des Gemäuers lässt nach. Vorsichtig lugt er aus der Deckung hervor. Der Lichtkranz ist verschwunden. An seiner Stelle ist nur ein wolkenartiges Gebilde. Von dem, was gerade stattgefunden hat, ist nichts mehr erkennbar.

◎

Es geschieht wieder. Der Zyklus wird kleiner.

Die Stimme existiert nicht wirklich; sie wird vielmehr in Waylons Kopf moduliert. Sein Hirn intoniert die empfangenen Signalschwingungen, damit die Information verständlicher wird für den Empfänger. Der dadurch vorgegaukelte imaginäre Gesprächspartner macht den Austausch angenehmer – menschlicher.

›Ich konnte nichts tun. Ich war einfach zu langsam …‹

Vorwürfe sind fehl am Platz, Waylon. Du wirst es schaffen. Vertrau auf Deinen Instinkt.

›Wenn ich die Vorboten kennen würde …‹

Sie werden sich Dir offenbaren, wenn es soweit ist.

Auch ohne ein Wort des Abschieds weiß Waylon instinktiv, dass das Gespräch beendet ist. Daher dreht er sich um und schläft weiter.

Bevor der Rogalit in seine Gedankenwelt eindrang, träumte Waylon. Übergangslos taucht er an der selben Stelle, wo er unterbrochen wurde, wieder ein.

Die Nacht ist tropisch warm. Durchs offene Fenster weht heiße Luft herein. Leise säuseln die Blätter im lauen Windzug. Ansonsten ist es still.

◎

Am Morgen ist er beim ersten Tageslicht wach. Ausgeschlafen beginnt der Tag mit neuem Elan und Energie. Ein wenig wirkt der Traum nach. Nichts besonderes, woran Waylon jetzt gern denkt. Es ist eher das dabei erlebte Gefühl. Ist er deswegen so gut gelaunt und voller Tatendrang, wie man nur sein kann?

Wihakayda ist nach dem Zwischenfall verschwunden und bleibt es auch. Darüber verschwendet Waylon aber keine unnötigen Gedanken. Seine Mission ist klar; alles andere spielt nur eine untergeordnete Rolle. So ist es kein Wunder, dass er wenig später bereits das *Appartement* verlässt und sich auf den Weg macht.

Einem Instinkt folgend, will er den Felsvorsprung aufsuchen. Dort hofft er, der Singularität auf der Spur zu kommen.

Dem Rogalit zu Folge, tritt die Zeitüberlappung regelmäßig auf. Auch die Maya mussten davon wissen, beginnt doch ihr Kalender exakt mit dem Verschwinden der Anomalie und dauert genau die Zeitspanne, bis zu derer Wiederkehr. Ein Zufall kann dies nicht sein! Woher die Maya ihr Wissen hatten, erschließt sich ihm noch nicht. Aber einen Zusammenhang muss es geben!

Der Ursprung der Singularität bezeichnet der Rogalit als ›Anti-Universum‹. Waylon ist gewillt zu glauben, dass er in die Irre geführt werden soll. Dafür sprechen allerdings einige Tatsachen, die Waylon wiederum an die eigene Vernunft zweifeln lassen.

Eine davon, so der Rogalit, hebe im Zentrum der Überlappung sämtliche physikalische Gesetze auf. Pures Chaos herrsche da, wo vorher Gravitation, Atome und Leben existiert haben. Solang die Abnormalität anhält, wird alles auf den Kopf gestellt. Im Schnittpunkt dieses Zentrums wird alles vernichtet. Zurück bleibt die Absolute Leere. Dominiert im Universum dunkle Energie, die ein unkontrolliertes Auseinanderdriften der Galaxien verhindert, erfüllt diesen Raum nun *Weiße*, die genau das Gegenteil bewirkt. Der Rogalit wählt diesen Vergleich, damit Waylon eine bessere Vorstellung davon erhält. In Wahrheit ist die Weiße Energie ebenso für menschliche Augen unsichtbar, wie die dunkle Energie.

Einige Wissenschaftler Arimeas stellten die These auf, dass alles umgekehrt wird, was schließlich unweigerlich in einer Implosion enden würde; diese These entwickelten auch irdische Wissenschaftler unter den Namen ›Big Crunsh‹, wenn auch aus einer anderen Intension heraus.

Was der Mutterkristall verschweigt, ist Waylon fest entschlossen, auf eigene Faust herauszufinden.

✧◎✧

In Waylons Gegenwart schätzen Astronomen die Zahl der Sterne auf siebzig Trilliarden. Ihr Licht erstrahlt im alten Glanze und es weiß niemand, wieviele davon überhaupt tatsächlich noch existieren. Zu Zeiten des ersten Lebens, aus denen die arimeanische Hochkultur hervorging, waren es viermal so viele. Scheinbar gab es kaum ein Fleckchen im aufstrebenden Universum, in dem nicht wenigstens sich ein Sonnensystem befand. Es gab nie vorher solch ein Anzahl und wird es auch nie wieder geben. Wie vieles, was entsteht, ist dem Verfall und ergo den unausweichlichen Untergang geweiht. Galaxien treiben nunmehr auseinander, was den Nachthimmel immer dunkler erscheinen lässt.

Arimeas Heimatsystem lag relativ nah am ursprünglichen

Entstehungspunkt des Universums. Unzählige Gesteinsbrocken flogen ungelenk durch den noch jungen Raum, kollidierten sekündlich miteinander, formten neue, größere Gebilde. Die Wenigsten überdauerten.

Die großen Planeten, die einen dichten Kern haben, ansonsten aber aus Gas bestehen, ziehen herumirrende Trümmer an. Somit fungieren solche Monster als eine Art *Staubsauger.* So auch im arimeanischen System.

Doch bevor erstes Leben entstehen konnte, zeigten sich bereits Anzeichen eines großen Umbruchs. *Fertige* Planeten zerfielen zu Staub. Andere verließen aus nicht erklärbaren Gründen die Bahn. Wieder andere änderten ohne äußere Einwirkung die Drehrichtung. Auf zuletzt genannten Planeten trat – neben dem Chaos – die völlige Umkehr bisheriger Gesetze ein. Etwaiges Leben – wie allgemein bekannt und definiert – hatte keine Chance.

✧◎✧

Als hätte er nie anderes gemacht gibt Waylon den Entsperr-Code am Zugang des Felsvorsprungs ein. Türkisblaues Licht erwartet ihn und erleuchtet seinen zielstrebigen Weg. Für die Symbole an den Wänden hat er kein Auge. Hindurch das Labyrinth folgt er einem altbekannten Pfad, den Eingeweihte von Beginn an nutzten, um die verborgene Zentrale des Stützpunkts schnellstmöglich zu erreichen. Aus Angst vor Unterwanderungen der Gegner, wussten nur wenige davon. Und die ›Sternenbruderschaft‹ hatte unzählige Gegner.

Waylon gehört, seines Wissens, nicht der *Gilde* an. Dennoch verdankt er dem Rogilat alles Wissenswertes darüber. Für derartige Überlegungen steht ihm jetzt nicht der Sinn. ›Das wird schon seine Richtigkeit haben!‹, denkt er.

An einem der verschlüsselten Zugänge bleibt er stehen. War da nicht gerade etwas? Hörte sich wie ein Klacken an. Waylon lauscht in die ihn umgebende Stille hinein. Alles ruhig.

Irgendwo löst sich von der Decke ein Wassertropfen. Dieser Tropfen fällt hinab und taucht in die darunter sich gebildete Pfütze. Von den Wänden verstärkt, dringt das aufspritzende *Plopp* um ein Vielfaches lauter an Waylons Ohr.

Natürlich verursachte Geräusche sind hier gang und gäbe. Deshalb bleibt er unbeirrt und setzt seinen Weg fort. Einmal in der Zentrale angekommen, ist er eh sicher vor ungebetenen Gästen. Der Raum ist hermetisch abgeriegelt und arbeitet autark. Alle technischen, wie auch die lebensnotwendigen Systeme werden unabhängig gesteuert.

Der soeben erreichte Durchgang ist die erste von drei Schleusen. Jede wird durch ein ausgeklügeltes biometrisches Sicherheitssystem gesichert. Im Normalfall benötigt man zwei Personen, die eine bestimmte Kombination eingeben müssen, und gleichzeitig werden Irismuster und Schweißzusammensetzung mit einer Datenbank abgeglichen. Weshalb allerdings gerade er allein passieren darf, ist auf eine Manipulierung des Mutterkristalls zurückzuführen.

Auch die dritte Schleuse passiert Waylon problemlos. Nur noch den schmalen Gang folgen, dann hat er es geschafft …

Dreiundzwanzig

Uridräo, fünftausendvierhundert Jahre vorher.

Nachdem Olivia und Nayati festgestellt haben, dass sie aus unterschiedlichen Jahrhunderten stammen, haben beide ein ausgeprägteres Gespür für den Anderen. Die seelischen Befindlichkeiten sind ähnlich, sind sie doch gemeinsam in dieser Welt gefangen.

Unter einem mächtigen Baumriesen haben sie ein recht ansprechendes Nachtlager gefunden. Die Temperatur ist vergleichsweise tropisch, somit werden sie nicht frieren. Überall wächst das Flechtmoos, dessen Struktur eher künstlich zu nennen ist. Es ist weich und trocken.

»Und du bist sicher, dass es keine wilden Tiere gibt?«

»Das bin ich«, bestätigt Nayati noch einmal. Anhand fehlender Spuren eine logische Schlussfolgerung.

»Dann werde ich es wagen und versuchen zu schlafen.«

›Wie sorglos die Weißen doch sind‹, denkt Nayati. ›Ein Wunder, dass sie die Jahrhunderte überstehen ...‹ Er übersieht dabei die Arroganz der Menschen, die alles niederwertige dominiert oder vernichtet.

Olivias gleichmäßige Atemzüge verraten, dass sie eingeschlafen ist. Die Anstrengungen der letzten Stunden waren eindeutig zu viel für die Frau. Nayati beobachtet sie eindringlich. Für eine Weiße empfindet er sie als ausgesprochen hübsch, obwohl sie die Dreißig bestimmt längst überschritten hat.

Die Strapazen spürt auch er. Und dabei begann der Tag ganz normal. Allerdings ist seine Strandung in eine frühere Zeit nicht wirklich normal. Also weshalb sich wundern? Ändern kann er daran sowieso nichts mehr.

Nayati streckt sich genüsslich aus. In der Dämmerung blitzen erste Sterne auf. Komisch, wie seltsam die Sterne auf ihn wirken. Ob er übermüdet ist, um etwaige Sternbilder zu erkennen? Er gähnt herzhaft, schließt die Augen.

Seine müden Gedanken ziehen Revue. Qi'tams Gesicht taucht auf. Dann erscheint das uralte Gemäuer. Der Schädel! Seltsam leuchtend, bedrohlich der Anblick.

Dann ein Schrei! Markerschütternd und zutiefst gequält!

Nayati reißt die Augen auf. Springt empor. Olivia schläft friedlich. Hat sie denn nichts gehört? Er sieht in alle Himmelsrichtungen. Niemand da!

Nur schwer gelingt es ihm wieder Ruhe zu finden. Immer wieder lauscht er angestrengt in die Stille hinein, die stiller nicht sein kann. Nach einer ganzen Weile, die Nayati wie eine kleine Ewigkeit vorkommt, holt ihn die Müdigkeit wieder ein. Er bemerkt nicht den Übergang in die Traumwelt. Glück und Zufriedenheit spürend, umhüllt ihn zudem wohlige Ausgeglichenheit. Innerer Frieden ist unabdingbarer Bestandteil, um Liebe und Geborgenheit zu finden oder, wie in diesem Moment, zu empfangen.

Mitten in der Nacht wird Nayati von Lärm aufgeschreckt. Schlaftrunken rappelt er sich auf. Seltsam schimmerndes Licht verdeutlicht die fremdartige, nicht irdische Welt. Ein violettroter Schimmer erweckt Nayatis Aufmerksamkeit. Er entstammt einem Nebelband am Himmel, welches gerade im Zenit steht. Seine Leuchtkraft ist immens, und man hat den Eindruck, einfach nur die Hand ausstrecken zu können, um es zu berühren. Die Ränder glimmen in einem Grünton, der das Himmelsobjekt ungemein plastisch erscheinen lässt. Eindrucksvoll majestätisch und doch auch bedrohlich.

Fasziniert nimmt Nayati diesen gigantischen Anblick in sich auf. Je länger er das zu einem Drittel den Himmel einnehmendes Nebelband betrachtet, umso deutlicher wird ihm dessen gewaltige Ausdehnung bewußt. Für einen flüchtigen Augenblick ereilt Nayati das gesamte kosmische Ausmaß und er bekommt für winzige Bruchteile eine Ahnung um die Bedeutung des kosmischen Seins. Eine wahrlich kosmische Botschaft!

Es kostet einiges an Anstrengung, sich davon zu lösen. Fast kommt es Nayati vor, er verlasse eine andere Welt. Im Grunde genommen trifft es ja zu. Doch nichtsdestotrotz fühlt er einen kurzen, stechenden Schmerz, als er den Blick senkt; als würde die Nabelschnur nach der Geburt getrennt, und er verliert die wärmende, mütterliche Geborgenheit.

Nayati fröstelt trotz des warmen Klimas. Konnte er eben noch im kosmischen Code lesen, fühlt er sich nun allein. Hilfesuchend wandern seine Augen irrend über den Boden. Kalte Schauer jagen wallend ihm über den Rücken. Seinen ganzen Körper überzieht Gänsehaut.

Allmählich findet Nayati in die Gegenwart zurück. Was hat ihn geweckt? Offenbar kein äußerliches Ereignis, wie er findet. Allerdings kann er sich ebenfalls nicht an einem Traum ähnlichen Inhalts erinnern.

Seine neue Bekanntschaft schläft friedlich. Olivia sieht entspannt und zufrieden aus. Irgendwie auch unschuldig, trotz ihrer Reife. Noch einmal schaut er zum Himmel empor. Das Nebelband ist gewandert, dominiert aber noch immer den Nachthimmel.

Gegen Morgen ist Olivia bereits auf den Beinen. Unweit hat sie einige faustgroße Früchte gefunden, die leidlich schmecken. Das Gute daran: Sie machen satt und stillen den Durst. Als sie zurückkommt, räkelt sich Nayati.

»Sie sind schon wach?«

»Hab uns was zu essen besorgt, junger Mann«, entgegnet Olivia gutgelaunt.

»Ah ja«, macht er.

»Mehr hast du nicht zu sagen?«

Nayati schaut sie überrascht und fragend an.

»Na ja«, fügt Olivia hinzu. »Ein *Danke* wär' nicht schlecht.«

Missgestimmt murmelt Nayati also ein »Danke«, wenn auch nicht aus Überzeugung.

»Du siehst nicht erholt aus. Schlecht geschlafen, Naya?«

Das ist eindeutig zu viel!

»Mein Name ist Nayati!«, brummt er gereizt.

Olivias gute Laune schwindet dahin.

»Was ist dir denn über die Leber gelaufen! Ich wollte nur freundlich sein …«

»Klingt eher herrisch … und wie das Gezeter einer Hyäne!«

Sie will protestieren, unterlässt es dann aber doch. Stattdessen beißt Olivia in ihre Frucht, sodass es spritzt und der Saft ihr an den Wangen herab tropft. Mit der freien Hand reicht die ihm eine frisch Gepflückte.

»War nicht so gemeint«, sagt sie schmatzend. »Ich hab manchmal ein etwas loses Mundwerk. Nimm's dir nicht zu Herzen, Nayati. Bleib einfach locker.«

»Eure Reden sind mir fremd. Verzeiht, wenn ich über reagiere …«

»Weißt du … Sehen wir einfach darüber hinweg und begnügen uns damit, dass keiner von uns es so meint, wie es sich's vielleicht anhört. Einverstanden?«

»Ist das ein üblicher weißer Kompromiss?«

Olivia schluckt den Rest des Fruchtbreis hinunter.

»Was meinst du mit ›üblichem weißen Kompromiss‹?«

»In meiner Welt sprecht Ihr Weißen zumeist mit zwei Zungen.«

Nun versteht Olivia. In alten Western ist davon oft die Rede. Klar – Hollywood überspitzt oft und nimmt es mit der Wahrheit nicht allzu genau. Würde wahrscheinlich auch keine *Sau* interessieren. Dokumentarisch angehauchte Spielfilme eignen sich nicht für eine abendfüllende Kinovorstellung! Damit lockt man im einundzwanzigsten Jahrhundert niemanden mehr … Es muss Action sein! Geballere bis zum Abwinken, mit einem Schuss Ironie vor fantastischen Kulissen. Und das ganze computergeneriert.

»Für andere kann ich nicht sprechen«, antwortet sie nachdenklich. »Aber was mich betrifft, so meine ich es so, wie ich's sage.«

Nayatis Blick ist skeptisch, dennoch nickt er.

»Also gut. Ich glaube Ihnen …«

»Da wir das nun ein für alle Mal geklärt haben, können wir uns wichtigerem widmen?«

Als Orientierungshilfe fungiert der mächtige Planet, um den der Mond kreist. Olivia sieht immer wieder verängstigt zu dem Himmelskörper *hinüber*, von dem man meinen könnte, gleich berühre er sie. Ihr ausgeprägtes astronomische Wissen ist in der jetzigen Situation hilfreich, ist sie doch in der Lage, logisch zu schlussfolgern. Anhand des gewaltigen Größenunterschieds kommt Olivia zur einzigen Erkenntnis, auf einen natürlichen Trabanten gestrandet zu sein.

Die hiesige Sonne sendet ein türkisfarbenes Licht aus, das auf der Erde als kühl gilt; was allerdings nicht zutrifft. Nach irdischen Maßstäben *wandert* die Sonne nach Westen. Ob dies auf dem Mond ebenso ist, bleibt abzuwarten. Ohne Kompass freilich kaum nachprüfbar.

Insgeheim überträgt Olivia die Gesetze der Erde auf diesen Lebensraum. Einmal in Fleisch und Blut übergegangene Tatsachen, lassen sich nicht so leicht austreiben. Sie nennt es einfach Bequemlichkeit, was wiederum einer Tatsache entspricht – nämlich ihrer. Somit gehen sie in die südwestliche Richtung. Gut. Was ändert das? ›Es beruhigt einfach, das ist alles.‹

»Hört die weiße Squaw das auch?«

»Was!«

Olivia begreift nicht sofort. Sie ist derartig tief in ihrer Gedankenwelt vertieft gewesen, dass sie das Umfeld völlig vergessen hat.

»Was ist?«

Nayati legt einen Finger auf seine Lippen. Sie versteht und lauscht ebenfalls.

»Hört sich nach einer Brandung an«, flüstert sie und konzentriert sich. »Ja! Das ist ein Meer!«

Bald darauf erreicht das ungleiche Paar die Küste. Wie ähnlich doch Welten sind! Sogar einen Sandstrand gibt es! Olivia beschleunigt, will zum Wasser mit sehnsüchtiger Hoffnung im Herzen.

»Nein! Nicht!« Nayati hält sie zurück.

»Was …«

Als Olivia in seine, starr auf einen Punkt gerichtete Augen blickt, erkennt auch sie, was er entdeckt. In Nayatis Pupillen spiegelt sich ein unwirkliches Gebilde. Langsam dreht sie sich um.

Vierundzwanzig

Eigentlich erwartet man in einer Zentrale dementsprechendes Equipment, wie Computer, Bildschirme, Eingabegeräte, unzählige Knöpfe und Lämpchen und Kameras. Doch nichts dergleichen kann Waylon entdecken. Völlig untypisch dagegen die Einrichtung. Auffällig steht eine Röhre schräg hinten im Raum. Sie dient als Schlafplatz und Regeneration gleichzeitig. Auf der rechten Wandseite befindet sich eine Schrankzeile mit integriertem Tisch. Geradeaus hängt eine Bildfolie, die Aufzeichnungen oder Livebilder wiedergeben kann. Im Moment jedoch hebt sich nur ihr matter, cremefarbener Glanz von der türkisblauen Wand ab. Ansonsten ist der Raum leer.

Seine Enttäuschung kann Waylon kaum verbergen. Er hatte mehr erwartet. Und dann das hier …

Irgendwie werden seine Knie weich. Er schleppt sich an den Tisch und sinkt auf dessen Platte. Das soll der sagenumwobene Raum sein, indem ein Teil zu finden sein soll? Lachhaft! Der allwissende Rogalit irrt aber gewaltig! Die Bude ist wie leergefegt. Nicht ein Möbelstück, dass der Beschreibung entspricht! Gar nichts! Nicht einmal Utensilien!

Wenns nicht so traurig wäre, dann könnte er herzhaft darüber lachen. Doch auch dafür fehlt im Moment die Kraft.

Dieser Weg war definitiv umsonst. Obwohl alles andere stimmt. Unentwegt schweifen seine Augen durch den leeren Raum. Vielleicht sind ja die Wände erst später entstanden. Verbirgt sich dahinter etwa mehr? Verschachtelte Räume erschufen ja auch die Ägypter.

Ein Hoffnungsschimmer erglimmt vorm geistigen Auge. Sofort beginnt er sorgfältig jeden Zentimeter der einzelnen Wände abzusuchen. Das Auge lässt sich leicht täuschen, deshalb nimmt er bald die Hände zu Hilfe. Zugegeben, es ist ein Griff nach dem Strohhalm; aber besser als tatenlos rumzusitzen.

Teils tastend und klopfend untersucht Waylon akribisch jeden Zentimeter. Dabei geht er äußerst konzentriert und strukturiert vor. Eine zeitraubende Angelegenheit – fürwahr. Aber wenn er von allem soviel hätte, wie an Zeit …

Ausdauer ist nicht gerade eine seiner Stärken; die hat er vor Jahren bereits verloren. Für Dinge, für die früher vielleicht ein Drittel an Zeitaufwand nötig war, benötigt er heute unzumutbar lang. Da kann man schon die Geduld verlieren! Einiges weigert er sich mittlerweile, es zu tun. Das sollen mal schön die Jüngeren machen! Hierfür Zeit zu vergeuden, widerstrebt Waylon zutiefst.

›Ob hier etwa Artefakt-Räuber unterwegs waren?‹

Der Gedanke kommt ihm schlagartig. In den Pyramiden gab es ja auch Plünderungen. Denkbar ist es schon.

Waylon hält inne.

›Wenn nur der Rogalit helfen würde! Doch der schweigt.‹

Für eine mögliche Plünderung spricht die absolute Leere. Kein Krümelchen ist zu sehen, alles fast klinisch sauber. Besenrein, möchte man meinen …

›Wie war das? Besenrein?‹

Warum stört Waylon sich an diesen Begriff?

›Wenn ich etwas verlasse, eine Wohnung oder ein Haus

zum Beispiel, dann hinterlasse ich es *besenrein*‹, denkt er. ›Und was, wenn ich etwas für unbestimmte Zeit verlasse? Räume ich dann alles aus?‹

Er nicht, soviel steht fest. Waylon ist seit Jahren nicht umgezogen. Olivia allerdings schon öfters. Gut, beim Auszug nimmt man eh alles mit.

›Falscher Ansatz …‹, ermahnt er sich. ›Theoretische Herangehensweisen ersetzen nicht die Praktischen!‹

Also tastet und fühlt Waylon weiter die Wand ab.

✧◎✧

Arimea vor 3.498.360 Jahren.

Im Regentensaal kommen die wichtigsten Entscheider zusammen. Währenddessen versammeln sich auch die *Wächter* in der Provinz Arkonim. Der gegebene Anlass ist die Wiederkunft der Zeiten-Überlappung.

3.417 Jahre sind auf Arimea glimpflich vergangen. Fieberhaft berechnen Astronomen und Physiker die Planetenumlaufbahn, um einen Eintritt des arimeanischen Zentralgestirns, und somit auch Arimea selbst, in den Überlappungsbereich des Anti-Universums ausschließen zu können. Bisher hatten sie Glück.

Seit Jahrhunderten fordern die Wächter eine immerwährende Überwachung des Phänomens. Auch sollte das fremde Universum näher untersucht werden, wohlwissend, dass Exkursionen einem Selbstmordkommando gleich kommt.

Doch die herrschende Elite ist auf diesem Ohr taub. Selbst der Patriarch ignoriert die Bedrohung. Seine Berater winken bei diesem Thema nur ab. Es gäbe keine Hinweise, dass Arimea Gefahr drohe. Man solle sich doch vielmehr mit den Urigoren beschäftigen. Diese Bedrohung sei realer als abstrakte Berechnungen einer kosmischen Konstellation mit einem umstrittenem Universum unbekannter Art. Es sei ja noch nicht einmal dessen Existenz bewiesen!

Auf diesen Punkt reiten auch die *Blender* herum. Sonst uneins mit allem was regiert oder gesellschaftlich das Sagen hat, herrscht Einigkeit. Um die *Blender* politisch nicht noch mehr zu stärken, halten die *Wächter* sich offiziell zurück.

Hinter den Kulissen aber brodelt es. Um die zukünftige, einhellige Richtung festzulegen, wurde die Beratung daher kurzfristig einberufen.

Lokar und Eliwor, beide *Wächter*-Anwärter und Besatzungsmitglieder des Raumkreuzers »Sternengral«, versuchen im Gedränge einen guten Platz zu bekommen. Kommandantin Amerona winkt Ihnen aus der Menge zu.

»Sieh mal, wer da ist«, ruft Eliwor, die sie zuerst entdeckt.

Geschickt schlängeln sich beide durch den Strom.

»Habt ihr Teasar gesehen?«

»Ich wußte gar nicht, dass er kommen wollte«, antwortet Lokar. »Soviel ich weiß, ist er auf der ›Sternengral‹.«

»Dort wird er sich langweilen.«

»Glaub ich nicht, Amerona. Es gibt viel zu tun, bis zum Start.«

Die Kommandantin macht eine ernste Miene.

»Es wird morgen keinen Start geben.«

»Wieso das denn nicht?!«

Eliwor ist verstört.

»Ihr wusstet es also noch nicht … Patriarch Dharidma höchstselbst hat den Start untersagt.«

»Dharidma?«, ruft Eliwor verwundert. »Das hat der doch noch nie gemacht!«

Amerona hebt die Schultern.

»Er ist der Patriarch … Vielleicht erfahren wir gleich mehr.«

Lokar will nachfragen, als ihn ein seltsames Gefühl beschleicht. Die Freunde vor Augen, verlieren sich deren Umrisse. Plötzlich sind Amerona und Eliwor nur noch undeutlich zu sehen …

✧◎✧

›Zum Teufel nochmal, es muss doch etwas geben!‹

Entnervt gibt Waylon auf. Nichts zu machen! Die Wände sind genauso ›sauber‹ wie der restliche Raum. Mit aufgeblasenen Wangen nimmt er erneut auf der Tischplatte Platz. Rückschläge haben etwas eigenartiges an sich: Sie machen müde.

Sinnlos, hier weiter zu suchen! Entmutigt gibt Waylon auf. Er wird unverrichteter Dinge zurückgehen. Auf einmal kommt ihm alles unrealistisch und falsch vor. Er sollte nicht hier sein, denn dies ist nicht seine Angelegenheit!

›Wie komm' ich überhaupt her?‹

Wie aus einem Traum erwachend springt er vom Tisch. Unruhig geht er hin und her. Etwas liegt in der Luft. Aufgeregt atmet Waylon immer schwerer. Spürt einen eisernen Ring um den Brustkorb. Das Herz! Vor zig Jahren hat er mal Probleme gehabt. Dann stellte er die Ernährung um, ging einmal wöchentlich ins Fitnessstudio.

Waylon fasst sich an die Brust.

Entspanne Dich, Waylon! Die Stimme im Kopf ist klar vernehmbar.

›Hört denn fieser Alptraum niemals auf?!‹

Den Alptraum verursachst Du selbst! Besinne Dich!

›Worauf denn?!‹

Auf das, was ich Dich lehrte.

›Das ist unglaubwürdig!‹

Die Stimme in seinen Kopf schweigt.

›Du existierst überhaupt nicht! Du bist nur eine Erfindung meines Unterbewusstseins!‹

Und wie erklärst Du Dein Hiersein?

›Pure Einbildung. Ein Traum, aus dem ich gleich wieder erwachen werde.‹

Darauf weiß die Stimme wohl nichts zu sagen. Wieder bleibt sie stumm.

»Hab ich's doch gewusst!«, ruft er lautstark. »All das ist nicht reell!«

Mit aller Kraft holt Waylon aus.

Tu Dir nicht weh, Waylon.

Waylons Hand saust auf den Tisch. Vollgepumpt mit Adrenalin lässt Waylon den Schmerz stark zeitverzögert spüren. Und dann mit brachialer Wucht.

Gib acht!

›Ach ja?!‹

Der Schmerz hält intensiv an. Einpaar Tränen rinnen ihn über die Wangen; Tränen der Pein.

Er könnte schreien vor Wut, Schmerz und Schmach in einen! Was Waylon allerdings am meisten in Rage versetzt, ist die Tatsache, dass dies wohl doch kein Traum ist!

✧◎✧

Tuteno und Orinario haben die Schwebebühne betreten. Aufbrausender Applaus und jubelnde Zurufe empfangen die *Wächter*-Oberen.

»Ist das nicht Teasar?«

Eliwor muss fast schreien um gehört zu werden.

»Wo denn?«, schreit Lokar zurück.

Sie zeigt zur Bühne hinüber. Halb durch Orinario verdeckt steht dort wirklich Teasar.

Der Vorsitzende des *Wächter*-Magistrats hebt bedeutungsvoll beide Arme. Nach und nach kehrt Ruhe ein.

»Meine Freunde«, erhebt Tuteno würdevoll die Stimme. »Für Freude gibt es keinen Anlass!«

»Was hat das zu bedeuten?«, flüstert Eliwor.

Während Tuteno mit seiner Ansprache fortfährt, bekommt Orinario offenkundig eine Nachricht über seinen Cyber-Chip. Anhand heftigen Gesten erkennt Lokar eine wichtige Nachricht.

Ohne Vorwarnung meint Lokar, eine Bedrohung zu verspüren. Gibt es etwa einen Zusammenhang?

»Schnell, raus hier!«, ruft er Eliwor zu.

»Warum das denn!«

»Später, Eli. Komm endlich!«

»Aber ich will hören, was Tuteno …«

Lokar greift nach seiner Freundin. Sie wehrt ihn aber ab. Ihr Blick ist verständnislos und feindlich.

»Lass mich!«

Die Umstehenden sehen ärgerlich auf Lokars vergebliches Mühen. Einer will Eliwor beistehen und schubst ihn derb weg.

Der entstehende Tumult übertönt bald Tutenos Stimme. Darüber verärgert will der mahnende Worte an die Störenfriede richten. Doch Orinario kommt ihm zuvor. Heftig tuscheln sie miteinander. Letztendlich verlässt der Vorsitzende des *Wächter*-Magistrats wütend die Bühne …

✧◎✧

Unverzeihlich, was Waylon da geritten hat! Dermaßen explodiert ist er noch nie. Ist er überhaupt er selbst gewesen? Der Gedanke daran macht ihn mürbe. Wie nur konnte sowas geschehen und er sich so gehen lassen? Blamabel!

Nachdem er sich wieder gefasst und soweit in Griff hat, damit umzugehen, wird er jetzt Zeuge eines nicht nachvollziehbaren Ereignisses.

Fünfundzwanzig

Über der als Meer definierten Wasserfläche geschieht unfassbares. Nayatis Gesicht gleicht einem Totenschädel; sämtlicher Farbe entzogen und vom Schock gezeichnet. Für Olivia, aufgeklärt erzogen und wissenschaftlich interessiert, ist das Schauspiel unzweifelhaft eine Begegnung anderer Art, mit nichts erklärbar. Nimmt der Verstand auch auf, weigert sich die Logik es zu erklären. So in etwa mussten sich die Urmenschen gefühlt haben, als Blitze am Himmel zuckten und scheinbar das Tor zur Unterwelt öffnete; allem hilflos ausgeliefert und – gelähmt.

Abstrus bizarr offenbart sich ihnen ein Phänomen, das auf der Erde in dieser Form nicht beobachtet werden kann. Olivia ist geneigt, dies mit Lichtspiegelungen in der Atmosphäre zu vergleichen, ähnlich einer Fata Morgana. Doch dafür ist das Ereignis zu ›lebendig‹ ...

Blasse Konturen erwachsen aus einem flirrenden Nichts. Gebilde entstehen, zerfließen wieder. Dann geschieht das Unfassbare. Aus dem flirrenden Gemenge entwickeln sich glasklar Figuren in exotischen Gewändern. Noch immer ist die Darstellung unruhig voller Dynamik. Doch das was Olivia besonders erschreckt, sind gleichzeitig einhergehende Geräusche. Stimmengemurmel? Es ist unsagbar laut. Nayati hält sich die Ohren schützend zu. Beinahe wirkt es wie schwerer, nachhallender Donner.

Dann kommt alles wabernd in erneut chaotischer Wallung. Das Eigenleben versetzt die unfreiwilligen Zeugen unmittelbar in Angst. Erste Anzeichen von Fluchtreflexen werden sichtbar. Übergroße Personen seltsamen Klienteles geben den Anschein, alles schlucken zu wollen. Diese Mächtigkeit trägt vernichtende Bedrohung in sich!

Auf einen Schlag fällt das überdimensionierte Gebilde in sich zusammen. Kurzzeitig liegt das Meer glatt vor ihnen. Was bleibt ist das Gemurmel und vereinzelte Rufe in unbekannter

Sprache.

Ein Zischen wird laut, schwillt an zum tosenden Lärm. Nun hält es auch Olivia kaum noch aus, dem Getöse standzuhalten. Die Lautstärke verursacht ihr unsagbare Schmerzen. Und dann ist alles still …

Sie glauben nicht, was sie jetzt sehen. Mehr und mehr *zerstäubt* das Meer. Anstelle des Wassers liegt dort plötzlich eine altehrwürdige Ansiedlung von seltsam anmutenden Gebäuden. Dahinter am Horizont erstreckt sich eine gewaltige Bergkette. Schier unendliche Weite, bei der Olivia glaubt, in ihr aufgenommen zu werden.

Zwischen barackenähnlichen Hütten lugen verdutzt dreinschauende Individuen ihnen entgegen. Es entsteht der Eindruck, dass Olivia und Nayati nun ihrerseits Aufmerksamkeit verursachen. Dieses beidseitige ›im Mittelpunkt des Interesses stehen‹ erweckt grenzenloses Staunen mit noch nicht abschätzbaren Folgen.

»Was … was ist … das …?«

Olivia fasst sich als Erste aus der eben erlebten Schockstarre. Auf diese Frage wird es keine Antwort geben, da ist sie sicher. Jedenfalls keine nach Maßstäben menschlicher Logik. Sie kennt kein Naturgesetz, was eine derartige Erscheinung schlüssig und erklärbar untermauern könnte. Dennoch kann sie die Frage nicht unterdrücken.

»Ein Tor in die Vergangenheit«, erwidert Nayati zu ihrem Erstaunen. Olivia sieht ihn entgeistert an. In seiner Miene findet sie etwas, was seine Meinung unterstreicht.

Darüber nachsinnend bekommt plötzlich ein Wort eine völlig neue Bedeutung. Es ist ein Wort, den Dad in einer seiner unzähligen Geschichten gebraucht hat, wenn er den Kindern Märchen erzählte.

»Vergangenheitstor«, flüstert Olivia.

Nayati nickt abwesend.

»Dann ist es also doch wahr … Oh Gott …«, haucht sie verschüchtert.

Der Gewahrer nickt nochmals, wenn auch aus anderem Grunde. Ihre bisher gelebte Weltsicht bricht in sich zusammen. Nahm sie doch an, Dads Erzählungen entsprangen einer ungezügelten Fantasie, muss sie nun ihre Meinung ändern. Es macht Olivia sprachlos. Diese Info will erstmal verdaut werden! Hat Dad etwa mehr damit zu tun? Und wieso scheint Nayati, der eine Gegenwart des neunzehnten Jahrhunderts kennt, auch mehr zu wissen? Ist der Dakota etwa *der* Schlüssel, um dieses Rätsel zu knacken? Wird er es sein, der sie wieder zurückbringt? Oder gar Dad?

✦◎✦

Arimea, gleicher Zeitpunkt, aber 3.498.360 Jahre vorher.

Überall laufen die Hologramm-Live-Übertragungen und berichten vom ›Weltenfenster‹. Die Experten sind sich insoweit einig, dass es sich dabei um einen sogenannten Überlappungskanal handelt, der zeitübergreifend die Dimensionen einer anderen Welt in die Jetzige hinein spiegelt. Eines würde diese These erklären, dass Vergangenheit und Zukunft gleichzeitig stattfinden. Und somit wäre der Beweis erbracht, dass die Zeit an sich im Universum nicht reell existiert.

Aufsehen erregt zudem das pure Auftauchen zweier Personen. Es könnten sich um Arimeaner handeln – wenigsten äußerlich ähneln sie dem Geschlecht –, dennoch bezweifelt das die einberufene Kommission stark. Hierfür sprechen Indizien wie Kleidung und Sprache.

Ein Aufschrei geht durch die Bevölkerung. Ganz offenbar ist eine Kommunikation mit der Spiegelung möglich. Wohlgemerkt über viele Lichtjahre Entfernung hinweg, hinsichtlich Raum wie auch der Zeit, und alles ohne zusätzliche technische Instrumentarien.

Patriarch Dharidma sieht sich gezwungen, das Gebiet der ›Zeitenspiegelung‹ weiträumig abzuriegeln. Ein politischer Affront, gibt es doch auf Arimea ausnahmslos Bewegungsfreiheit. Geschichtlich betrachtet ein historisches Ereignis, das einmalig die Rechte des Einzelnen beschneidet.

Land-, Wasser- und Luftwege sind hermetisch abgeriegelt worden. Zur Stunde beraten die Entscheider über eine mögliche Evakuierung des Gebietes.

Zur betroffenen Region gehört auch die Provinz Arkonim. Die *Wächter* sind dementsprechend alarmiert, heißt das doch im Klartext: Nichtansässige müssen die gesperrten Bereiche umgehend verlassen, was unweigerlich zu einer zeitnahen erhöhten Reiseaufkommen führen wird. Aber nicht nur deswegen sind die *Wächter* verstimmt, werden sie doch in der anstehenden Arbeit stark eingeschränkt.

Einige gehen sogar auf Konfrontationskurs zu Dharidmas Politik, und von De-Demokratisierung ist die Rede. Doch der Patriarch bleibt hart. Erste Schweber mit Regierungssicherheitsbeamten sind auf den Weg, auch um etwaiger Panik wirkungsvoll von vornherein entgegenzuwirken.

✦◎✦

Auf der *anderen* Seite herrscht dagegen eine andere Art von Skepsis. Olivia will einfach nicht wahrhaben, was vor ihren Augen passiert. Sie hält es für eine Projektion von Außerirdischen. Wie genau dies zu realisieren ist, bleibt ihr verschlossen. Allein der immense Energieaufwand ist für menschliche Maßstäben kaum stemmbar. Unvorstellbar natürlich auch die monströse Größe.

Nayati hat sich sichtlich verändert; er ist ruhig und nachdenklich geworden, schweigt zunehmend zu vermehrt geäußerten Vermutungen Olivias. In sich gekehrt beobachtet der Dakota dennoch aufmerksam das Geschehen.

Stunden sind vergangen. Stunden voller Nichtstun und nicht weiterbringenden Überlegungen. Auf der Stelle tretend macht sich Frust breit. Besonders die tatkräftige Olivia brennt es regelrecht unter den Fingernägeln, endlich etwas zu unternehmen.

Endlich gut sich etwas auf der *anderen* Seite. Winzige

Punkte steigen auf in die Lüfte. Fast könnte man meinen, ein Schwarm Vögel wurde aufgeschreckt und fliege in Formation davon. Doch schon nach wenigen Augenblicken wird Olivia klar, dass es künstliche Objekte sind, die da auf sie zukommen.

»Das sind Drohnen«, ruft sie den ahnungslosen Nayati zu. Sein fragender Blick ermuntert Olivia zu einer bildhaften Umschreibung: »Künstliche Vögel …«

Damit hat Nayati eine gewisse Vorstellung.

»Ihr Weißen habt seltsame Gebräuche«, sagt er mit monotoner Stimme.

»Habt ihr die nicht auch?«, kontert Olivia.

Der Dakota sieht sie blinzelnd an, schweigt aber angesichts der herbei schwirrenden Flugobjekte. Trotz der stillen Flugbahn – oder gerade deswegen –, ist die Gefahr ungewohnt nah spürbar.

Lautlos nähern sich auf gerader Bahn die Drohnen. Olivia glaubt noch immer nicht, dass aus der aufgetauchten ›Welten-Erweiterung‹ heraus die Geräte in die hiesige Welt eindringen können. Sie wartet darauf, dass die Aufklärungsobjekte an einer unsichtbaren Mauer einfach abprallen.

Jeden Moment könnte es soweit sein! Jetzt! Nein, zu früh … Mit weit geöffneten Mund erfasst Olivia die Tatsache, wie die Drohnen die imaginäre Linie durchstoßen, als sei das das Normalste von der Welt. Ganz klar, die Dinger sind so echt, wie Nayati und sie selbst! Verdammt! Dann ist das alles kein Trugbild!

✦◎✦

Die ersten Bilder aus der *gespiegelten Welt* lösen Verwunderung aus. So mancher Experte jubelt, nennt den Erfolg einen Meilenstein der Wissenschaft. Schon werden Forderungen nach kompletter Erforschung des fremden Planeten laut. Sich überschlagende Meldungen verzerren eine neuentstehende Nachrichtenlandschaft, die jede politische Gruppe für sich nutzt. Von einem Augenblick auf den Anderen ist es vorbei mit der bislang einhelligen ›Stimme‹.

Drei Individuen sind bis jetzt gesichtet worden. Sie unterscheiden sich vor allem in der Kleidung; eindeutiges Zeichen mindestens zweier Volksgruppen.

»Wie lang wird die Anomalie anhalten?«, fragt Tuteno den Ältesten. »Weiß man schon mehr?«

Der *Wächter*-Älteste verneint.

»Also kann jederzeit die Welten-Erweiterung wieder verschwinden …«

»So ist es. Einen Arimeaner hindurch senden könnte tödlich enden.«

Tuteno denkt krampfhaft nach. In den Reihen der ›Sternenbruderschaft‹ gibt es einige, die solch ein Wagnis in Kauf nehmen würden. Aber eine Expedition ohne Rückkehr lässt sich gegenüber den wichtigen Entscheidern schlecht verkaufen.

»Was aber eine wissenschaftliche Untersuchung alles für Vorteile bringen würde …«

›Zum Beispiel unsere Gegner in die Schranken weisen‹, denkt Orinario grimmig. Es wäre undiplomatisch diesen Gedanken laut auszusprechen.

»Wenn es einen Freiwilligen gäbe, der dazu verschwiegen ist …«

Der Älteste wittert Morgenluft. Derartiger Gedankenaustausch fördert die besten Ideen. Er liebt solche konstruktiven Gespräche, vor allem, wenn dabei interessante Lösungen herauskommen.

✦◎✦

Die Drohnen strahlen eine unheimliche Opulenz aus, die Olivia missfällt. Es erinnert sie zu stark an die heimischen Militärs. Nicht dass sie eigene Erfahrungen gemacht hätte. Die Zeitungen sind ja voll mit derlei Berichten. Sogar im Einsatz gegen die Terrormilizen werden sie erfolgreich eingesetzt.

Olivia friert. Was, wenn diese Drohnen auch mit Waffen bestückt sind? Wird man auf zwei Zivilisten schießen? Mit ängstlicher Sorge sieht sie den ankommenden Fluggeräten entgegen.

Sechsundzwanzig

Intuitiv sucht Waylon hinter einer Sanddüne Deckung. Die aufgetauchte Landschaft fließt übergangslos ineinander. Anstatt des Ozeans liegt nun an dieser Stelle ein Landmassiv mit am Horizont anschließendem Bergkamm.

Zu seiner Überraschung kommt das Gelände ihm seltsam bekannt vor. Nur das *damals* keine einzige Seele zugegen war. Diesmal ist alles belebt. Auf den Wegen stehen dutzende von Schaulustige, darunter viele Kinder. Sogar ein Schweber verharrt in der Luft, aus dessen Fenstern neugierige Köpfe ragen.

Das Bild ist glasklar, nur der am Horizont verlaufende Bergkamm ist im milchigen Trüb getaucht. Waylon kommt bei längerer Betrachtung immer mehr zu dem Schluß, vor sich kein Trugbild, sondern eine perfekte Projektion Arimeas vor tausenden von Jahren zu haben. Wenn das zutrifft, handelt es sich um eine Art Reproduktion von Szenen aus längst verflossener Zeit. Ihm fällt dazu als erstes die Konserve ein, mit der im digitalem Zeitalter Mittschnitte bezeichnet werden.

Dass es nur um einen Film geht, wobei die Wasseroberfläche als Projizierungsfläche dient, steht außer Zweifel. Also kein Grund panisch zu werden …

Mit diesen Gedankengängen verlässt Waylon die Deckung, die Vorsicht natürlich nicht gänzlich aufgebend. Wie erwartet passiert nichts widersprüchliches. Dann geht er einige Schritte darauf zu. Kurz vor der Linie, an der bis vor kurzem die Wellen den Strand berührten, macht er Halt.

Oberflächlich ist der Sand trocken. Bei dem sonnigen Wetter auch nicht anders zu erwarten! Darunter wird es feuchter und in zwanzig Zentimeter Tiefe ist er durchtränkt.

»Das ist schon mal geklärt«, stößt er hervor. Er hat es also nicht geträumt, dass an dieser Stelle ein Ozean war.

Jetzt betrachtet Waylon eingehend die *Aufnahme*. Wie ein Kunstkenner legt er den Kopf schief. Da ist es wieder, dass Flechtmoos. Eigentlich könnte er einfach die Hand ausstrecken, um es zu berühren. Doch etwas ist anders, als bei anderen arimeanischen Videos. Der 3D-Effekt ist nicht ganz so ausgeprägt, als bei den Anderen, die er gesehen hat; dies hier ist *flacher*. Somit gesehen wirklichkeitsnäher! Und ein typisches Hologramm ist es ebenfalls nicht …

Waylon versinkt in ein tiefes Grübeln. Denkt er an irdische Filme, sind deren Auflösung trotz HD aus der Nähe betrachtet schlierig; ältere Produktionen sogar grobkörnig. Nichts von beiden sind jetzt zu beobachten. Vielmehr lädt die Landschaft ein, betreten zu werden.

Kurzentschlossen macht er einen Schritt vorwärts und steht dann auf dem Flechtmoos. Seine Füße treten weich auf. Irritiert verharrt Waylon gedankenvoll. Langsam begreift er.

»Das gibt's doch nicht!«, murmelt er atemlos. »Das ist … echt …«

»Wer bist du?« Eine helle Stimme dringt zu ihm. Sein suchender Blick findet ein kleines, etwa zehn- oder elfjähriges Mädchen. In ihren Augen liest Waylon kindliche Empörung.

Da er verdutzt dreinschaut, setzt das Mädchen noch eins drauf: »Klar bin ich echt!«

Perplex weiß Waylon nicht was er sagen soll. Regelrecht überfahren hat das kleine Ding ihn mundtot gemacht. Außerdem begreift er nicht, weshalb er das Mädchen versteht.

»Bist du stumm?«

Gequält langsam bewegt er, als Zeichen eines Neins, den Kopf.

»Warum sagst du dann nichts?!«

Des Mädchens Schroffheit lässt Waylon weiterhin nach passenden Worten suchen. So sprachlos wie eben war er schon lange nicht mehr.

»Lass ihn, Agrimina«, ruft ein Mann mittleren Alters der Kleinen zu.

»Aber wieso denn? Ich möchte doch nur, dass er mit mir redet!«

»Vielleicht kann er unsere Sprache ja nicht?«

Vehement schüttelt Agrimina ihren Kopf. »Er *will* nicht sprechen«, behauptet sie felsenfest überzeugt.

»Woher willst du das denn wissen, dass er nicht reden möchte?«

»Seine Augen verraten es.«

Im Mittelpunkt stehen ist manchmal hochinteressant, besonders wenn über einem gesprochen wird. Waylon erkennt darin kaum einen Unterschied zu seinem Alltag. Und für ausreichend Gesprächsstoff scheint er zu sorgen.

»Vielleicht ist es ja ein Wilder!«, schreit jemand von weiter weg.

»Quatsch«, interveniert eine ältere, gutsituierte Dame. »Schaut euch doch nur die Kleidung an. Solch einen Schnitt kann nur eine entwickelte Zivilisation entwerfen.«

Unwillkürlich sieht Waylon an sich herunter. Bis auf einige Schmutzflecken kann er sich wirklich sehen lassen.

»Jagt ihn doch einfach zurück!«, ruft eine andere Frau hysterisch. »Nicht, dass wir noch angesteckt werden!«

Ein Raunen geht durch die Menge. Die Stimmung droht zu kippen. Einen beginnenden Mob braucht er jetzt gar nicht! Doch wie die Situation entschärfen?

✦◎✦

Die Meldung, dass einer der Individuen aus der Spiegelung nach Arimea übergetreten ist, erzeugt einen Riesenwirbel. Der Fremde habe noch kein Wort gesprochen, doch man ist der Überzeugung, das er ein Vertreter einer höheren Zivilisation ist, als vorerst angenommen. Es bestünde die Möglichkeit, dass es sich überhaupt nicht um einen Eingeborenen zu handeln, der auf der gegenwärtigen Welt beheimatet ist. Gleiches vermute man bei der weiblichen Person.

Weshalb nur zwei miteinander im engeren Kontakt sind, bleibt ein Rätsel. Eine These beschreibt eine Differenz der Raumzeit. Von arimeanischer Seite aus gesehen zeigt die Weltenspiegelung ein einziges Bild. Genauere Betrachtungen machen die Experten sicher, dass die Darstellung zweigeteilt ist. Wichtige Details zeigen gravierende Unterschiede allein in der Vegetation. Doch ein abschließendes Ergebnis können nur Messungen vor Ort liefern.

Luft- und Bodenproben geben einen guten Anhaltspunkt für weiterführende Forschungen. Von den Auswertungen erhoffen sich die Wissenschaftler, Rückschlüsse auf das Alter des Planeten zu ziehen. Auch kann so bewiesen werden, ob es ein Himmelskörper ist oder doch zwei.

So steigen Aufklärungsdrohnen auf. Es sind autark arbeitende Geräte, die alle notwendigen Schritte selbst einleiten. Selbst wenn die Spiegelung zusammenbricht, finden ihre Daten nach Arimea.

✦◎✦

Waylon erkennt sofort die Flugkörper. Ein ganzes Geschwader ist gestartet; er schätzt an die zwei Dutzend. Was haben die jetzt vor? Nicht gerade die feine arimeanische Art, Gäste zu begrüßen, findet Waylon. Er kann, bei allem Verständnis, die viel gepriesene Gastfreundschaft nicht sehen. Dafür kann es mehrere Gründe geben. Sehen die Arimeaner in ihm etwa einen Feind?

Schreckliches ahnend macht Waylon einen Satz zurück, und entflieht schnellen Fußes den Blicken der Schaulustigen.

»Seht nur wie der Rennen kann«, schreit die Frau, die Waylon wegjagen lassen wollte, höhnisch lachend. »Seid froh, dass er von selbst verschwindet!«

Die Angst vor dem Fremden, Unbekannten legt ihr die Worte in den Mund. Nur das kleine Mädchen widerspricht.

»Woher willst du wissen, ob er böse ist?! Du bist eine alte Gewitterhexe!«

Die Frau setzt zu einer protestierenden Erwiderung an, wird aber durch die ausgesandten Drohnen daran gehindert.

Von alldem bekommt Waylon nichts mit. Er rennt in den Dschungel, um die bestmögliche Deckung zu haben. Dort angekommen, sucht er den einsehbaren Himmel ab. Schon erreichen die ersten Drohnen den Strand. Wenn er die arimeanische Technik richtig einschätzt, werden garantiert alle Wellenbereiche abgecheckt. So ist sein Versteck kaum sinnvoll. Es sei denn, er schafft es in die Pyramide! Das alte Gemäuer hat meterdicke Wände, an denen jedes Abtastsystem versagen wird.

Entschlossen setzt Waylon seine Flucht im Dickicht fort.

Im nächsten Augenblick ist die gesamte Luft in Bewegung und es folgt ein ewig währender Donner …

Siebenundzwanzig

Uridräo, fünftausendvierhundert Jahre vorher.

Die »künstlichen Vögel« kommen immer näher. Nayati blinzelt ihnen abwartend entgegen. Es ist schon sagenhaft, was die Weißen mit ihrem Geschick anstellen. Nichts ist vor denen sicher. Erst waren es die Indianerstämme, später die Sklaven. Jetzt, da der Widerstand immer größer wird, machen sie auch vor der Tierwelt nicht halt.

Es ist aber nicht das Einzige, was seine Aufmerksamkeit erfordert. Trotz heiterem Himmel, braut sich etwas über ihren Köpfen zusammen. Und das hat nichts mit den Anderen dort drüben zu tun. Offenbar ein Naturereignis, welches noch kein lebendes Wesen jemals beobachtet hat. Denn mindestens die Hälfte der »künstlichen Vögel« drehen ab. Eine Handvoll fliegt hoch hinauf und entschwinden Nayatis Blick.

Ein bernsteinfarbener, sichelförmiger Bogen ist in der Stratosphäre am entstehen. Als risse die Atmosphäre stückchenweise auf! Bald überzieht der Bogen den halben Himmel. An den Rändern treten von der Bogenmitte knallrot leuchtende Blitze auf. Vereinzelte Verästelungen entstehen in alle Richtungen. Während die Blitzäste verglühen, bleibt für einen Moment ein feuriger Lichtkranz sichtbar zurück.

Vergessen sind die Drohnen, vergessen ist das Weltentor. Im Angesicht des Bogenblitz-Spektakels wird alles andere in den Hintergrund geschoben. Ein besonders langer Blitz kommt recht nah an die Oberfläche. Während Olivia schon längst am Boden liegt, verharrt Nayati weiterhin in starrer Bewegungslosigkeit. Er verspürt keine Furcht, nur reine Neugierde. Wann wird man schon mal Zeuge derartiger Phänomene? Alles bis ins kleinste Detail in sich aufnehmend, erwischt ihn eine Luftdruckwelle in voller Wucht. Meterweit durch die Luft geschleudert, schlägt er hart auf den Boden auf.

Olivia verfolgt alles in Zeitlupe. Unfassbar, wie aus dem Nichts die Druckwelle den Dakota erfasst. Sie fragt sich noch, wieviele Meter er weggeschleudert wird; sein Flug will einfach nicht enden. Als Nayati wie ein Felsbrocken auftrifft, wird Sand aufgewirbelt. Sie will schreien, ihn zu Hilfe eilen. Doch ein ohrenbetäubender Knall erstickt ihre Stimme. Zusammengekauert hält Olivia schützend die Hände über den Kopf. Dann trifft sie der Sandsturm. Um nicht zu ersticken hält sie den Atem an. Normal atmen ist durch den Sturm unmöglich! Nach wenigen Minuten wird Olivia die Luft knapp. Die Panik spürend, zerrt die solang an dem Oberteil, bis ein Fetzen herausreißt. Dieses Stück Stoff presst sie sich vor Mund und Nase und kann so den Sand einigermaßen herausfiltern.

Von Olivia unbemerkt, wird der Dakota, auf den Rücken liegend, vom Sand allmählich verschüttet.

✦◎✦

Die vom Sturm erfassten Aufklärungsdrohnen werden aus der Bahn geworfen. Mehr als sechzig Prozent fallen aus, werden zerschmettert und verschwinden spurlos. Da sie auch kein Bildmaterial mehr überliefern, gibt man sie auf.

Orinario hat sich in seine Wohnwabe zurückgezogen. Von hier aus verfolgt er alle wichtigen Meldungen und kann in Ruhe nachdenken. Der Magistrat hatte kurz vorher beschlossen abzuwarten. Jederzeit ist außerdem mit einem Statement Dharidmas zu rechnen. Bis dahin heißt es warten.

Ihm spukt Tutenos Erwähnung einer möglichen Exkursion durch den Kopf. Sein erster Gedanke: Wer ist dem gewachsen? Einem traut Orinario es zu, doch es gilt, mit Bedacht vorzugehen. Darüber hinaus darf niemand davon wissen!

Orinario schwebt ein Außenposten vor; einen Ort, der fern des arimeanischen Einzugsbereichs liegt, aber doch gut erreichbar. Und dabei könnte der *Zeitgleiter* gute Dienste leisten. Der ›Raum-Zeit-Gleiter‹! Eine Idee beginnt ungewöhnliche Formen anzunehmen …

✦◎✦

»NAYATI!«, schreit Olivia voller Inbrunst. Mit beiden Händen schiebt sie den aufgetürmten Sand beiseite. Hier vermutet sie ihn, jedenfalls glaubt sie an der Kontur der Düne seinen Umriß zu erkennen.

»Halte durch, Junge! Ich rette dich!«

Olivia arbeitet bis zur Selbstaufgabe. Sie will nicht wahrhaben, dass er tot ist. Sie will, dass er lebt! Er ist doch noch ein halbes Kind! Es darf nicht sein! Wie eine Beschwörungsformel murmelt sie »Bitte, lieber Gott, lass ihn leben!«.

Nach dem Sturm ist das Wetter sonnig, die Luft klar. Olivia beachtet den in sich zusammenfallenden Bernsteinbogen nicht weiter. Auch die Andere Welt interessiert nicht. Nur Nayati ist jetzt wichtig! Bis vor einpaar Stunden kannte sie den jungen Mann nicht einmal. Doch sie kann ihn nicht im Stich lassen! Er hat doch noch das ganze Leben vor sich …

Schnaufend schaufelt Olivia weiter. Was um sie herum passiert, hat sie völlig ausgeblendet. Eine Stimme sagt ihr, es sei zu spät; schließlich kann kein Mensch länger ohne Sauerstoff auskommen. Noch dazu, wenn er mit offenem Mund bewußtlos auf dem Rücken liegt.

Ein Schwirren erklingt hinter Olivia. Sie lässt sich nicht ablenken. Da! Etwas Festes! Das muss er sein! Ihr Herz schlägt Purzelbäume.

Vorsichtig wischt Olivia die Sandrückstände weg. Was sie freilegt ist ein Arm. Nun geht alles ziemlich flott. Mit den Ellenbogen wird der Sandberg dort weggezogen, wo sie Nayatis Gesicht vermutet. Kurz darauf kommt es auch zutage. Weiß und dem Tode nah, schaut sie in seine seltsam starren Augen.

»Nayati! Atme! Verdammt nochmal … atme doch!«

Erst jetzt bemerkt die, was sich unbemerkt genähert hat. Es ist ein schwebendes Gefährt, einem Roboter ähnlich, wie man sich einen vorstellt. Was Olivia nicht weiß: Es ist ein IATRA, die mobile medizinische Dienstleistungseinheit der Arimeaner. Ein Abtaststrahl scannt Nayatis Körper.

Fassungslos kniet sie regungslos neben Nayati und sieht

einfach nur zu. Daheim würde sie die Sanitäter betteln und flehen, sie mögen doch etwas tun. Doch beim Anblick des schwebenden *Roboters*, der einem Science-Fiction-Film entsprungen sein muss, verschlägt Olivia schlichtweg die Sprache.

✦◎✦

Lokar betritt den Aufenthaltsraum mit gemischten Gefühlen. Teasar hat ihn darum gebeten. Seit einigen Jahren gut befreundet, treffen sich beide dann und wann auf ein Glas «Burali-Schlucht». Dieses Getränk wird aus den Wurzeln einer Graspflanze durch Kaltpressung und Obergärung gewonnen, und schmeckt am besten kalt.

Tatsächlich erblickt er Teasar an einem Tisch mit zwei unbekannten Schönheiten, im nicht zu übersehenden Flirt. Soll er jetzt stören? Er entscheidet sich dagegen. So wichtig scheint es nicht zu sein, was Teasar ihm sagen will. Da kann er in Ruhe noch was kleines snacken.

Lokar wählt eine Weichcreme im Knusperteig. Proteinreich und sättigend; genau das Richtige jetzt.

»Hat er dich auch versetzt?«

Amedara steht plötzlich neben ihn und macht eine Kopfbewegung hin zu Teasar.

»Kann man so sagen«, erwidert Lokar. »Worum es geht, weißt du auch nicht, oder?«

»Ich glaube, er hat was vor.«

Amedaras Pupillen erweitern sich blitzartig; ein Zeichen von Verträumtheit.

»Er hat schon immer einen gewissen Hang zur Dramatik.«

»Nur das, was er gerade macht, gehört eindeutig nicht dazu!«

Hört er da gerade Eifersucht heraus? Soweit er weiß, nehmen es die beiden nicht besonders genau. Auch Amedara hatte mehrere Liebeleien laufen, die Teasar übersah oder wenigstens tolerierte. Andersherum war es das Gleiche.

Lokar räuspert sich.

»Mich geht es nichts an. Ich halt mich da raus.«

»Die zwei Schnepfen meine ich nicht.«

Sein Blick durchbohrt sie fragend.

»Ich meine seine vermehrte …« Grundlos verstummt Amedara. Ganz offenbar hätte sie beinahe ausgeplaudert, was niemand erfahren soll.

»Wie gesagt: Ich halt mich raus«, entschärft Lokar die Situation. Amedara nickt dankbar. Ihr koketter Lidaufschlag wirkt allerdings irritierend.

✦◎✦

Hustend kommt Nayati zu sich. Das Unglaubliche ist geschehen: Er lebt! Olivia ist hin und her gerissen. Am liebsten würde sie den *Roboter* umarmen. Leider ist es nicht einmal eine bekannte Lebensform.

Da Olivia also nicht mit ihren Emotionen weiß wohin, gilt Nayati all ihre zärtliche Glückseligkeit. Olivias Hände liebkosen sein blasses Gesicht.

»Du lebst«, schluchzt sie aufgelöst. »Dem Himmel sei Dank.«

Er versteht nicht, was da gerade vor sich geht. Aber die Emotionen der weißen Squaw scheinen echt zu sein.

»Was … was ist denn … passiert …?«

Olivia weint Freudentränen.

»Alles ist gut«, sagt sie, ein wenig überschwänglich. »Alles gut.«

Sie sieht dankbar zum *Roboter* hinüber.

»Das da hat alles wieder in Ordnung gebracht«, erklärt sie sanft.

»Ein künstlicher Medizinmann«, entgegnet Nayati mit dumpfer Stimme. Dann sinkt er kraftlos hintenüber.

Achtundzwanzig

Die Druckwelle rauscht über Waylon hinweg. Rings um ihn knicken Pflanzen und Bäume um wie Streichhölzer. Eine schmale Schneise der Verwüstung umgibt ihn. Von den Drohnen fehlt jede Spur. Dennoch will er schnellstens zur Pyramide. Waylon ist die momentane Ruhe nicht geheuer. Vom Baumhaus wird nicht mehr viel übrig sein, bedenkt man die Wucht der Luftwelle. Und noch etwas Eigentümliches macht Waylon Sorge: Die fühlbar steigende Temperatur.

Er rappelt sich auf und rennt los. Hoffentlich steht die Pyramide noch! Der einzige sichere Ort weit und breit.

Wie es Waylon gelingt, in Rekordzeit das Gemäuer zu erreichen, entzieht sich ihm völlig. Erwähnenswert ist nur die Vehemenz, mit der Waylon vorankommt und die Hürden sportlich nimmt.

Gott sei Dank, die Pyramide steht noch! Nur einige, vermutlich schon vorher lose Mauersteine liegen an der Seite.

»Dann woll'n wir mal«, ermutigt er sich.

Eine flüchtige Bewegung hält ihn zurück. Beim genaueren Hinsehen jedoch kann er nichts entdecken, was den Eindruck hätte rechtfertigen können.

Zum zweiten Mal nun erklimmt Waylon innerhalb weniger Stunden die Stufen. Auch auf der ersten Ebene liegen Trümmer herum. Auf der Zweiten muss er sogar darüber kraxeln, um weiterzukommen. Ebene um Ebene bringt Waylon hinter sich. Oben angekommen geht es ihn schon etwas besser und sicherer fühlt er sich obendrein. Zu seinem Erstaunen steht die Pinie noch. Was jedoch fehlt ist die arimeanische Landschaft. Stattdessen erstreckt sich wie eh und je der Ozean Uridräos.

Das aufgetauchte Land ist verschwunden! Hat dieses Verschwinden die Druckwelle ausgelöst? Es gibt also keine Veranlassung die Flucht fortzusetzen. Es sei denn, er leide unter Verfolgungswahn. Ist Waylon ehrlich, fühlt er eine permanente Bedrohung.

Um auf andere Gedanken zu kommen, geht er auf die Rückseite der oberen Ebene. Genau dorthin, wo er beim ersten Besuch die Aufschüttung überquerte. Jetzt – wobei der tatsächliche Zeitraum, in dem er sich hier bewegt, nicht definierbar ist – erblickt er an selber Stelle gähnende Leere. Nicht ein einziges Zeugnis vergangener architektonischer Rückstände!

Am Fuße des arimeanischen Gebäudes findet Waylon Spuren von Kettenfahrzeugen. Hier wurde also gearbeitet, stellt er fest. Doch wo ist der ganze Schutt hin gekommen? Ob sie ihn mitgenommen haben? Unwahrscheinlich. Zwischen den Spuren sprießen erste Triebe. Ist also schon eine Weile her, dass gearbeitet wurde.

Was jedoch stört und Waylon nachdenklich macht, ist das begrenzte Areal, in der die Spuren zu finden sind. Innerhalb einer imaginären Begrenzungslinie deutlich zu erkennen, fehlen sie außerhalb.

Von seinen Überlegungen abgelenkt, bekommt Waylon nur am Rande mit, dass ein Schatten die Umgebung trübt. Zuerst denkt er an einer Wolke, doch zufällig sieht er nach oben und lässt ihm das Blut in den Adern gefrieren.

Direkt über Waylon schwebt geräuschlos ein monströser Gleiter, ganz offensichtlich im Begriff, zu landen. Ihm bleibt die Spucke weg. Während das schwebende Ungetüm immer näher kommt und noch monströser wird, wird er sich bewußt, wie klein und unscheinbar doch er ist. Der innere Drang, einfach davonzulaufen wird stärker, wie niemals vorher. Und doch bleibt er gehemmt stehen.

Die Szene wirkt übertrieben und unrealistisch! Allein das Gefährt entbehrt jede Grundlage, wirklich fliegen zu können. Was noch auffällt, passt ebenfalls nicht ins Bild eines gut durch konstruierten Raumschiffs. Die Oberfläche macht nicht gerade den Eindruck, wirklich den Widrigkeiten im luftleeren Raum standzuhalten. Einige Stellen sind stark beschädigt. Teile des Außenmantels sogar aufgerissen. Schwarze Flecken deuten auf einen Brand hin.

Spiegelnde Flächen könnten Solarpanels sein, die Licht in Energie umwandelt. Im bestimmten Winkel reflektieren diese Flächen das Sonnenlicht regenbogenartig. Auch dort sind starke Beschädigungen deutlich zu erkennen.

Angewurzelt verharrt Waylon an Ort und Stelle. Angesichts der Ausmaße des Schiffs sollte er bald von hier verschwinden. Aber genau diese Größe macht eine Landung unmöglich; jedenfalls am Boden.

Für einen Bruchteil von einer tausendstel Millisekunde bekommt er eine Vorstellung von dem, was jetzt kommen wird. Sein geistiges Auge erblickt eine ungewöhnliche Konstruktion, die wieder sämtlicher Gesetze verstößt – scheinbar. Gleichzeitig dreht das Gefährt bei und Waylon kann den Bug sehen, dessen Form ihn überraschend bekannt vorkommt. Folgt man der nun eingeschlagenen Flugroute und erweitert sie mit einer Linie, wird der Gleiter gegen die Pyramidenspitze prallen.

Sein Gehirn arbeitet unterdessen hochtourig; sucht das Puzzle zu lösen, noch ehe das Ereignis eintritt. Waylon sieht die Situation zwiespältig. Einerseits möchte er wegrennen, andererseits weiter ran gehen.

Doch mit einem Male wird ihm alles klar: Der Gleiter wird, mit dem Bug voran, am Eingang der Pyramide andocken!

Die Erbauer sind zurück!

~ ◎~

»Wir legen in sieben – drei – eins an, Kommandant.«

Lokar nickt. Endlich sind sie da! Endlich können Sie diesen Kasten verlassen, in dem sie beinahe ihr Ende gefunden haben.

»Alles bereit machen«, befiehlt er.

‹Es darf nichts mehr schiefgehen›, denkt Lokar. ‹Nur die Ruhe bewahren!›

Angespannt kontrolliert er die Anzeigen. Nach der Beinah-Katastrophe, die den Verlust eines Besatzungsmitglieds erforderte, will er kein Risiko mehr eingehen.

Insgeheim verurteilt Lokar diese Mission, die bis jetzt nur Probleme verursacht hat.

Es begann vor genau fünf Jahren, als die Überlappung ihren Höhepunkt erreichte und sich Realitäten überschnitten. Zwei Welten wurden eins. Das frappierende daran: Man konnte sich frei in ihnen bewegen. Einer der Einwohner tat es, wenigstens für wenige Minuten. Dies nahm Orinario zum Anlass, eine Mission zu planen, um einen Außenposten zu schaffen.

Lokar erinnert sich noch sehr gut daran, wie der *Wächter*-Älteste ihn ins Vertrauen zog. Stillschweigen hatte oberste Priorität. Niemand durfte davon wissen. So begann seine Untergrundarbeit. Nicht einmal die Freunde weihte Lokar ein. Grundlos ließ er Verabredungen platzen, stieß auch Eliwor vor den Kopf, als er ihr eröffnete, er brauche Zeit, sich zu finden. Somit erweiterte sich sein Spielraum, denn Eliwor und die Anderen brachen letztendlich den Kontakt völlig ab. Eines Tages brachen sie schließlich mit der »Sternengral« auf – ohne ihn.

Es geht ihm auch heute noch ziemlich nahe. Freunde verliert man nicht alle Tage. Und dann war da noch Eliwor! Es gab keinen Tag, an der er nicht an sie gedacht hat! Jede Erinnerung verstärkt auch heute noch die Sehnsucht nach ihr. Sicherlich – es gab einige Frauen zwischendurch. Doch sie waren anders und eher Zeitvertreib. Nein, das ist das falsche Wort. Ablenkung trifft es eher.

»Manöver beginnt in …«

Den Countdown überlagern seine Erinnerungen, die hervorbrechen und fragmentarisch an die Oberfläche drängen.

Eine Unterredung mit dem Ältesten gab dann den Startschuss zu dieser Höllenunternehmung.

«Wir erblicken dort die Zukunft», sagte Orinario. «Dieses Bauwerk dort drüben, ist das Werg unserer eigenen Hände Arbeit.»

Lokar kommt es aus der Luft gegriffen vor, was er gerade hörte. Woher nimmt Orinario diese Erkenntnis?

«Wir brauchen diesen Stützpunkt. Und dieses Zukunftsbild beweist uns, wir werden es schaffen!»

Die Vorbereitungen verliefen in absoluter Geheimhaltung. Orinario konnte noch weitere überzeugen. Von Tag zu Tag wurden es mehr. Manchmal war Lokar hochmotiviert, der Sache zu dienen, die vielversprechender und zukunftsorientierter nicht sein konnte. Manchmal aber kam er sich wie ein Verräter vor!

Wie Orinario gegenüber den Magistrats-Vorsitzenden es schaffte, seine Pläne unbemerkt zu realisieren, erfuhr er nie. Sicher ist nur das Ergebnis. Und das konnte sich sehen lassen.

In weniger als einem dreiviertel Jahr war der Gleiter fertiggestellt, der die Crew durch das *Spiegeltor* bringen sollte. Niemand wunderte sich mehr darüber, dass die Realitäten noch immer nebeneinanderher existierten. Einige hatten angenommen, es würde dauerhaft so bleiben. Nur eine Handvoll Eingeweihter wußten, dass die Zeit ablief.

»... noch zwei – null – vier ...«

Enthusiastisch arbeitete Lokar Tag und Nacht. Die knappe Freizeit nutzte er hauptsächlich zum schlafen und essen. Dann kam der Tag, an dem Lokar von der Existenz einer unterirdischen Produktionsanlage auf der Inselenklave Methua erfuhr. Welches Spiel spielt Orinario da? Diese Frage brannte sich ein. Die Anlage bestand seit langem, daran zweifelte Lokar nie. Dafür reichen die zwölf Monate Vorbereitung nicht aus.

Mehrmalige Versuche mit Orinario darüber zu sprechen, wiegelte der kategorisch ab. Einmal gab er Lokar sogar zwischen den Zeilen zu verstehen, dass man auf dessen Mitarbeit nicht angewiesen sei und jederzeit könnten Konsequenzen greifen, die niemand wollte.

Lokar begriff und schwieg seitdem.

»... Distanz eins – null – angedockt.«

Ein Ruck geht durch den Gleiter. Lokar atmet hörbar auf.

»Gut gemacht«, lobt er. »Maschine stop! Druckkompensation angleichen!«

Erleichtert schließt Lokar erschöpft die Augen.

Endlich war es soweit. Per Hologramm erhielten sie die Starterlaubnis. In der Nähe des *Spiegeltores* schlief alles. Lautlos durchflogen sie die Realitäten. Lokar spürte keinen Unterschied; er fühlte sich noch genauso wie in seiner ursprünglichen Gegenwart.

Der Autopilot arbeitete einwandfrei. Und dann geschah es.

Etwas passierte in der Atmosphäre. Unzählige Blitze erhellten die Nacht. Die Stromversorgung des Gleiters musste getroffen worden sein, denn alles brach zusammen. Der Gleiter geriet ins Taumeln, stürzte in eine sich vor ihnen auftuende Leere.

Mehrere Stöße lässt die Konstruktion des Gleiters ächzen. Jeden Moment rechneten sie in Stücke gerissen zu werden. Im freien Fall schlingert das Gefährt seinen drohenden Untergang entgegen.

Visionen ermächtigen sich der Besatzung. Zeitweise sehen sie sich selbst verzerrt doppelt. Riesige Maschinen ebnen Land, graben oder nehmen Bohrungen vor. Alles geschieht gleichzeitig. Schreie, die den nahendem Tod entgegeneilen, vermischen sich mit Baulärm und Anweisungen. Zwischendurch immer wieder Bilder von entsetzlich zugerichteten Gefährten! Klaffende Wunden, blutende Nasen und rotgedrängter Schweiß. Kopfschmerzen setzen ein, die die Wahrnehmung zusätzlich trüben.

Was Lokar betrifft, geriet er in einen nicht enden wollenden Fall. Die Schmerzen wurden unerträglicher, wollten sein Hirn bersten lassen. Krampfhaft rebellierte sein Magen; er spukte Blut und Galle. Dann verlor er die Besinnung …

Am Ende des tiefschwarzen Strudels glimmte ein Licht. Rasant kam es näher, blendete unerträglich schmerzvoll. Dann tat sich ein gleißender Feuerball auf und erneut obsiegte totale Finsternis.

Als Lokar die Augen öffnete, spürte er jeden Knochen im Leibe. Auf der Brust fühlte er einen unsäglichen starken Druck, doch es bedurfte eine Weile, bis er begriff. Auf Lokar lag der tödlich verunglückte Navigator der Mission!

Lokar wußte dessen Namen auf Anhieb nicht zu sagen. Seitdem er die Freunde verlor, ließ er niemanden mehr an sich näher heran. Nur nicht noch einmal enttäuschen!

Nachdem die Schäden aufgenommen worden waren, besann man sich auf die eigentliche Mission. Zu ihrer Verwunderung war der als *Spiegeltor* bezeichnete Realitäten-Durchgang verschwunden. Ein Rückweg war also unmöglich.

Doch sie staunten auch nicht schlecht, als sie die Arbeiten an einem Bauwerk bemerkten, das zur Hälfte bereits fertiggestellt war. Emsiges Streben, wohin man sah!

Später erfuhren sie, dass Lokars Crew als verschollen galt. Doch dank der vorher ermittelten Positionsdaten gelang es mithilfe einer neuartigen Entwicklung, den Planeten, der in Wahrheit nur ein Mond ist, schnell und sicher zu erreichen.

Der Mond war auf den Namen Uridräo getauft worden; abgeleitet vom Namen Orinario; um aber eine Verbindung entgegenzuwirken, sollte der Himmelskörper jemals doch auf Arimea bekannt werden, wurden einige Buchstaben ausgetauscht und weggelassen.

In kürzester Zeit entstand die Pyramide, die durch ihre Konstruktion Jahrhunderte strotzen sollte, die verborgene Zentrale und Wasseraufbereitungsanlagen. Später kamen noch mehrere Stationen hinzu, die den Transport gleichartig bewerkstelligten, wie die – von nun an auf den Mond produzierten –, ›Raum-Zeit-Gleiter‹. Doch das dauerte dann tatsächlich Jahre.

Der Eingang der überdimensionierten Pyramide war gleichzeitig Andockstation für Raumschiffe, die für die Zukunft geplant waren, um die Versorgung jederzeit zu gewährleisten.

So war der Außenposten der ›Sternenbruderschaft‹ geboren! Ohne Einfluß von den jeweilig herrschenden politischen Zuständen des Heimatplaneten.

Wochen waren vergangen. Lokar befand sich mit *seinem* Gleiter auf Erkundungsflug, als ein bernsteinfarbener Bogen am Himmel funkelnd entstand.

Erneut tat sich die Hölle auf …

»Woher hast du gewußt, dass du hier andocken kannst?«

Lokar lächelt müde.

»Ich kenne doch Orinarios Pläne«, antwortet er leise.

Neunundzwanzig

Uridräo, fünftausendvierhundert Jahre zuvor.

Für Olivia ist es unverständlich, was ein Roboter leisten kann. Noch dazu bei einem so komplexen Wesen wie dem Menschen. Nayati dagegen scheint es nicht weiter zu beschäftigen. Jedenfalls verliert er kein Wort darüber, was Olivia nur noch mehr verwirrt.

»Wir sind auf einen Mond«, beginnt Nayati ohne Umschweife. »Dieser Himmelskörper wird einmal von der Ersten Lebensform des Universums besetzt werden, so wie alles besetzt wird, was den eignen Bereich erweitert.«

»Du sprichst in Rätseln, Nayati«, sagt Olivia kleinlaut.

»Rätsel wird es immer geben«, fährt er monoton fort. »*wakantanka* lebt!«

»Was meinst du? Was ist das?«

Nayati sieht weiterhin in unendlich weite Ferne.

»Wie jedes Mysterium wird es alle Zeiten überdauern. Es wird sein, niemals vergehen. Nicht einmal die Götter werden es besiegen. Es wird fortan existieren, so wie alles existiert. Und werden wir und unsere Kinder und Kindeskinder nicht mehr sein, wird es bleiben für die Ewigkeit.«

Olivia schwirrt der Kopf.

»Komm doch zu dir, Nayati! Ich flehe dich an …«

Er muss den Verstand verloren haben, anders kann sie es nicht erklären.

Langsam wendet er ihr sein Antlitz zu. Olivia erschaudert

beim Anblick seiner Augen, die nur aus der Pupille zu bestehen scheinen.

»Wehe den, der *wakantanka* nahe kommt, oder es gar berührt! Er wird vergehen im Augenblick des Lidschlages. Wird immerfort schmoren im Schlund des Monstrums. *anpetuwi* wird für immer erlöschen. *makatozanzan* wird untergehen …«

Nayati ist jeglicher Realität entrückt. Sind das Nachwirkungen der Nahtod-Erfahrung? Oder hat er einen Sonnenstich? Bei der flimmernden Hitze kein Wunder. Wie soll, wie *darf* sie reagieren? Was geht gerade in dem Dakota vor?

»So kehre ich denn nun denn zurück«, ertönt seine brüchige Stimme wieder. »*hiye pila maya, wakinyan!*«

Die letzten Worte bedeuten zeremonielle Danksagung für den eben erfahrenen Mysterium-Flug, auf dem Nayati spirituelle Erkenntnisse erlangen durfte.

* * *

Von dem Phänomen, welches Olivia ›Lebende Fata Morgana‹ getauft hatte, ist nichts mehr zu sehen. Nur der planetarische Ozean prangt wie vorher an der Stelle. Mittlerweile ist sie sich sicher, dass dies kein normaler Planet ist, sondern eher ein Mondobjekt, wenn sie den Himmel richtig deutet. Riesig steht die Sichel des umkreisenden Planeten am Himmel.

Langsam überwiegt die Sorge, wie man diesem Ort wieder entfliehen kann. Nayatis Zustand hat sich gebessert; er nimmt wieder an den täglichen Erkundungsgängen teil und soweit es Olivia beurteilen kann, ist er wieder der *Alte*. Gemeinsam suchen beide nach einem Ausweg aus der derzeitigen verfahrenen Situation.

Hunger müssen sie indes nicht leiden. Nayatis Geschicklichkeit im Fischfang entlockt Olivia Anerkennung. Aßen sie die Wassertiere anfangs noch roh, was besonders die Frau aus dem einundzwanzigsten Jahrhundert große Überwindung abnötigte, brutzeln die Fische jetzt über das selbstentfachte Feuer des Indianers.

Auch Trinkwasser gibt es in Hülle und Fülle. Das hiesige Süßwasserreservoir muss immens sein; an fast jeder Ecke plätschert es und bewässert offenbar den gesamten Mond.

So vergehen die Tage. Ein objektives Zeitempfinden haben beide nicht. Es spielt aber auch nur eine untergeordnete Rolle. Denn wenn man von technischen Errungenschaften absieht, ist der Mond das reinste Paradies …

Erstmalig regnet es in Strömen. Es gießt so heftig, dass sogar die dichten Blätter das Himmelsnass nicht zurückhalten können. Innerhalb von Minuten sind Olivia und Nayati bis auf die Haut durch. Ein gravierender Unterschied zu ihrer Heimat wird offensichtlich: Während des Regens weht kaum Wind, und wenn, dann ist er ungewöhnlich warm.

Sobald der Regen aufhört, beobachtet Olivia interessiert, wie einige fleischige Blätter wohl zusammengerollt hatten und jetzt sich ganz langsam wieder öffnen. Nayati nimmt das als gegeben und völlig normal hin. Und, als mache er es schon immer, führt er ein halb entrolltes Fleischblatt an den Mund und trinkt das darin gesammelte Wasser.

Es schmeckt würzig und etwas süßsäuerlich und erfrischt ungemein. Eine gute Abwechslung allemal und Olivia empfindet dabei köstliches Wohlbehagen.

* * *

Ein neuer Tag bricht an. Es kann der dritte sein, aber ebenso gut auch der zehnte. Im Endeffekt spielt es auch keine Rolle. Es ist ein Tag, wie der davor und wie viele noch folgen werden. Olivia hofft zwar, endlich den Mond verlassen zu können, doch so einfach wird es nicht gehen.

Selbst daheim, auf der *guten alten Mutter Erde*, darf ein Gestrandeter natürlich auf schnelle Hilfe hoffen. Dennoch gibt es Fälle, wo Wochen, Monate oder möglicherweise Jahre bis zur Rettung vergehen können. Und das trotz GPS.

Wie soll also eine Rettung, Lichtjahrhunderte entfernt zeitnah stattfinden?

Die Hoffnung natürlich *stirbt zuletzt*! Schließlich ist man ja hierhergekommen, wenn auch unter Umständen, die nicht nachvollziehbar sind. Ergo muss es auch einen Rückweg geben, und den werden sie – früher oder später – finden. Als eine moderne, gebildete Frau im besten Alter, so wie Olivia, glaubt man nicht an Wunder oder Zauberei. Es gilt wachsam zu sein. Denn der Verdacht, es könne einen *Ausgang* aus dieser Welt geben, der unspektakulär offen vor ihnen liegen wird, nagt in ihr. Es ist so ein ganz bestimmtes Gefühl; vage und ungewiss.

Manchmal ist es Blindheit, mit der man geschlagen ist!

Was liegt eigentlich auf der anderen Seite des Ozeans, der sich bis an den Horizont erstreckt? Anhand der deutlich sichtbaren Krümmung nimmt Olivia an, dass der Mond kleiner als die Erde, aber größer als der Erdenmond sein muss. Ihr liegen natürlich keine aussagekräftige Zahlen vor. Wie erwähnt: Es ist nur so ein Gefühl – sozusagen weibliche Intuition.

Vielleicht existiert am gegenüberliegenden Ufer eine andere Realität, nämlich die, die sie wieder in ihre Zeit bringen wird.

Der neue Hoffnungsschimmer beflügelt Olivia. Schon sieht sie sich ein Floß bauen, um die Reise über den Ozean endlich anzutreten. Das Meer liegt augenscheinlich glatt, da sollte es zu schaffen sein. Allerdings kann weiter draußen die See rauer sein, als erhofft. Ein Boot? Wäre besser, wenn auch aufwendiger.

Olivia verspürt Redebedürfnis. Sie muss wissen, wie ihr Leidensgenosse darüber denkt. Haben Indianer nicht Kanus? Er wird bestimmt eine Idee haben! Naturvölker sind in Arbeits- und Denkweise kreativ und flexibel. Können aus wenig mehr machen, als es den Anschein gibt. Improvisation – genau was jetzt gebraucht wird!

Ohne es zu bemerken, hält Olivia nach Nayati Ausschau, kann ihn jedoch nirgends sehen. Der Schlafplatz, den er sich für die Nacht erkoren hatte, ist leer. Einige Meter weiter plätschert der Bachlauf. Auch nichts! Unruhe verspürend, beginnt Olivia die Gegend mit den Augen abzusuchen. Vom Dakota fehlt jede Spur …

~ ~ ~

Circa eine halbe Stunde Ortszeit zuvor.

Nicht ganz Herr seiner Sinne geht Nayati hoch erhobenen Hauptes und seltsam steif Richtung des Wasserlaufs. Olivia schläft noch, doch das realisiert er überhaupt nicht. Er ist wieder in diesem Zustand, der einer Trance sehr nahe kommt. Nayatis Pupillen sind stark vergrößert und die Iris nur einen schmalen Kranz bildet.

Ungewollt entfernt er sich, scheinbar fremdgesteuert, vom Lager. Seine Schritte bleiben ungehört. Das Wasser nicht beachtend, obwohl er früh immer den Durst stillt, geht er unbeirrt weiter. Wohin ihn die Füße tragen, bleibt unklar. Nur eines ist gewiss – Nayatis Fortgang bringt etwas ins Rollen, was nicht nur die Gestrandeten betrifft …

Dreißig

Im selben Augenblick, als der Gleiter mit dem Bug voran andockt, überrollt eine weitere Überlappungs-Welle den Mond. Obwohl die Welle durchsichtig, geschmacksneutral und geruchlos ist, wirft sie Waylon mit unvorstellbarer Wucht nieder. Darauf nicht gefasst, wird er unvermindert hart Richtung Pyramidenmauer geschleudert. Laut hört er, wie Knochen brechen. Höllischer Schmerz durchzieht seinen Körper! Hätte Waylon genügend Luft in den Lungen gehabt, hätte er aus Leibeskräften geschrien! So erstickt sein Schrei, während der letzte Atem ihm aus der von gebrochenen Rippen verletzten Lunge entweicht. Bleiern kommt er zu liegen.

Den eigentlichen Aufprall spürt Waylon nicht einmal. Ihm ist, als ist es nicht er, dem dies passiert. Vor sich sieht er ganz nah eine der hiesigen Pflanzen. Feine Härchen überdecken den Stiel. Die Blätter sind spiralförmig ausgebildet, wobei das spitze Ende winzige knosperartige Gebilde aufweist. Er ist völlig auf die Knospen fixiert, dass alles andere uninteressant wird. Selbst den eigenen Zustand blendet er erfolgreich aus.

Die Form des Spiralblattes fasziniert, hält ihn im Bann, bis es um Waylon herum finster wird …

Aus unendlich weiter Ferne dringt eine Stimme an sein Ohr. Sie stört! Er will, dass sie verschwindet! Sinnlos sein Begehr! Die Stimme hämmert unangenehm. Wird aufdringlicher, je mehr Waylon dagegen ankämpft.

Frei von körperlichen Zwängen fühlt er sich ausgesprochen leicht. Schwebt er? Bewusst hält Waylon die Augen geschlossen. Genießt die Stille, die ihn aufnimmt und mit sich trägt. Wie eine Feder im Wind treibt er; wohin – nimmt er kaum wahr. Es ist eine Reise, zurückführend in die Zeit. Stationen blitzen auf, die er längst hat vergessen. Vertraute Landschaften tauchen auf, lieb gewonnene Stätten erholsamer Tage. Fragmente von Begegnungen, lachende Menschen. Stimmen, die dem Vergessen entrissen werden. Entrückte Szenen werden erweckt, die im Nebel schlummerten. Gerüche erleben eine Renaissance.

Über diese Vielfalt kann Waylon nur staunen. Geschlossenen Auges zu sehen erweitert noch mehr seinen bereits neuerwachten Geist. Plötzlich versteht er. Weshalb er tat, was er tun musste. Warum sein Leben genauso verlief, wie es eben lief.

Großmutters Worte, Mutters Blicke – alles versteht er, ohne offene Fragen! Kein Wehgeschrei, kein Bereuen! Alles gut.

Unendliches Glücksgefühl erhebt ihn noch weiter hinfort. Szenen werden klarer. Nebulöse Finsternis verliert ihren Schleier. Deutlich Bilder klaren auf am Erinnerungshorizont …

~ ~ ~

Konstante Zeitgleichheit.

Auch den Gleiter erfasst die Welle, kompensiert aber die freigesetzten Kräfte fast vollständig. Nur ein kurzer Ruck lässt die Insassen aufmerksam werden. Lokar runzelt die Stirn, bleibt ansonsten aber gelassen. Die Instrumente zeigen keine besonderen Auffälligkeiten. Ein flüchtiger Gedanke taucht auf, zerplatzt jedoch sofort wieder, wie eine Seifenblase.

Er wendet sich von den Anzeigen ab, geht zum Schott. Zischend springt es auf. Er hat tiefe Augenränder. Müde und ausgepowert betritt Lokar die hellerleuchtete Pyramide.

Seine zwei Begleiter, Moriol und Pryar, folgen ihn mit Abstand. Sie wissen genau, wohin sie sich nun wenden müssen. Ihr Ziel ist die große Halle, in der bereits einige der ›Zeitgleiter‹ stehen. Auch die *Neun Kristalle* sind aufgereiht, sollen aber, nach Orinarios Willen, in eine Nebenkammer untergebracht werden.

Lokar schreitet bedachtsam die Kristall-Reihe ab. Von jedem der neun Monde, die Arimea noch umkreisen, steht hier ein Teil. Sie sollen die heimische Kraft bündeln und auf den Mond verbreiten. Neben der Kristallenergie ist alles Wissen darin abgelegt, was jemals errungen worden ist. Die Kapazität ist so groß, dass nicht einmal alle Computer auf der Erde zusammen, würden sie miteinander vernetzt werden, ein Prozent davon speichern können!

Jeder von den Kristallen soll ein Pendant bekommen, der jeweils den Skelettschädel bekannter Lebensformen darstellen soll. Im Inneren werden sie allerdings die perfekte Kopie vom Original sein. Dann werden sie aufgeteilt werden, damit nichts in der Ewigkeit verloren geht.

Doch dies sind Zukunftsträume, die erst in weiter Zeit realisiert werden.

Lokar verlässt zielgerichtet die Halle. Angesichts seines schnellen Schrittes ist er in Eile. Den Weisungen des Ältesten folgend, will er schnellstens die Mission erfüllen. Dann kommt er auch ganz schnell wieder von hier weg. Der Mond ist Lokar nicht geheuer. Ist das hier erledigt, wird er nach Arimea zurückkehren und nur noch heimische Aufgaben erfüllen. Auch denkt er darüber nach, die Gilde zu verlassen.

Am Ende der Halle gleitet eine Tür auf, die vorher nicht erkennbar war. Moriol liegt eine Frage auf der Zunge, schluckt sie aber ungestellt hinunter. Dahinter kommt ein kleiner, rundlicher Raum zum Vorschein. Es ist eine Lift-Kapsel, die sich sofort in Bewegung setzt, als die Tür nach Pryar, der die Nachhut bildet, zugeht. Mit hoher Geschwindigkeit geht es abwärts.

Die Fahrt endet abrupt gedämpft. Die Tür geht auf und Lokar blickt auf die Skulptur des *Wächter*-Ältesten.

»Willkommen, Lokar«, begrüßt ihn eine jugendliche Stimme. »Gut, dass ihr da seid.«

›Das also ist er‹, denkt Lokar, sich nichts anmerken lassend. ›Methelem Rhobal! Sieht aus wie ein Kind …‹

»Du weißt, wie viel von euer Gelingen abhängt«, fährt Rhobal fort.

Lokar nickt beflissen.

›Der Jungspunt hat ein großes Selbstvertrauen! Und dieser Ton!‹

»Sehr gut. Unsere Allianz trägt bereits Früchte. Jetzt müssen nur noch die ›RZGs‹ nach Arimea gebracht werden.«

»Wohin kommen sie genau?«

»Die Koordinaten sind bereits programmiert. Jetzt gilt es erst mal, die Dinger steuern zu lernen.«

Die drei Ankömmlinge sehen sich überrascht an.

»Die ›Raum-Zeit-Gleiter‹ haben eine neuartige Steuerung bekommen«, erklärt Rhobal. »Leider steht uns noch kein Simulator zur Verfügung. Also wird die notwendige Unterweisung im Original stattfinden müssen.«

»Aber das dauert doch …«, meldet sich Moriol. »Ich dachte, wir sollten spätestens morgen starten. Der Flug selbst dauert ja …«

Rhobal lächelt überheblich.

»Nicht mit diesen Maschinen!« Er setzt bewusst eine Pause, um seinen Worten die richtige Wirkung zu geben. »Arimea ist in Null-Komma-Nix erreicht.«

Rhobal schnipst mit den Fingern.

Über CrisCom erhält Rhobal eine wichtige Mitteilung. Sein Gesicht verliert zusehends an Farbe.

~ ~ ~

Das ›visuelle Zeit-Echo‹ verursacht eine Überlagerung von der gegenwärtigen Realität mit einer x-beliebigen in der Vergangenheit. Nur bedingt betretbar, da nie feststeht, wie lang sie andauert. Verschwindet die Überlagerung, nimmt sie alles mit sich, was mit ihr im direkten Kontakt steht. Auf diese Weise sind schon einige Arimeaner spurlos verschwunden. Auffällig an der Sache sind die abweichenden Örtlichkeiten zwischen aktuellen und den früheren Überlagerungen. Laut erfassten Daten steckt ein wiederkehrendes Muster dahinter, wobei allerdings Vorhersagen bevorstehender Anomalien immer gescheitert sind. Positions- und Zeitbestimmung weichen in den Modellen überproportional um ein Vielfaches ab.

Rhobal betritt den extra für die Beobachtung solcher Zeitechos eingerichteten Raum. In der Mitte schwebt ein riesiger Hologramm-Schirm mit detailgetreuer 3D-Wiedergabe. Interessiert ein Bereich, kann mittels Gestensteuerung direkt der Ausschnitt heraus gezoomt werden.

»Lagebericht!«, befiehlt Rhobal barsch.

»Die zwei Individuen sind wieder aufgetaucht.«

»Welcher Quadrant?«

»Quadrant siebzehn-acht. Das weibliche Individuum ist im Quadranten achtundzwanzig-fünf.«

Rhobal stutzt. Elf Quadranten Unterschied?

»Maximal-Vergrößerung!«

Da ist er! Ziemlich jung, athletisch gebaut und kraftstrotzend.

»Nur den Kopf!«

Die nächste Einstellung zeigt ein braungebranntes, hageres Gesicht. Die Haare des Mannes – Knabe träfe es eigentlich eher – sind zu einem Zopf gebunden.

»Seht! Seine Augen!«

Einunddreißig

Uridräo, fünftausendvierhundert Jahre vorher.

Nayati bleibt verschwunden! Bedrückt gibt Olivia die Suche auf. Ihr Hirn arbeitet indes ununterbrochen weiter. Hat sie sich so in ihn täuschen können? Keinerlei Spuren deuten auf ein Eingreifen Dritter hin! Nicht mal Nayati hat welche hinterlassen! Als hätte sich die Erde aufgetan und den Dakota einfach verschluckt!

Auf sich allein gestellt, grübelt Olivia, was zu tun sei. Ihre Idee mit dem anderen Ufer des Ozeans kann sie mit niemanden teilen. Auch wird es unmöglich sein, dorthin zu gelangen; jedenfalls solange Nayati verschwunden bleibt.

Olivia sucht die wenigen Habseligkeiten zusammen, verschnürt alles sorgfältig. Die widerstandsfähigen, flexiblen Luftwurzler eignen sich hervorragend als Ersatz für Stricke. Mit wenigen Handgriffen zaubert sie ein Rucksack-Paket. So hat sie alles beisammen und die Hände frei.

Ein letzter prüfender Blick, dann marschiert sie los. Den Ozean rechts liegen lassend, geht Olivia den Strand entlang. Weiter vorn erhebt sich ein Fels, der einen guten Aussichtspunkt abgibt. Dorthin will Olivia zuerst. Ein Hoffnungsschimmer glimmt auf; wenn Nayati diese Richtung eingeschlagen haben sollte, dann gibt es gute Chancen, ihn vom Felsen zu entdecken.

Angespornt beschleunigt Olivia. Durch den Sand zu gehen ist anstrengend, dauernd rutscht sie aus und kommt nur langsam von der Stelle. Kurzerhand zieht sie die Schuhe aus. *Schon besser.*

Sengende Hitze flimmert in der Luft. Trotz Nähe zum Wasser, kühlt die Luft kaum ab. Im Gegenteil: Die erhöhte Luftfeuchtigkeit drückt noch mehr auf Olivias Verfassung. Aus allen Poren strömt ein Schwall Schweiß, der die Haut unangenehm klebrig macht.

Geschätzte zehn Minuten unterwegs, stößt Olivia bereits jetzt an ihre physischen Grenzen. Ihr fällt ein, dass sie damals auf Teneriffa fitter war! Längere Spaziergänge machten ihr damals nichts aus. Aber da hatte sie weder Gepäck noch war sie allein!

Olivia bleibt stehen. Offenbar kommt sie dem selbstgesteckten Ziel kaum näher. Wieder zieht sie einen Vergleich. Dreihundert Meter schätzt Olivia, sind es bis zum Felsen. Daheim legt sie längere Strecken zurück! Allein beim Einkauf sind es mehrere Kilometer. Warum fällt es ihr jetzt so schwer? Anderes Klima? Subtropisch warm, für einen Europäer das krasse Gegenteil, besonders wenn man aus England kommt.

Erschöpft macht sie einige Schritte. Der Elan fehlt! Kraftlos sinkt Olivia in den Sand. Das Schlagen der Wellen, das Ozean-Rauschen – es hört sich so unreell fern an … Umgeben von dumpfen Gesäusel wird sie müde. Den selbstgeschnürten Rucksack als Kissen nutzend, schläft sie augenblicklich ein.

~ ~ ~

Kurz darauf, wenige Meilen entfernt, aber Jahrtausende später; Raum-Zeitfenster der vermengten Wirklichkeiten.

Es ist innerhalb von Sekundenbruchteilen implodiert, um sofort an gleicher Stelle neu zu entstehen. Anfangs von heftigem Blitzgewitter begleitet, kehrte bald Ruhe ein. Jetzt, ein Wimpernschlag später, ist die Auflösung stabil und konstant scharf.

Rhobal braucht seine Leute nicht anzuweisen, sie mögen das Geschehen aufzeichnen. Er will kein Risiko eingehen, dass etwas übersehen wird. Die Bio-Drohnen schwirren längst der Grenzlinie entlang, die beide Realitäten übergangslos verbindet.

»Die Anomalie hat sich stabilisiert«, bestätigt der Diensthabende.

»Was macht der Fremde?«

»Nähert sich weiter der Realitätslinie.«

Rhobal hält automatisch die Luft an. Keiner weiß was geschieht, wenn ein Individuum aus der anderen Zeit in die ihrige Wirklichkeit übertritt. Vor allem hofft er, dass das Fenster bestehen bleibt und nicht erneut zusammenbricht. Was dann mit dem Zeit-Individuum geschähe, will er gar nicht wissen.

»IATRAs in Stellung bringen!«

»Aber … Wenn seine Anatomie …«

»Macht schon«, verteidigt Rhobal seine Entscheidung. »Ich will nichts unversucht lassen. Ist irgendwo das Mädchen?«

»Negativ. Nicht im Sichtbereich.«

»Schickt zwei Drohnen rein. Abstand zueinander fünfzehnnull.«

~ ~ ~

Lokar betrachtet den ›Raum-Zeit-Gleiter‹ mit gemischten Gefühlen. Dieses durchsichtige Gefährt soll im Weltraum fliegen können? Nicht einmal ein Schott gibt es! Der Sauerstoff hält doch keine zehn Minuten!

Moriol und Pryar ergeht es scheinbar ähnlich, deren Gesichter zwischen Skepsis und Lachanfall die gesamte Bandbreite erzählen.

Limuria, eine der Technikerin, die maßgeblich am Bau des ›Zeitgleiters‹ beteiligt ist, übernimmt die erste Einführung.

»Meine Herren, ihr werdet das modernste Fluggerät steuern, was es seit Beginn der Raumfahrt je gegeben hat. Vergesst alles, was ihr bis jetzt gelernt habt. Macht euren Geist frei, Jungs!«

Pryar grinst.

»Was ist an dem Ding da schon besonders«, wendet er lachend ein. »Ich hab schon Besseres gesehen und auch geflogen!«

»Ach ja?!« Limuria stemmt die geballten Fäuste in die Seiten. »Dann bist du der Erste, der *uns* zeigen wird, wie du fliegst!«

»Nichts leichter als das!«

Amüsiert steigt Pryar ein.

»Und wo ist die Steuerung? Oder soll ich nur so tun als ob?«

»Rutsch mal nach rechts, *Kleiner*!«

Grinsend macht er für Limuria Platz. Lokar und Moriol lachen ebenfalls vergnügt. Nachdem ihre Kursleiterin sitzt, legt Pryar ihr lässig den Arm um die Schulter.

»So, Kleines. Nun zeig doch mal, was *du* drauf hast!«

»Gerne«, lächelt sie süffisant zurück.

Ohne Vorwarnung erscheint vor Pryar die virtuelle Konsole. Erschrocken weicht er zurück. Aus seiner Kehle dringt ein Ausruf des Erstaunens.

»Was … Was … was ist … das …?«

»Nach was sieht's denn aus, *Kleiner*?! Nach einer Spielekonsole?«

Nur langsam wagt er sich näher heran.

»Bereit?«

»Ja … doch …«

Limuria lächelt nun ihrerseits.

»Halt dich lieber fest!«

»Ich werde es schon aushalten.«

»Wie du meinst …«

Ihre flinken Finger jagen über die fluoreszierenden Tasten.

~ ~ ~

Unbeirrt nähert sich Nayati der Raum-Zeitfenster-Linie. Sein Blick starr nach vorn gerichtet, ist es eindeutig, dass er selbst nicht viel von der Umwelt mitbekommt. Der schmale Iris-Kranz seiner Augen wirkt bedrohlich, scheint bei entsprechendem Lichteinfall sogar besonders aufzuleuchten. Mechanisch setzt er einen Fuß vor den Anderen.

»Seine Vitalwerte ähneln unseren«, vermeldet der Biologe

mit nicht zu überhörendem Staunen. »Nur die Atmung ist flach und langsam.«

»Er ist Hominid. Atmet das gleiche Luftgemisch wie wir.« Rhobal ist nicht einmal halb so verwundert.

»Linie überschritten!«, ruft ein anderer aus.

Nun halten alle den Atem an. Außer das Nayati weiter seinen Weg fortsetzt, geschieht rein gar nichts.

Rhobal pfeift leise. Dies hat er nicht erwartet! Ein Blick auf die Werte verrät ihm sogar, dass Raum-Zeitfenster noch stabiler geworden ist, nachdem der Fremde übergetreten war.

»Schon was von den beiden Drohnen empfangen?«

»Negativ! Nur Landschaft und Flora. Keinerlei Wesen.«

»Wo ist sie?«, fragt er leise.

~ ~ ~

Lokar kann und will es nicht wahrhaben! Nein, so etwas gibt es nicht! Empört schaut er giftig zu Moriol.

»Die verarschen uns doch hier!«, zischt er bitterböse. »Das ist doch bloß so ein Trick, oder?«

Sein Gefährte zieht den Kopf ein. Die Stelle, an der sich gerade noch der ›Raum-Zeit-Gleiter‹ befand, strotzt vor Leere. Gebannt sieht Moriol ins Nichts. Lokars Ausbruch erschüttert ihn nicht halb so viel, wie des Gleiters Verschwinden. Eine plötzliche Luftbewegung irritiert. Lokar äußert noch einige unflätige Bemerkungen. Dann flimmert heftig die Luft und im Raum erscheint, aus einem Schleiernebel heraus, der Gleiter.

Kaum realisiert Pryar, dass sie *gelandet* sind, da zwängt er sich umständlich und rücksichtslos an Limuria vorbei. Wieder festen Boden unter den Füßen, wankt er deutlich. Blass und verstört verlässt er eilig die Kameraden.

~ ~ ~

Nayati folgt der inneren Stimme. Dass er zwei Realitäten überschreitet, wird ihm nicht bewusst. Was auch kein Wunder ist, bemerkt man den Übertritt der Linie doch auch nicht. Es sollte das erste und letzte Mal sein in seinem Leben, dass er dies tut. Im Grunde genommen vergisst man solch ein Ereignis nie, dessen Tragweite nicht abschätzbar ist; unter anderen, *normalen* Umständen hätte es wahrscheinlich ein erhebendes Gefühl in Nayati erzeugt. Doch Nayatis Trancezustand verhindert eine Erinnerung an diese denkwürdige Begebenheit.

Für die Außenwelt wirkt er zwar *hölzern*, dennoch nicht weniger zielstrebig. Da Nayati niemand kennt, gehen die Arimeaner von Normalität aus. Wie er sich bewegt, wohin er geht kann kein Zufall sein!

»Situationsbericht!«

»Wenn das Individuum die Richtung beibehält, dann …«

»Dann was?«

»… wird es … hierher kommen …«

Rhobal verzieht ungläubig das Gesicht.

Wie ist das möglich?

»Irrtum ausgeschlossen?«

»Wie gesagt … wenn …«

»Schon gut …«

Sich darüber jetzt den Kopf zu zerbrechen ist kontraproduktiv. Eine gute Vorbereitung dagegen kann unter Umständen entscheidend von Vorteil sein!

Der Dakota indes kommt auf direktem Wege immer näher. Weit ausholende Schritte bringen ihn gut voran. Es sieht aus, als wolle er keine unnötige Zeit verlieren. Umso mehr erscheint es verwunderlich, dass er sich auskennt. Örtliche Kenntnisse lassen nur eine Schlussfolgerung zu: Er war bereits auf Uridräo!

Keiner ahnt, wer da überhaupt auf sie zu marschiert. In der Sache ist er einer von ihnen! Sie, die *Wächter* der ›Sternenbruderschaft‹, die dafür sorgen werden, dass auf jeden entsprechenden Planeten ein Gewahrer über das Wissen wacht.

Wie Nayati selbst wohl reagieren würde, wenn er wüsste, wem er bald begegnet? Noch leitet ihn ein unsichtbares Band, das aus einer fernen Zukunft geknüpft ist. Die Trance ermöglicht seinem Unterbewusstsein, eine direkte Verbindung zwischen den Zeitenwelten aufzunehmen. Dadurch erweitert sich sein derzeitiger Geist mit seinem Zukünftigen. Die Überlappung spielt dabei eine wesentliche Rolle, die den Dämmerzustand ungewöhnliche Tiefe verleiht.

Schnurstracks kommt Nayati ungehindert bis an die Pyramide heran. Die Arimeaner, insbesondere Rhobal, beobachten ihn aufmerksam.

»Was will er?«

Eine berechtigte Frage. Nur kann sie im Moment leider keiner der Anwesenden ausreichend beantworten.

~ ~ ~

Limuria erklärt ausführlich die Funktionsweise des Zeitgleiters. Nach einiger Zeit stößt Pryar wieder zur Gruppe hinzu. Wurde vor einigen Minuten noch der unscheinbare, durchsichtige Kasten belächelt, erntet Pryar nun anerkennende Blicke, hat doch er eine Zeit-Raum-Reise bewältigt. Lokar, Moriol und Pryar hängen begeistert an Limurias Lippen.

~ ~ ~

Im Nu erreicht Nayati das steinerne Bauwerk und bleibt unerwartet stehen. Er sieht nach oben. Sein Brustkorb senkt und hebt sich nur unwesentlich; ein Zeichen von Tiefenentspannung. Ohne den Kristall ist ein Hineinkommen unmöglich. Dies scheint er, wenn nicht zu wissen, dann wenigstens zu ahnen.

Im Gegensatz zu dem mechanisch erscheinenden Marsch geht Nayati jetzt bedächtig die unteren Stufen hinauf. Sein Gesicht verrät eine gewisse Anspannung, ohne jedoch verkrampft zu wirken. Eher sieht es nach sehendem *Erinnern* aus. Die Stufen nimmt er behände leichtfüßig. Auf jeder Etage sieht er sich kurz um, geht dann weiter.

Auf dem dritten Stockwerk wendet sich Nayati der dortigen Nische zu. Er hat wieder diesen eigenartigen, *allsehenden* Blick. Neben der halbrunden Vertiefung, die bequem Platz für eine Person bietet, interessiert er sich für einen auffälligen Stein. Mit einiger Mühe lässt der Stein sich soweit lockern, bis Nayati ihn herausziehen kann. In der dahinter liegenden, nun freigelegten Öffnung, kommt ein sorgfältig positionierter, zur Hälfte in alten Stoff eingewickelter Kristallsplitter zum Vorschein.

Durch den Überwachungsraum geht ein Raunen. Die Drohne, von dem Fremden unbeachtet, liefert ausgezeichnete Bilder. Rhobal weißes Gesicht wird noch fahler; seine dunkel werdenden Züge verhärten. Es ist mucksmäuschenstill, kaum ein Atemzug der Anwesenden ist vernehmbar. Gebannt beobachtet man.

Nayati nimmt das kristallene Relikt behutsam auf, indem er es an der stoffbesetzten Seite anfasst. Anschließend geht er weiter und steigt langsam die restlichen Stufen empor. Als er den Eingang erreicht, steckt er den Rogalit-Splitter, zur Überraschung der Beobachter, in eine vorhandene, unscheinbare Öffnung seitlich neben der Nische. Ein Aufschrei entfährt Rhobal, als der Felsblock den Weg herein freigibt.

Ohne weitere Zeit zu verlieren tritt Nayati ein und begibt sich ins Allerheiligste der Arimeaner – der Großen Halle. Die Gruppe von Limuria hört verstörende Rufe. Lokar verlässt vorangehend den kleinen Raum, in dem sie in die Mysterien des ›Raum-Zeit-Gleiters‹ eingeweiht werden. Erstarrt bleibt er, wie die übrigen Arimeaner stehen, und versperrt Moriol, Pryar und Limuria den Weg.

Pryar prallt gegen Moriol.

»Was ist denn los?«, fragt er verärgert.

Als er über dessen Schulter den Fremden ebenfalls erblickt, verharrt auch er. Völlige Stille herrscht in der Halle. Es ist eine Stille, geschwängert voller erwartungsvollem Harren.

Unbeirrt steigt Nayati in einen der Gleiter. Zu allem Erstaunen erscheint die virtuelle Konsole. Zielgerichtet betätigt er eine Zeichenfolge. Daraufhin löst sich der Fremde, samt Zeitgleiter in Luft auf. Zurück bleiben verdutzt und ins Leere schauend die Arimeaner. Beinah kommt es ihnen vor, einem Tagtraum aufgesessen zu sein.

Außerhalb der Pyramide materialisiert der Gleiter, direkt vor einer der ausgesandten Beobachtungsdrohnen. Die automatische Steuerung verhindert im letzten Moment den drohenden unausweichlichen Zusammenstoß. Allerdings verliert sie rasant an Höhe und kommt dadurch ins Trudeln. Für alle sichtbar, fliegt die Glaskabine durch das Realitäten-Fenster, das daraufhin implodiert. Nichts deutet mehr auf dessen Existenz mehr hin; alles ist so wie es vorher war. Zu Lebzeiten der jetzigen Mondbewohner wird das Fenster auch nicht mehr auftauchen.

Zweiunddreißig

Uridräo, fünftausendvierhundert Jahre in der Vergangenheit. Drei Stunden vor dem Geschehen.

Olivia steht vor einer rätselhaften Stele, mit nicht minder sonderbarer Inschrift. Die Zeichen kann sie weder entziffern, noch deuten. Unweit der Stele sind im Fels ebenfalls derartige Schriftzeichen unbekannten Ursprungs zu finden. Darüber prangt ein Schlangenkopf mit vier Hörnern. Olivia meint zu wissen, um was es sich handelt: Um einen Basilisken. Viele alte Sagen handeln von ihm. In der Mythologie wird er als ein Mischwesen beschrieben. Wenn sie sich richtig erinnert, wird er auch *Sibilus* genannt. Darstellungen zufolge hat er mindestens zwei Vogelbeine, ist befiedert und hat Flügel. Sein Blick soll versteinern, manchmal gar tödlich sein.

Der hier ähnelt eher einem Drachen. Trotz überschaubarer Darstellung macht er einen mächtigen Eindruck. Einen Lebenden dieser Gattung gegenüber zu stehen, wünscht sie sich nicht. Sollten alte Überlieferungen tatsächlich zu treffen, dann würde ein Zusammentreffen vermutlich für Olivia als Statue enden.

Um den *Drachenkopf* sind winzige Miniaturen angebracht, die von weitem wie eine Kontur wirken. Leider ist sie zu klein dafür, um auf Augenhöhe nah genug heranzukommen. Davon abgesehen ringt ihr das Halbrelief hohen Respekt ab. Olivia weicht einige Schritte zurück. In einem gewissen Abstand betrachtet, ergibt sich ihr ein Gesamtbild, was ihr Gänsehaut bereitet. Doch darüber weiter zu sinnen, bleibt ihr versagt. Denn plötzlich ist sie nicht mehr allein …

Aus einem Schwall von flirrendem Nichts erscheint, wie durch einen Nebel dringend, ein gläserner Kasten. In diesen Kasten erkennt sie nach und nach Nayati. Ungläubig starrt sie auf seine allmählich deutlich werdende Kontur. Ihr Gesichtsausdruck schwankt zwischen Begreifen und ängstlichem Nichtverstehen.

Als sei es das Normalste der Welt, entsteigt Nayati dem *eroberten* ›Raum-Zeit-Gleiter‹. Seine Augen sind klar und haben ein gewisses Strahlen, das Olivia wiederum ein vertrautes Gefühl verschafft.

»Es geht nach Hause, Olivia«, ruft er ihr lächelnd zu.

»Mit dem *Ding* da?«

»Dieses *Ding* ist das Modernste, was je erbaut worden ist.«

›Ein Glaskasten!‹, denkt Olivia geringschätzig.

»Gib nicht viel auf Äußerlichkeiten, denn der Kern liegt im Verborgenem.«

Ihre Augen sprechen Bände. Will er sie etwa verarschen?

»Vertrau mir, Olivia!«

Wiederstrebend geht sie näher an das *Ding*, berührt es, wie jemand etwas berührt, der nicht glauben kann, was er da berührt. Mit übertriebener Vorsicht tippt Olivia zaghaft auf die Oberfläche, zieht die Hand aber sofort ruckartig wieder zurück, als hätte sie einen Stromschlag erhalten. Erst nach mehreren Atemzügen getraut sie sich erneut. Es fühlt sich – integer an …

Für normales Glas ist dieses Material weich und angenehm warm. Nirgends ist eine Naht zu sehen, die unweigerlich bei der Herstellung entsteht. Die Technologie, die den Kasten produziert hat, muss der menschlichen weit überlegen sein.

»Das ist aus Rogalit gemacht, einem Kristall vom arimeanischen System.«

Olivia schluckt. Arimeanisches System?! Vertrauter kann einem nichts vorkommen!

»Heißt das … Arimea … gibt's …?«

Wissend lächelt Nayati.

»Dann stimmt es also doch …?« Sie flüstert und beginnt langsam zu begreifen. Dad hat sich die Geschichten nicht ausgedacht! Doch wenn sie nicht seiner Fantasie entsprangen, muss er sie erlebt haben!

»Hab Geduld, Olivia!«, sagt Nayati mit sanfter Stimme, »Wenn wir zurück sind, erzähle ich dir alles.«

✦◎✦

Auf Uridräo verstehen sie die Welt nicht mehr. Erst taucht dieser Fremde einfach so auf und weiß auch noch, wo der Geheimschlüssel liegt! Und dann wandert der seelenruhig in die Große Halle und entwendet einen ›Raum-Zeit-Gleiter‹! Nicht einmal Rhobal sind all diese Einzelheiten bekannt, geschweige denn, er kann den Gleiter bedienen. Dies alles lässt nur einen Schluss zu: Der Fremde war einer von ihnen!

✦◎✦

Nosy Be, Nayatis gegenwärtiger Zufluchtsort.

Einen ersten Fehler hat Nayati begangen, den der Kodex ausdrücklich untersagt: Er hat die Vergangenheit bereist – wenn auch ungewollt –, und hat etwas getan, was einem Gewahrer nicht ansteht. Sein Eingriff in die Geschichte war für ihn als Individuum notwendig, wird aber nicht ohne Folgen bleiben. Seit jenen Ereignissen sind die *Hüter des Kreises* von der Richtigkeit eigener Handlungsweisen überzeugt, und werden die Anstrengungen weiter intensivieren, die sie rascher den Zielen näher bringen soll. Somit kommt unweigerlich ins Rollen, was tausende und abertausende von Jahren später geschehen wird.

Noch kann Nayati die Tragweite nicht einschätzen. Dazu sind ebenfalls Jahre notwendig; gemessen im überschaubaren menschlichen Maßstab einer Lebensspanne. Vom jetzigen Zeitpunkt an nimmt das Geschehen seinen vorbestimmten Lauf.

Im Zustand der Trance, in der sich Nayati befand, eröffnete ihn ungeahnten Zutritt zum gespeicherten Wissen des Rogaliten. Als Transponder fungierte die wiederkehrende Anomalie, die im bekannten Universum die Gesetze von Zeit und Raum auf den Kopf stellt. Vergangenheit und Zukunft verschmelzen mit der Gegenwart zur Gleichzeitigkeit.

All das ist kann Olivia nur schwer verstehen. In ihren Ohren klingt dies nach einem phantastisch-utopischen Märchen. Wäre da nicht das Gefühl, welches sie hat, denkt sie an Dads Geschichten.

»Ich bin der Gewahrer, Olivia, der das alte Artefakt und das gesamte Wissen hütet. Mir stehen Möglichkeiten zur Verfügung, von denen das Menschengeschlecht noch in weit entfernter Zukunft träumen wird.«

»Was ist das für ein Artefakt, Nayati?«

»Mir obliegt es nicht, Uneingeweihten davon zu berichten. Doch unter diesen Umständen bin ich gewillt, eine Ausnahme zu machen. Denn du wirst der Nachfolger sein des Gewahrers in deiner Zeit.«

Olivia bekommt das Gefühl nicht los, in einem Traum zu wandeln. So unreell es ihr auch vorkommt, so logisch Nayatis Aussage.

»Ich werde dein Nachfolger?«

Der Dakota schüttelt bedächtig den Kopf.

»Nein, Olivia. Ich lebe in einer dir nicht zugänglichen Zeit. Ich bin im Jahre eures Herrn 1809 geboren. Und einmal wird mein Sohn meinen Weg fortsetzen.«

»Dein Sohn? Du hast einen Sohn?«

»Ich *werde* einmal einen Sohn haben. Einen, der …«

Nayati fasst sich an den Kopf, stöhnt schwer. Was ist los mit ihm? Nachdem er die Augen wieder öffnet, erblickt Olivia wieder den schmalen, seltsam leuchtenden Iris-Kranz.

»Alles was geschehen ist«, beginnt Nayati mit entstellter Stimme, »oder was einmal geschehen wird, wird so sein, wie es vorherbestimmt ist. Niemand kann sich dem entziehen.«

Olivia ist jeglicher Entgegnung unfähig. Vor Tagen hätte sie eine Bedrohung in Nayatis Worten und Tonlage verspürt. Heute erahnt sie die dahintersteckende Bedeutung.

»Eines Tages wirst du eine Aufforderung erhalten, mein Kind. Folge ihr.«

Sie erstarrt. Was hat er gerade gesagt? Ihr dreht sich alles. Wie blind war sie eigentlich?! Wie gehirnverbrannt muss man sein, um das Naheliegende *nicht* zu sehen?! Olivias Blickfeld engt sich drastisch ein, bis nur noch ein röhrenartiges Loch bleibt. Doch auch dieses schwindet …

~ * ~

»Du hast lange geschlafen, weiße Squaw.«

Nayatis Worte bringen sie vollends in die Realität zurück.

»Was ist denn passiert?«

Der Dakota verzieht keine Miene. Er hat ein Feuer entfacht, in dem zwei große Fische schmoren.

»Ich kann mich nicht erinnern.«

Kann oder *will* er nicht? Olivia kommt es sehr suspekt vor.

»Das Essen ist gleich gar.«

Jetzt dringt ein Schwall köstlich gerösteten Fischfleisches in ihre Nase, der ein ungeahntes Hungergefühl auslöst. Gierig greift sie zu, beißt appetitvoll ins heiße, dampfende Fleisch. Nayati schmunzelt. Heftig um Luft ringend, atmet Olivia mit offenem Mund hechelnd ein, auch um den Bissen abzukühlen. Dann schmatzt sie genüsslich.

Bissen um Bissen wandert in ihren Magen, bis nur die sauber genagte Gräten und der Kopf des Wasserbewohners übrig sind. Der Dakota hingegen lässt auch vom Kopf des Tieres nicht viel übrig, was bei der zivilisierten Europäerin einen gewissen Ekel auslöst.

»Danke«, sagt sie entspannt. »Das war sehr gut.«

Gemeinsam sitzen sie am Feuer. Vor ihnen liegt der Kratersee, an dessen Ufer Nayati vor kurzem eine unverhoffte Begegnung hatte. Den Unterstand im Rücken, schauen beide still der untergehenden Sonne zu.

Plötzlich ein Rascheln! Sofort springt Nayati auf. Krokodile?! Das Rascheln verstummt, keine Schleifgeräusche! Er beruhigt sich wieder, doch ein mulmiges Gefühl bleibt. Die Nacht hier zu verbringen, ist vermutlich doch keine so gute Idee. Wäre er allein, wäre die Gefahr händelbar. Aber mit Olivia an seiner Seite, die in der Wildnis unerfahren ist, erhöht sich unweigerlich das Gefährdungspotential.

Inzwischen nimmt Olivia den Gedankenfaden wieder auf, der sie vorhin nieder warf. Allmählich dämmert in ihr verstehende Morgenröte. Flüchtig begreift Olivia, verliert jedoch sofort jeglichen Bezug. Unzählige Gedanken schwirren ihr im Kopf, leuchten auf, um sogleich wieder im Nebel zu verblassen. Auf dieser Art gegenwärtiger Realität entrückt, bekommt sie nicht mit, wie ein huschender Schatten auf Nayati zueilt.

Sind für den Dakota mehrere Tage, vielleicht auch Wochen vergangen, sind es für Wihakayda, dem Mohrenmaki-Weibchen, gerade einmal Stunden – Dank dem ›Raum-Zeit-Gleiter‹ nichts Ungewöhnliches.

»Da bist du ja wieder! Hast mich vermisst, *Kleine.*«

Das Äffchen schmiegt sich liebebedürftig an Nayati. Laut *flippernd* gibt Wihakayda ihre Freude kund.

»Für dich ist die Welt in Ordnung«, spricht Nayati zärtlich zu dem Maki. »Wenn sie das nur wirklich wäre …«

»Als Kind war sie dies«, sagt Olivia leise. »Behütetet, fern aller Verpflichtung.« Sie atmet tief durch. »Daddy tat alles, was in seiner Macht stand, um uns ein gemütliches, sicheres Heim zu schaffen.«

Olivias Augen suchen Nayatis Blick. Wieder greift ein flüchtiger Gedanke nach ihr. Gedankenverloren zieht sie aus der Tasche den gefalteten Brief.

»Dies wurde mir durch einen Boten überbracht …«

Stirnrunzelnd nimmt der Dakota den Brief. Die Europäerin sieht ihm zu, wie er das Schriftstück auseinander faltet und beginnt zu lesen. Sie wundert sich noch nicht einmal darüber, dass er überhaupt des Lesens mächtig ist, ist dies doch für Olivia das Selbstverständlichste der Welt.

»Ist das Schreiben von dir …?«

«Die Zeit, die mir blieb, genügte nicht, um mich ihrem Wohle zu widmen. Auch war uns eine gemeinsame Zeit nicht vergönnt.»

Er schaut fragend, mit verbissenem Ausdruck im Gesicht, auf. Dann liest er weiter.

«… Das Fortbestehen und der Erhalt des *Hüte-Kreises* liegt nun in Deinen Händen, Olivia McGowan! Handle überlegt und nutze das Wissen! Nayati Wikvaya»

Zitternd vor Erregung lässt er den Brief sinken.

»Du bist dieser Nayati Wikvaya …« Sein Gesicht, seine Augen sind Antwort genug. »Du bist mein Großvater …«

Dreiunddreißig

Vereinigtes Königreich, Gegenwart.

Deborah Sheffield schließt die Haustür. Es ist ein Tag wie jeder andere. Trübes Wetter, hin und wieder leichtes Nieseln; typisch für diese Jahreszeit. Ins Präsidium geht sie immer zu Fuß. Es ist gut für die Fitness und Deborah nutzt die Zeit, um Gedanken zu ordnen und den Kopf freizukriegen.

Bis zum Präsidium sind es gute fünfundzwanzig Minuten. Unterwegs kauft sie noch einen Kaffee *to-go*, wie sie findet, eine der besten Ideen für Singles, auch wenn das erhöhte Ressourcenaufkommen für einen noch größeren Müllberg sorgt. Nun gut, dass kann sie nur ein klein wenig beeinflussen, indem sie seit Monaten einen Mehrwegbecher nutzt. Heute allerdings hat Deborah ihn daheim vergessen. Na ja, einmal geht das schon …

Ein flüchtiger Blick auf die Armbanduhr lässt sie eilen. Deborah ist, entgegengesetzt zu sonst, ziemlich spät dran. Warum die Zeit heute nicht die beste Freundin ist, ist eines dieser Rätsel, die wohl nie geklärt werden. Wenigstens nicht mit menschlicher Logik. Als rational veranlagte Frau hat Deborah eigentlich alles so weit unter Kontrolle, dass sie gut zurecht kommt. Heute jedoch steckt der Wurm drin.

Schlecht geschlafen ist sie nur schwerfällig in die Gänge gekommen. Dann streikt auch noch die Kaffeemaschine. Das morgendliche Jogging beherbergt eine Schrecksekunde, dass sie sich leicht den Fuß staucht. Zu guter Letzt funktioniert der Warm-Wasser-Knopf der Dusche auch nicht richtig, sodass gerade so das Wasser mäßig angewärmt wird.

Auch die Nachrichten verärgern Deborah. Gerade darüber will sie sich nicht aufregen, kann sie doch absolut nichts daran ändern. Der nicht abebbende Flüchtlingsstrom aus den Kriegsgebieten von Syrien überfordert immer mehr die Europäische Union. Gegen humanitäre Hilfe hat Deborah ja nichts, aber alles hat seine Grenzen. Es ist ein Unding, dass die Mitgliedsstaaten nicht in der Lage sind, das Problem anzupacken. Von der viel gepriesenen Wertegemeinschaft ist nichts zu spüren. Stattdessen zeigt jeder Staat national Stärke und verfolgt demonstrativ eigene Interessen. Für Deborah ist klar: Das mentale Gefälle in Europa ist gegenwärtig unüberwindbar.

Verstehen kann sie die errichteten Grenzzäune. Allerdings verlagert sich dadurch nur das Problem. Vier Millionen Flüchtlinge aus Syrien sind unterwegs. Das Erstarken des Islamischen Staates führt man mittlerweile ganz offiziell auf die verfehlte Orient-Politik der letzten Jahrzehnte zurück. Und Waffenlieferungen heizen den Konflikt weiter an. Eine Kettenreaktion könnte einen Flächenbrand entfachen, der ganz Europa, wenn nicht gar die Welt, erreichen könnte. Vergleichbar ist die Situation mit 1914. Damals war ein Mord Anlass für den Ersten Weltkrieg.

Und dann diese Pariser Anschläge. Die Terroristen schüren Unruhe und Angst. Selbstmordattentäter in Europa war bisher nur schwer vorstellbar. Doch plötzlich ist alles anders …

Deborah bemerkt, dass sie nur langsam vorankommt. Ihre Gedanken schweifen weitläufig ab und dabei verlangsamen sich unbewusst ihre Schritte. Genervt beschleunigt sie. Ein weiterer Blick auf die Armbanduhr bestätigt die sinnlose Trödelei. Deborah beginnt zu rennen. Es wäre unverzeihlich, zu spät zu kommen. Das will und kann sie nicht zulassen!

Mehrere Seitenstraßen weiter ist Deborah sichtlich außer Atem. Blutdruck und Puls sind bedenklich angestiegen. Solch innere Aufruhr hat sie schon lang nicht mehr erlebt. In sich hinein lauschend, schließt Deborah die Augen. Alles scheint in Ordnung, jedenfalls was die Organe betrifft.

Ein Gefühl beschleicht sie; ein Gefühl beobachtet zu werden. Die junge Frau reißt die Augen auf und blickt tatsächlich in ein braunes, sie musterndes Augenpaar.

* * *

Benjamin betritt das Haus. Es ist leer. Seit Olivias Verschwinden bringt er die Kinder vormittags zu Karoline, seiner Schwiegermutter. Sie ist die Einzige, die den Kindern eine angemessene Abwechslung bieten kann. Er ist dazu kaum in der Lage. Und außerdem tun ihr die Kinder gut, da auch Waylon nicht aufzufinden ist.

Achtundvierzig Stunden müssen laut Polizei vergehen, bevor sie eine Vermisstenanzeige entgegen nehmen! Achtundvierzig Stunden Nichtstun und Abwarten! Ein seelischer Horror …

Ruhe findet Benjamin gar keine. Am liebsten würde er sich verkriechen. Niemanden sehen, nichts hören! Im Schutze völliger Dunkelheit allem entfliehen!

Das leere Haus verbessert seinen Gemütszustand in kleinster Weise. Die unendliche Stille drückt ihm zusätzlich auf die Seele. Er reißt die Terrassentür mit einem Ruck auf. Alles riecht nach Olivia. Ihr Parfum liegt in der Luft, obwohl dies eigentlich unmöglich ist. Ein Hauch umweht seine Nase, als ginge sie in Armlänge an ihm vorüber.

Benjamin wird es übel. Eine nicht identifizierbare innere Unruhe lässt ihn schwer atmen. Alles dreht sich. Er hat Mühe, sich auf den Beinen zu halten. Krampfhaft hält er sich am Türrahmen fest.

Mitten im Garten flimmert ein Luftwirbel auf. Tausender winziger Luftmoleküle blinken und blitzen in unnatürlicher Weise und verstärken die Übelkeit. Der Wirbel ist unscharf, die Augen können keinen fixen Punkt ausmachen. In manchen 3D-Filmen wirken solche schwebende Unschärfe wie störende, ins Auge stechende, Blindpunkte, die das Gehirn nicht zuordnen, aber auch nicht ganz ausblenden kann.

Eine zarte Stimme, voller Liebreiz und Anmut, dringt zu Benjamin. Olivia? Ist sie es? Doch er kann nichts erkennen! Wo ist sie?!

»Olivia?!«, schreit er regelrecht, doch der Ruf bleibt unbeantwortet. »OLIVIA!«

Benjamin hält den Atem an, damit ihm kein Geräusch entgeht. Doch statt einer Stimme ist nur das Säuseln eines leichten Windzuges vernehmbar.

»Oliv …« Seine Stimme versagt kläglich.

Vogel … flieg …

Atemlos traut Benjamin seinen Ohren nicht. Sie ist es!

Vogel flieg empor in die Lüfte
Wiesen verströmen allerliebste Düfte

Ganz deutlich sind die Worte nun verständlich. Und es schwingt unsagbare Wehmut mit.

Oh Geliebter, der Du so fern
Wie wär' ich bei Dir so gern

Benjamin spürt das Herzeleid seiner geliebten Frau. Sanfte Schwingungen erfassen Benjamin, tragen ihn mit sich fort. Er fühlt sich in diesen Augenblick Olivia nah wie nie zuvor.

Im Vergessen Deine Spuren verwischen
Tränen fließen, ich muss sie abwischen
Will ich nicht voller Pein in ihn' ertrinken
Im quälenden Sumpf einsam versinken

Er schluchzt. Seine tränengefüllten Augen verschleiern den Blick. So entgeht ihm das Materialisieren eines für ihn ungewöhnlichen gläsernen Kastens, deren Sinn sich Benjamin auch unter anderen Umständen nicht eröffnen würde.

Eine Person sitzt in der ankommenden Glaskabine; es ist Olivia. Durch den geöffneten Zeitendurchgang dringt nach wie vor die singende Stimme, die Benjamin vehement als die seiner Frau wahrnimmt. Doch Olivia schweigt.

Oh Du Land, Land ohne Namen
In Dir gedeiht friedfert'ger Samen
Kristall'nes Feuer umschließt ew'gen Kreis
Gefangen im Nirgend, dies ist der Preis

Allmählich klärt Benjamins Blick auf. Der schwindende Tunnelblick eröffnet wieder altbekannte Perspektiven. Und die weibliche Stimme verhallt im Nichts.

Gefangen im Nirgend, dies ist mein Preis

Starr sieht er zu der Ankommenden hinüber. Eigentlich hätte er sich freuen sollen, doch die Plötzlichkeit Olivias Erscheinen lässt Benjamin zweifeln.

Sichtlich angespannt verlässt Olivia ziemlich umständlich und unbeholfen den *Zeitgleiter*. Ein wenig hat sie der Flug doch mitgenommen. Festen Boden unter den Füßen zu haben, ist eben doch besser.

Als sie endlich Benjamin wahrnimmt und in sein schreckverzerrtes Gesicht schaut, holt sie die Realität augenblicklich ein.

»Ben?!«

Die Reaktionslosigkeit ihres Mannes schockiert Olivia zutiefst.

»Ben … Ich bin's …«

Er löst sich blitzartig aus seiner Starre. Von Freude allerdings keine Spur.

»Du?!« Ein vorwurfsvoller Unterton schwingt mit. »Wo, um alles in der Welt, bist du gewesen?! Weißt du überhaupt, was ich durchgemacht habe?! Von den Kindern ganz zu schweigen! Rabenmutter!«

Olivia ist irritiert. So hat Ben mit ihr noch nie gesprochen.

»Was soll das denn?!«

»Was das soll?!« Bens Stimme überschlägt sich. »Das frag

ich dich! Du … du …«

Olivia sieht ihren Mann scharf in die Augen, in den sie unglaubliche, hilflose Wut erkennt. Jedes weitere Wort würde die Situation nur noch weiter verschärfen.

»Darling … lass dir doch erklären … Und komm erstmal runter …«

»Runter kommen?!«, prustet er quirlend heraus. »Ha!«

Nun reicht es Olivia! Ihre Augen sprühen vor Ärger.

»Werd erstmal wieder normal«, sagt sie geharnischt. »Und dann lernst du zuzuhören!«

Benjamin will etwas entgegnen, bleibt aber still. Olivias Augen lassen keinen Zweifel und sprühen regelrecht.

* * *

Erneut überkommt Deborah ein eigenartiges Gefühl. Diese rehbraunen Augen, dieser treue, eindringlicher Blick ruft Erinnerungen wach, die tief in ihr vergraben zu sein sind. Auch das Bild, so wie sie es in diesen Augenblick leibhaftig sieht, erregt ihr Gemüt.

Vor Deborah steht ein Mischling. Nichts auffälliges, wenn da nicht diese merkwürdigen offensichtlichen Übereinstimmungen wären, die man schlichtweg Déjà-vu nennt. Also ein Ereignis, welches eintritt, von dem man glaubt, es bereits schon einmal erlebt zu haben.

Zaghaft geht Deborah weiter heran. Der Mischling beobachtet ihr Tun, hält dabei den Kopf schief. Eine Bedrohung geht von keinen der Beiden aus.

»Na, du kleiner Stromer«, spricht Deborah ruhig auf den Hund ein. »Was bist du denn für einer?«

Als Antwort winselt der Mischling kurz, wedelt freudig mit der Rute.

»Du tust mir nichts und ich tu dir nichts …«

Einen Meter vor ihm geht Deborah in die Hocke, streckt einen Arm aus. Dabei sieht sie das Halsband.

»Bist ausgebüxt, oder?«

Der Mischling schnüffelt an ihrer Hand, leckt ihr vertraut die Finger.

Ein glitzernder Anhänger erregt ihre Aufmerksamkeit. Mit langsamen Handbewegungen dreht sie diesen so, dass der Schriftzug lesbar wird.

»JACKY«, entziffert Deborah die abgewetzten Buchstaben.

Vierunddreißig

Nach dem eisigen Empfang fährt Olivia kurzerhand zum Elternhaus. Das ist genau das, was sie jetzt braucht; ein aufbauendes Gespräch mit Mom und Dad. Allerdings weiß sie nicht, dass auch Waylon fast zeitgleich verschwand.

Eine gewisse Vorfreude spürend, vergißt sie bald den Streit mit Benjamin und steigt gutgelaunt aus dem Wagen. Den Klingelknopf noch nicht gedrückt, geht die Haustür auf und Mom steht in der Tür.

»Habe ich doch richtig gehört«, ruft Karoline der Tochter zu. »Komm rein!«

»Hi Mom«, winkt Olivia zurück. Doch Karoline ist bereits wieder ins Haus gegangen.

»Was um Himmelswillen ist hier los?!«

Das seltsame Gebaren ihrer Mutter, die sich sonst anders verhält, irritiert Olivia vollends. Schlagartig schwindet die gute Laune wieder. Klopfenden Herzens und tausenden von Fragen im Kopf, folgt Olivia.

✦◎✦

Diese himmlische Stille! Ist sie wirklich? Bin *ich* wirklich? Wo bin ich? Weshalb liege ich hier? Und wie komme ich hierher? Wie spät es wohl ist? Welcher Tag?

Zeitlosigkeit habe ich noch nie erfahren dürfen. Stets schrieb das Leben vor und ich – richtete mich danach. Wie dumm ich doch war. Vieles litt. Und ich suchte mir stets das Beste. Doch alles kann nicht falsch gewesen sein. Meine Erinnerung spiegelt mir glückliche Momente wider. Ich spüre die Augenblicke, die sich eingruben. Die Schwingungen werden lauter, klar vernehmbar. Stimmen ertönen. Vertraute Stimmen. Doch zuordnen kann ich sie nicht …

Da fällt mir eine Szene ein. Eine längst vergessene. Mein Gott, wie konnte ich sie nur vergessen.

Ich halte die Hand meiner Mutter. Jedenfalls glaube ich es,

denn ihr Gesicht ist für mich nicht erkennbar. Genauso wie das Antlitz des Mannes, der sich noch einmal kurz umdreht. Nur ein verwaschener Fleck, statt eines Gesichts. Ich glaube, es ist er, aber sicher bin ich nicht.

Er geht. Für immer. Mom und ich bleiben. Auch für immer. Damals war alles für immer. Wie alt mag ich damals gewesen sein? Unendliche Traurigkeit erfüllte mich. Und auch Mom. Wir beide verstanden nicht. Oder doch? Nein, ich verstand ihn nicht. Ich sah ihm lange nach, auch dann noch, als er schon längst meinem Blick entschwunden war. Tränen liefen, Sturzbächen gleich, mir über die Wangen. Aber ich weinte still. Kein Schluchzen, kein Flehen. Denn große Jungs tun so etwas nicht. Große Jungs sind stark!

Wie seltsam, mich gerade jetzt daran zu erinnern …

Wieso überhaupt? Wie kam ich darauf?

Ich erlebe Schwerelosigkeit. Schwebe ich? Meines Wissens nach funktioniert das nur im All. Wie gern wäre ich doch dort hinauf geflogen. Zu den Sternen. Den Mann im Mond einen Besuch abgestattet. Auf dem Mars anstehende Rätsel gelöst. Fremde Welten gesucht und gefunden. Vielleicht leben entdeckt. So wie auf Arimea. Doch am Schönsten war es auf Uridräo. Mein eigenes Baumhaus hatte ich da. Und meine kleine Freundin. Was nur aus ihr geworden sein mag? Gern wär ich dort geblieben. Aber ich durfte nicht.

Das einzige Gesicht, was sich mir zeigt, ist das meiner Großmutter. Ihr gütiges, verstehendes Lächeln begleitete mich überallhin. Manchmal war mir, als lenke sie meinen Weg; lenke sie mein Handeln, was immer ich tu.

Dako hieß er, fällt mir gerade ein. Richtig! Onkel Dako! Nein, ich nannte ihn viel später erst Dako! Irgendwas mit Nayi …

Großmutter hatte etwas gegen ihn. Was genau entzieht sich meiner Kenntnis. Ach, könnte ich doch mit ihr reden … Nur einmal noch …

Wo ist nur die Zeit hin? All die Jahre. Verflogen wie im

Fluge. Kaum den Kinderschuhen entwachsen, häuften sich die Probleme. Pubertät, hieß es anfangs immer wieder. Später dann spielten die Hormone verrückt. Ruhelose Lehrjahre, ruheloser Dienst in der königlichen Armee. Dann endlich der Neubeginn.

Job, Frau, Familie.

Warum fällt mir das alles jetzt ein? Ist doch längst vergangen, längst vergessen. Im Volksmund nennt man sowas ›nicht mehr wahr‹! Ich muss grinsen. Vieles ist ›nicht mehr wahr‹. Das Gestern verblasst in nebulöser Verklärung, verliert den Charme des Augenblicks. Bilder verpuffen.

Allein, ich bin tatsächlich allein!

Oh – diese herrliche Ruhe …

So manche Sehnsucht blieb unerfüllt. Träume verloren an Reiz. Ich verlor so vieles aus den Blick. Was mir einmal wichtig war, ging im Sumpf alltäglichen Irrsinns unter.

Alles liegt nun hinter mir. Ich bin angekommen. Endlich. Nichts bringt mich mehr von hier weg …

Dein Weg ist noch nicht zu Ende gegangen.

›Ich finde schon‹, antworte ich gedanklich dem Mutterkristall. Ich bin fest entschlossen, diesmal nicht zurückzukehren.

Hast Du denn alles vergessen? Denen, die Du liebst und die Dich lieben?

Ehrlich gesagt – ja …

›Sie werden mich in guter Erinnerung behalten‹, entgegne ich. ›Meine Zeit ist um. Und ich bin so schrecklich müde.‹

Das bildest Du Dir bloß ein.

›Nein, nein. Das bin ich wirklich.‹

Lange Zeit bleibt es still. Der Rogalit scheint seine Einsprüche aufgegeben zu haben. In der Zwischenzeit genieße ich meine neue Errungenschaft. Die Geborgenheit des Kristalls macht mich grenzenlos glücklich. Ich weiß, dass ich bin. Alles andere zählt nicht mehr. Was einmal war versinkt unweigerlich in Erinnerungen. Waren sie einst reell und bestimmten Abläufe, sind sie nun nur noch ein unwesentlicher Teil von dem, was einmal war.

Du irrst.

Meine Vorfreude verpufft. Krampfhaft denke ich nach, was er meinen könnte. Will der Rogalit mich auf die Probe stellen?

›Mein Weg ist zu Ende‹, antworte ich weniger selbstbewußt, als Momente früher noch.

Was wird aus Deiner Tochter?

Mich trifft es wie ein Schlag! Tochter?!

Wie ich sehe, hast Du bereits vergessen, um was es wirklich geht!

Hab ich das? Ein unbeschreibbares Gefühl beschleicht mich. Plötzlich bin ich aufgewühlt. Sehnsucht packt mich.

Ich helfe Dir auf die Sprünge, Waylon Latham.

Dieser Name … Ist dies etwa meiner?

Ohne Vorwarnung tauchen in meiner Erinnerung Bilder auf. Ich stöhne. Es sind Eindrücke, die mir mein wahres Ich vor Augen führen.

~ * ~

Im Haus ist die Stimmung eigenartigerweise gedrückt. Draußen sitzen Amelia und Jason im Garten und wirken apathisch. Sonst spielen sie quietschvergnügt und ihr Lachen erfüllt die ganze Nachbarschaft. Was ist bloß los?

»Wo ist Dad?« Wenn, dann kann nur er eine plausible Erklärung liefern. »Mom?!«

Keine Reaktion! Wo steckt die eigentlich?

Olivia durchsucht das ganze Untergeschoss – vergeblich; Mom bleibt verschwunden. Dabei hätte die schwören können, sie soeben hier herein gehen sehen …

»Mom?!«

Ein Klacken im oberen Stock lässt Olivia zusammen fahren.

»Mom!? Bist du oben?«

Das darauf folgende Geräusch gleicht dem Fallen eines größeren, schweren Gegenstandes. Elektrisiert und mit einer dunklen Vorahnung rennt Olivia aufgeregt die Treppe empor.

Das Schlimmste befürchtend, erreicht sie das obere Geschoss. Heftiges Herzklopfen und schwerer Atem verstärken das unbestimmte Gefühl. Zu ihrer Überraschung ist hier aber niemand.

Olivia ist stark angespannt, dass sie nicht wagt, noch einmal nach Mom zu rufen. Schließlich will sie ja nicht heraufbeschwören, was ihre Vorstellung längst projiziert.

Bedächtig und übertrieben langsam geht Olivia wieder hinunter. Vor dem geistigen Auge spielen sich indes die gespenstischsten Szenen ab, die ihre Fantasie in der Lage ist, zu entwickeln. War Olivia früher immer gern im Hause der Eltern, will sie jetzt nur noch raus.

Unten im Flur angekommen, irritiert sie ein schlieriger Schatten im Augenwinkel. Ihr Blick ist tunnelartig; die Ränder ausgefranst und schemenhaft. Eine Windbö bringt die offen stehende Verandatür zum Schwanken. Olivia hält inne. Die Kinder!

✦◎✦

Willst Du sie wirklich allein lassen?

Ich bin unschlüssig. Allein das ich darüber nachdenke, ist ein Zeichen, wie unsicher ich geworden bin. Der Kristall hat ganze Arbeit geleistet.

›Was wird aus ihr?‹

Die Kinder sind bereits verschwunden, antwortet der Mutterkristall, wie mir vorkommt, sehr nachdenklich. *Amelia und Jason wird es niemals geben. Auch Karoline gibt es nicht in Deinem Leben. Erinnere Dich, Waylon Latham, als sie Dich damals verließ ...*

Bruchstückhaft sehe ich mich allein in meinem Haus, was wir einmal gemeinsam erworben hatten. Das vertraute Gefühl, allein zu sein, bemächtigt sich meiner.

Allein Dein Handeln kann sie alle retten!

Was kann ich schon tun?

Du bist der Schlüssel!

›Schlüssel? Welcher Schlüssel?‹

Das fehlende Bindeglied zwischen der realen und der möglichen Welt.

Ich verstehe nicht ganz. Was meint er damit?

Bring das Artefakt zurück, Waylon Latham. Verbringe es zurück ins Ewigkeitsgemach!

~ * ~

Nach dem eisigen Empfang durch Benjamin fährt Olivia kurzerhand zum Elternhaus. Das ist genau das, was sie jetzt braucht; ein vertrautes, aufbauendes Gespräch mit Mom und Dad. Allerdings weiß sie nicht, dass auch Waylon fast zeitgleich verschwunden ist.

Eine gewisse Vorfreude spürend, vergißt sie bald den Streit mit ihrem Mann und steigt gutgelaunt aus dem Wagen. Den Klingelknopf noch nicht gedrückt, geht die Haustür auf und Mom steht in der Tür.

»Olivia?! Olivia! Mein Gott!«, schreit Karoline der Tochter zu. »Wo warst du? Wo kommst … Lass dich erstmal anschauen!«

»Hi Mom«, winkt Olivia, und wundert sich einwenig über die Szene, die ihr verdammt bekannt vorkommt. Aber irgendwie *anders*.

»Nun komm schon her, Kind«, eilt ihr Karoline mit ausgebreiteten Armen entgegen. Für einen Moment stutzt Olivia noch, doch dann verfliegt der seltsame Anflug von selbst.

»Ich komme!«, ruft sie mit tränengefüllten Augen.

Fünfunddreißig

In Gedanken versunken, streichelt Deborah den Mischling liebevoll. Jacky genießt die zärtlichen Einheiten. Fast scheint es, dass beide sich kennen. Tatsächlich beschleicht dieser Eindruck auch Deborah. Irgendetwas sagt ihr, dass da mehr ist. Doch wie sooft im Leben, kommt sie damit nicht sehr weit, und lässt diesen Gedanken letztendlich fallen.

»Jetzt muss ich aber los, Jacky.«

Mit Entsetzen stellt sie fest, dass heute der Tag ist, an dem Deborah knapp eine halbe Stunde zu spät ins Präsidium kommen wird.

»Vielleicht sehn wir uns ja mal wieder, kleiner Freund.«

Zum Abschied nimmt sie seinen Kopf in beide Hände, drückt ihn sanft. Dann schwingt sie sich auf. Das Verlangen zu rennen, unterdrückt sie; sie will ja nicht verschwitzt auf der Arbeit erscheinen. Was sie allerdings als Begründung für ihr Zuspätkommen angeben soll, weiß sie noch nicht. Darüber will sie erst zum gegebenen Zeitpunkt entscheiden.

»Miss Sheffield?«

Sie fährt unwirsch herum.

Auf der gegenüberliegenden Straßenseite winkt ihr ein älterer Herr zu. Ist das nicht …?

»Mister Latham?!«

Er deutet ihr an zu warten und dass er herüber kommt, sobald der Verkehr es zulässt.

Deborah vergißt alles, mustert eingehend diesen Latham. Was will der von ihr? Vor ein paar Tagen erst hat sie Brief und Päckchen überbracht. Dann war es still geworden um ihn. Er war einfach verschwunden.

»Haben Sie kurz Zeit?« Lathams Tonlage lässt kaum Spielraum zu.

Deborah nickt nur.

»Kommen Sie!«

~ * ~

Amelia sieht ihre Mutter als Erste. Freudestrahlend und glucksend rennt sie auf Olivia zu. Davon aufgeschreckt kommt auch Jason angerannt. Die auf sie einstürzenden Fragen kann Olivia kaum auf einmal antworten.

Als sich die Freude etwas legt, fragt Olivia nach ihrem Dad.

»Der ist auch wieder da.«

»War er weg?«

Karoline zieht die Augenbrauen hoch.

»Weißt du davon etwa nichts?«

Deutlich ist der bedrohliche Unterton herauszuhören.

»Nein, natürlich nicht«, antwortet Olivia, wie Karoline findet, etwas zu hastig. »Hatte genug mit … mit mir zu tun …«

Mutter und Tochter blicken sich in die Augen.

»Ihr beide habt sehr viel gemeinsam«, sagt Karoline. Olivia versteht – Mom glaubt ihr nicht. Schuldbewußt senkt sie den Kopf.

»Schwamm drüber«, Karoline atmet hörbar auf. »Ihr seid ja wieder da. Auch wenn ich es nicht gutheißen kann. Aber Hauptsache, euch ist nichts passiert.«

»Und wo ist Dad jetzt?«

»Hätte was dringendes zu erledigen«, sagt Karoline kühl. Den Rest verschluckt sie.

~ * ~

Latham hat einen schnellen Schritt drauf. Er ist gut trainiert! Wohin führt er sie? Deborah wagt nicht, ihn darauf anzusprechen. Lathams Gesichtausdruck ist prägnant und lässt keinen Widerspruch zu.

Sie kommt sich vor, wie ein Kind, das etwas ausgefressen hat und vom Vater abgeholt wird.

»Haben Sie jemanden etwas erzählt?«, reißt er sie abrupt aus den Gedanken.

»Was?!«

»Ob Sie mit irgend wem darüber gesprochen haben?!«

»Äh … Nein, natürlich nicht …«

»Okay.«

›Was denkt der von mir?!‹

»Haben Sie noch jemand anderen einen Brief überbracht?«

Deborah hustet.

»Wem?«

»Das ist vertraulich, Mr Latham. Darüber darf ich nicht …«

»Es war ein Fremder, nicht wahr?«

»Sorry, aber …«

»… der sich Dako oder Nayati nennt …«

Wie vom Schlag gerührt bleibt sie stehen.

»Kommen Sie! Wir haben nicht viel Zeit!«

~ * ~

In einigen Metern Entfernung folgt Deborah und Waylon eine unscheinbare Person, den Kopf tief eingezogen. Niemand fällt sie auf, niemand beachtet sie. Die Person benimmt sich unauffällig wie jeder andere Passant. Zumal bewegt sie sich ziemlich englisch. Die multikulturelle Kultur hat längst auch Großbritannien erreicht. Vielleicht nimmt man die Person, wenn überhaupt, deswegen nur am Rande wahr. Und vielleicht mag auch das fortgeschrittene Alter eine Rolle spielen.

Wie dem auch sei, die Person bleibt beiden unbehelligt auf den Fersen. Waylon führt die junge Frau zielstrebig in Richtung Stadtpark. Die Person nimmt diese Tatsache wohlwollend schmunzelnd zur Kenntnis. Was selbst der Person entgeht, dass Jacky ebenfalls den gleichen Weg bewußt eingeschlagen hat.

~ * ~

Olivia ist plötzlich von einer ungewöhnlich heftigen innerer Unruhe erfüllt. Sie kann es nicht vor den Kindern verbergen.

»Was hast du, Mom?«

Karoline scheint auch etwas zu merken. Die Frauen wechseln einen vielsagenden Blick. Kurz darauf verlässt Olivia das Haus.

»Wo geht Mom denn hin?«

»Sie hat was zu erledigen, Jason.«

»Aber sie ist doch gerade erst gekommen?«

Karoline lächelt ihn an.

»Ja … ist sie.«

Draußen nieselt es. Ungeachtet des typischen englischen Wetters, begibt sich Olivia schnurstracks auf den Weg, und entschwindet bald den ihr folgenden, traurigen Kinderaugen.

◎

Rund um den alten Baum liegt tiefliegender Nebel, in dessen Zentrum Deborah und Waylon puren Sonnenschein vorfinden. Selbst Waylon ist beeindruckt. Damit hat er nicht gerechnet. Ist dies ein Zeichen, für die bevorstehende Entscheidung?

»Wundervoll«, entfährt es Deborah. Für derartige Naturphänomene hat sie einen Faible.

Der alte mächtige Baum erscheint in einem glühendem Licht. Völlige Stille verleiht der Szenerie einen Hauch Magie. Langsam kommt das Nebelrund in Bewegung und rotiert um den Baum. Gleichzeitig blitzen einzelne Lichtstreifen auf, werden durch die Drehung langgezogen.

»Was passiert jetzt?« Deborah, jung und gebildet, bekommt Angst.

»Alles im grünen Bereich«, lächelt Waylon sie ruhig an.

Ein Windstoß erschüttert die Baumkrone. Äste peitschen gegeneinander, verlieren Blätter oder brechen gar. Bald dreht sich die Nebelwand unwahrscheinlich schnell, während es im Inneren ruhiger wird.

Deborah streckt die Hand aus, will in den Nebel fassen. Im letzten Augenblick hält Waylon sie zurück.

»Nicht! Sie gefährden nicht nur sich!«

Die Polizistin wirft ihn einen mürrischen Blick zu, beherzt aber die Warnung.

»Was geht hier vor sich?«

Wortlos holt Waylon eine schmale Schachtel aus seiner Jackentasche. Eine überreicht er der jungen Frau. Darin befindet sich eine grobgliedrige Kette mit einem Anhänger.

»Gleich, Miss. Gleich werden Sie es sehen ...«

Er bedeutet Deborah die Kette umzulegen. Dann gehen seine Augen verträumt schauend nach oben.

Der Nebel wird immer dichter. Die Person weiß, was das bedeutet. Die Zeit drängt! Jeden Moment kann es soweit sein. Lang herbei ersehnt, droht der Nebel zu verhindern, was unausweichlich bevorsteht. Doch die Person möchte es mit eigenen Augen sehen. Erst dann kann sie sicher sein, dass alles in die richtige Bahn kommt.

Unerwartete Hilfe bekommt die Person ausgerechnet von Jacky, der ebenfalls Deborah gefolgt ist. Erst bleibt der Mischling wie angewurzelt stehen, als er die Person erblickt. Nach einigen Sekunden eingehenden Blickkontaktes folgt der Hund unbeeindruckt der Spur. So nähern sich zwei weitere Individuen der schicksalsträchtigen Begegnung.

Zur gleichen Zeit läuft Olivia im Spurt durch die Stadt. Ohne weiter darüber nachzudenken, folgt sie der Intuition. Sie spürt, dass die Nervosität etwas mit ihrem Dad zu tun hat. Die Angst, es könne um Leben oder Tod gehen, verschärft Olivias Anspannung. Aufsteigende Bilder, die ihre Angst projiziert, bekämpft sie tapfer mit vermehrter Kraftanstrengung. Und so kommt sie im rasend schnellem Tempo im Stadtpark an.

Über den Wipfeln des alten Baumes erscheint ein riesiger Schatten. Rasch nimmt er eine monströse Größe an, die beängstigender nicht sein könnte. Deborah stockt der Atem. Waylon dagegen bleibt auffällig gelassen.

Der Schatten bedeckt den gesamten inneren Bereich des Nebelstrudels. Gleich darauf hört man ein Geräusch, was an das Schlagen von gigantischen Schwingen erinnert, denen eine ebenso starke Luftbewegung folgt.

Waylon hält plötzlich einen länglichen, kristallenen Gegenstand in der Hand. Wie Deborah glaubt, leuchtet der gleichmäßig. Ist es etwa *der* Gegenstand, den sie ihn überbracht hat? Neugierig betrachtet Deborah aus den Augenwinkel das Objekt, obwohl die Gefahr von oben her droht.

»*wambli*«, murmelt Waylon beeindruckt.

»Was heißt das?«

Überrascht sieht er Deborah an.

»Flügelschlägler«, beantwortet er ihren fragenden Blick.

Unwillkürlich schließt sie, bis auf einen Spalt, ihre Lider. Wenn sie Latham richtig versteht – und richtig interpretiert – handelt es sich um ein Lebewesen, das fliegt. Bei dieser Dimension muss das ein Monstrum sein! Deborah fröstelt diese Überlegung. Soweit sie weiß, sind solche Kreaturen seit Jahrmillionen auf der Erde ausgestorben. Ein Grund mehr, die Augen offen zu halten und auf alles gefasst zu sein.

Erste Schattenschläge und die einsetzende Verdunkelung sind erste Anzeichen für die Niederkunft. Die Person beginnt noch schneller zu gehen, auch wenn der dichte Nebel und das Terrain hinderlich sind. Doch der unerwartete Verbündete hat hiesige Kenntnisse. Der Hund hat Witterung aufgenommen, denn er beschleunigt ebenfalls. Besonders auffällig ist, dass das Tier auch gewillt zu sein scheint, schnellstmöglich dorthin zu gelangen, wo die Person Waylon vermutet. Zwar ist ein direkter Zusammenhang nicht erkennbar, aber ein Zufall kann das nicht sein. Dafür hat die Person einen dementsprechenden Erfahrungsschatz. In all den Jahren der Selbstaufopferung stand oft alles auf den Spiel. Und wie oft kamen Gedanken von Versagensängsten auf! Eigentlich häuften sie sich, besonders in letzter Zeit. Dies einzugestehen fällt schwer – fast *zu* schwer!

Von der einsetzenden Erinnerungsflut abgelenkt, bemerkt die Person, dass das Tier verschwunden ist. Doch zeitgleich wird es in unmittelbarer Entfernung direkt vor ihr immer heller.

Heftiges Seitenstechen quält Olivia seit einigen Metern. Sie ignoriert es, so gut es geht, auch wenn der Schmerz anschwillt. Jeder Atemzug nährt ihn. Das Brennen in der Lunge tut sein Übriges.

Olivia ist schon immer hart im Nehmen gewesen. Ihr Ehrgeiz enorm stark, ergab sie sich nur selten Herausforderungen. Oft erreicht sie ihre Grenzen und strotzt ihnen. Jetzt, mit einer unangenehmen Form von Angst im Nacken, droht Olivia dieses Mal zu unterliegen.

Sie beißt die knirschend Zähne aufeinander, bis der Kiefer schmerzt. Unterdessen ist es neblig geworden. Ohne in der Bewegung innezuhalten, schaut sie sich flüchtig um. Der Park! Olivia ist im Park angelangt.

Gewissensbisse nagen in ihr. Ist sie hier richtig? *Kann* sie hier richtig sein?!

Schon wird sie langsamer, was Olivia ja unter allen Umständen vermeiden will. Dann nimmt ein heißer Stich ihr den Atem …

Endlich erreicht die Person den Übergang des in Bewegung geratenen Nebels. Keinen Deut zu früh, wie sie erleichtert feststellt. Er ist noch nicht da, der Flügelschlägler!

Durch die Lichtfülle noch geblendet, erkennt die Person allmählich den mit dem Rücken zugewandten Waylon, den Grund des Hierseins. Die Augen blicken gütig und wohlwollend auf dessen Statur; ja, man könnte meinen, liebevoll.

Der Hund hält den Kopf weit hoch und schief.

Ein heftiger Luftzug prallt auf die Anwesenden herab. Deborah hat Mühe, das Gleichgewicht zu halten, fängt sich aber wieder. Waylon steht breitbeinig da, wie ein unerschütterlicher Fels. Jacky, der Mischling, zieht die Rute ein und legt die Ohren an. Ein Knurren zeugt von seiner enormen Anspannung.

Und die zuletzt angekommene Person flüstert kaum vernehmbar: »*micinski!*«

Sechsunddreißig

Olivia atmet schwer. Die Lungen brennen mörderisch. Kaum ein Atemzug, der nicht schmerzt. Sie kann keinen Schritt weiter gehen. Die Luftnot wirkt beängstigend und ist geeigneter Nährboden von aufsteigender Panik. Hinzu die Angst, die nicht abflauen will und die sie nicht einordnen kann.

Sie kann nicht mehr! Tränen laufen Olivia übers Gesicht. Tränen der Wut über die eigene Unfähigkeit, dann, wenn es darauf ankommt, zu versagen. Doch es sind auch Tränen grenzenloser Hilflosigkeit. Sie hat sich überschätzt! Das erste Mal im Leben maßlos überschätzt! Das Ergebnis ist nicht zu überhören.

Olivia sinkt zu Boden. Einstürzende Fragen übermannen sie schlagartig. Sie hat verloren …

◎

Auf einmal wird es schlagartig finster. Über ihren Köpfen schwebt ein nicht von dieser Welt stammendes Wesen. Deborah kann den panischen Blick nicht abwenden. Plötzlich ist alles nebensächlich! Neben der Finsternis ist es spürbar eisig geworden. Wie klein sie sich doch plötzlich fühlt! Ihr ansonsten gesunder Fluchtinstinkt versagt; wobei vor eine Flucht vor solch einem Monstrum zwecklos sein dürfte. Gelähmt kann Deborah nur eines – zusehen!

Ganz anders reagiert Waylon. Er ist die Ruhe selbst. Sein Aufenthalt im Mutterkristall hinterläßt Spuren. Ausgestattet mit altem Wissen, gibt es kein Grund zur Besorgnis. Im Gegenteil – es ist der Schlüssel.

Zwei riesengroße Schwingen werden durch das Glühen des Baumes erleuchtet. Dann wird ein schlanker Körper sichtbar, der trotz seiner Größe, ungemein wendig agiert.

Der Anhänger um Waylons Hals pulsiert aquamarin; je näher das Wesen kommt, umso intensivierter. Das gleiche geschieht mit Deborahs Kette.

Das Ungetüm misst mindestens sechzig Meter in der Länge. Die Proportionen können vom jetzigen Standpunkt aus betrachtet nur asymmetrisch und als unförmig bezeichnet werden. Kein Drachenwesen in den unzähligen Mythologien ähnelt dem soeben Erschienenen. Alle Darstellungen – ob in alten Stichen oder als Beschreibung –, sind rein subjektiv und widersprüchlich, betrachtet man alle im Zusammenhang.

Daran ist jetzt nicht zu denken. Das Erscheinen des Riesenwesens versetzt zumindest Deborah in einen Angstzustand unbekannten Ausmaßes. Und auch Dako kann sich davon nicht frei sprechen.

»Machen Sie Ihren Geist frei«, ruft Waylon der Polizistin durch den starken Wind zu. »Wir sind die ersten Menschen, das dieses wunderbare Geschöpf zu sehen bekommen!«

Seine Worte verhallen unbeachtet. Stattdessen droht Deborah ein Schock. Nur wenige Meter neben ihr stampft der rechte Greif des geflügelten Wesens in den Boden, der daraufhin bedrohlich erbebt. Deborah verliert das Gleichgewicht und stürzt.

Jacky bellt, zieht die Lefzen. Aus der Entfernung sieht es so aus, als habe der Flügelschlägler das Mädchen verletzt. Dako ist bestürzt und will Deborah zu Hilfe eilen. In diesem Augenblick hebt Waylon die Hand weit empor, die den Kristall hält.

Einen Lidschlag später fährt der Kopf des Kolosses schlängelnd herab, um einen Meter vor Waylon blitzartig zu stoppen. Aus den Nüstern entfährt ein überrascht wirkendes Schnauben.

Dako erstarrt. Die Legende ist also wahr! Er blickt tatsächlich auf die Viergehörnte Schlange – dem sagenumwobenen arimeanischen Obelisken!

»Willkommen auf der Erde, Rogal!«

Das Wesen ist sichtlich irritiert. Für einen Moment herrscht angespannte Stille. Die nutzt Deborah, rollt sich gekonnt zur Seite und rappelt sich auf.

»Sieh, Rogal! Sieh her! Dies ist eine Träne von dir!«

Das geflügelte Schlangenwesen schnaubt verächtlich. Doch

als Waylon ins Altarimeanische wechselt, beruhigt es sich. Das ist für Dako zuviel; ihm wird schwarz vor Augen.

Waylon verfällt in einem Monolog. Je länger er spricht, desto gelassener wird Rogal. Und der Kristall, den Waylon dem Sagengeschöpf hinhält, leuchtet weiter magisch. Die Szene könnte nicht unrealistischer sein, doch die atmosphärische Stimmung, die allein von der Viergehörnten Schlange ausgeht, verleiht ihr einen Hauch verzauberten Ambiente.

Zu einem solchen Geschöpf zu sprechen, übersteigt das logische Begreifen moderner menschlicher Existenz bei weitem. Was in der Frühzeit als Standard gehandhabt wurde, etwas Unbekannten einen Namen zu geben, damit dieses den Schrecken verliert, erscheint heutzutage zu trivial, fehlt doch die konkrete wissenschaftliche Erklärung.

Vieles wird überhöht. Und manchmal liegt das Einfachste auf der Hand, wenn es auch gern übersehen wird. Doch die Wahrheit liegt meistens irgendwo in der Mitte.

So kommt sich Deborah wie eine Zuschauerin vor, die die jetzige Situation abtut und klammheimlich negiert. Es kann nicht sein, was nicht sein darf! Man würde sie auslachen, ihr nicht glauben, erzählte Deborah jemanden davon. Ein seelisches Martyrium – die moderne Form von Hexenverfolgung! Abgestempelt mit seelischen Defekt, so einfach geht das.

Besser hat es da Jacky. Er verlässt sich nur auf den Augenblick, hinterfragt nicht die Gründe, akzeptiert einfach. Etwas anderes bleibt einem Tier auch nicht übrig. Die Welt erklären höhere Lebensformen, und ändern tun sie sie nebenher.

Waylon endet mit seiner Ansprache. Er geht einige Schritte auf Rogal zu, legt den Kristall direkt vor ihm nieder.

»Du bist der Einzige, der dieses Artefakt verwahren kann«, sagt Waylon pathetisch. »Unser Planet ist noch nicht so weit, dein Erbe anzutreten. Der Mensch ist zu engstirnig und nur auf sich selbst bedacht.«

Für einige Sekunden herrscht unnatürliche, gespenstische Stille. Nicht einmal der eigene Herzschlag ist zu hören.

Dann kommt Bewegung in Rogal. Sein tiefes Grollen verheißt nichts Gutes. Ist er verärgert? Waylon weicht zurück.

»Das musste ja schiefgehen«, preßt Deborah heraus.

Die geflügelte Schlange wirft ihren Schwanz herum, reißt das Maul auf, dass die Zähne gefährlich freigelegt werden. Ein ohrenbetäubendes Zischen folgt. In Rogals Augen blitzt grenzenlose Wut.

Durch den plötzlichen Lärm kommt Dako zu sich. Auch er erkennt sofort die Gefahr, in der sein Sohn schwebt. Selbstvergessend springt er auf.

Die Polizistin hat Mühe, den mit Eigenleben erwachten Schlangenschwanz auszuweichen. Wie eine überdimensionierte Peitsche fährt der gewaltbereit durch die Luft. Den Schlagrhythmus ausnutzend, gelingt es Deborah, den unmittelbaren Gefährdungsbereich zu verlassen. Es grenzt schon einwenig an akrobatischer Höchstleistung, wie sie sich fortbewegt.

Von den Zähnen des riesigen Reptils tropft zähflüssiger Speichel. Die Augen fixieren Waylon. Ganz langsam nimmt Rogal den Kopf zurück.

Waylon ist paralysiert, unfähig, auch nur die geringste Bewegung zu machen. Die hypnotische Wirkung der Augen des Ungetiers, lassen ihn sich in sein Schicksal ergeben. In der Luft ist die Spannung zu spüren.

Rogals Kopf verharrt in der Bewegung. Ein leichtes Zittern geht durch seinen Körper. Der unweigerliche Angriff steht kurz bevor.

Deborah schnellt vor, ebenso rennt Dako los. Nicht einmal eine Sekunde darauf holt auch, mit weit abgesperrtem Maul, der Obelisk aus. Die Polizistin springt auf Waylon zu, packt ihn, reißt den Willenlosen um. Von der Seit kommt Dako, stolpert über die Beiden, fällt. Dann kommt er auf Deborahs Beinen zu liegen. Sie glaubt, der Basilisk hätte sie gepackt und will sie wegschleifen. Ängstlich greift sie nach Waylon. Dabei reißt sie ihm die Amulettkette vom Hals. Sie schreit kurz auf. In einem Akt letzter Verzweiflung, legt sie sämtliche Kraft in die Beine, rollt herum.

Mit lähmenden Grauen erblickt Deborah das rasant näher kommende Maul der Bestie. Hinter sich greifend, in der Hoffnung, etwas zu finden, was ihr als Verteidigung nützlich sein könnte, berührt sie versehentlich den abgelegten Kristall.

Nur Millimeter trennen sie vom Basilisken; rettende Millimeter, wie es sich herausstellt. Für alle unerwartet entfacht der Kristall seine Wirkung. Es ist wie eine Explosion von gleißenden Lichts! Ein aufblähender Miniatur-Urknall, der sogleich wieder in sich zusammenbricht und wie durch ein Wunder verschwindet. Waylon, Dako und der Mischling sind geblendet. Und ihr lautes Geschrei hallt lang nach …

◎

Wie wild hämmert ihr das Herz in der Brust. Sie kämpft um Luft, zwingt sich zum gleichmäßigen Atmen, was Olivia wegen der Schmerzen unheimlich schwer fällt. Die Lungen brennen unentwegt. Dies ist der Moment, an dem sie an ihrer Fitness stark zweifelt.

Langsam steht sie auf. Geht mit weichen Knien auf und ab. Streckt und reckt sich vorsichtig. Plötzlich überkommt Olivia ein emotionaler Ausbruch. Sie schluchzt. Ungehindert fließen die Tränen. Einen Grund dafür sucht sie vergebens. So schnell der Ausbruch sie übermannt, so schnell geht er vorüber. Und jetzt fühlt sie sich frei und zuversichtlich.

Das Brennen in der Brust ist verschwunden, das Herz schlägt normal. Irgendwie ist alle Last von ihr gefallen. Aufrecht und voller neuen Elan geht Olivia weiter.

Es zieht auf. Der Nebel ist fast vollständig verschwunden. Sogar die Sonne blinzelt zwischen den Wolken hindurch. Es wirkt wie ein Zeichen.

»Alles ist gut«, sagt Olivia laut.

Mit der Sonne verfliegt auch ihre Angst, die sie so sehr angetrieben hat. In sich fühlt sie tiefen Friede. Gelassen und doch fest entschlossen geht sie weiter.

◎

Was Waylon als erstes wieder bewußt wahrnimmt, sind drei Männer. Abseits des alten Baumes steht ein fremdes Gefährt, das er nach einer Weile als arimeanischen Gleiter identifiziert. Seine Augen schauen fragend die Neuankömmlinge an. Nachdem er sich geistig gesammelt hat, und wieder halbwegs denken kann, glaubt er auch die Drei zu erkennen.

»Callum? Jayden?«

Die Angesprochenen nicken. Beim Letzten hadert Waylon. Konnte das möglich sein?! In seiner Erinnerung gibt es keinen guten Gedanken an diesen Typ.

»Aiden …?«

»Ja, ich bin es.«

Nicht verstehend sieht er irritiert die Anderen an.

»Wie kommt es … Ich meine … Der hat … Aiden hat …«

»Was meinst du, Waylon von der Erde?« Callum ist nun seinerseits verunsichert.

»Ich hab's doch gesagt«, raunt Jayden Callum zu. »Er verträgt diese ›Morgenreisen‹ nicht.«

»Was!?« Waylon glaubt seinen Ohren nicht.

»An was kannst du dich als letztes erinnern, Way?«

»Uridräo … Ich konnte … mit der Glaskabine fliehen …«

»Wovor?«

›Woll'n die mich für dumm verkaufen?‹, denkt er mürrisch. Laut ruft er: »Du, Aiden, fragst mich!? Du, der für die andere Seite arbeitet?«

»Jetzt dreht er völlig durch«, Jayden rempelt Aiden mit dem Ellenbogen an. Dieser nickt beiläufig.

»Verrückt!? Ich?!«

»Beruhige dich, Way! Alles ist in Ordnung.«

»Nichts ist okay! – Okay?!«

»Ruhig«, beschwört Callum den Aufgebrachten. »Du musst einiges durchgemacht haben. Anders kann ich mir deinen Auftritt nicht erklären.«

Waylon hält zurück, was ihm auf der Zunge liegt. Die Arimeaner grinsen, allerdings hat das nichts mit Schadenfreude zu tun, wie er findet. Sie finden es einfach erheiternd. Wenn er nur wüßte – was?

Dako schaut schweigend zu. Vage glaubt er zu wissen, um was es geht. Aber dies reicht nicht aus, um darüber gründlich nachzudenken. Der Ansatzpunkt ist einfach nicht existent.

»Ich hab noch keinen Intellektuellen gesehen, der einen Gleiter mit einer Rede begrüßt.«

Waylon schluckt hart. Verlegen senkt er den Blick, sucht verzweifelt Dakos Augenkontakt.

◎

Schallendes Gelächter dringt zu Olivia. War das nicht gerade Dad's Stimme? Sie bleibt stehen, lauscht. Außer lautes Lachen kann sie nichts weiteres unterscheiden. Dennoch beeilt sich Olivia, um rascher voranzukommen.

Bis auf die Nebelbank ist die Sicht gut. Über dem Nebel ragen einzelne Äste einer Baumkrone heraus. Das muss der alte Baum sein, unter den sie früher oft gespielt hat! Von dort kommen auch die Stimmen her.

Leider ist im Stimmengewirr kein Wort zu verstehen, welches Rückschlüsse zulässt, um was es in dem Gespräch etwa geht, oder wer die anderen sind. Allerdings bekommt Olivia den Eindruck, dass ein allgemeiner Aufbruch stattfindet. Wieder drängt sich Angst auf, diesmal, Dad zu verpassen. Deshalb geht sie zu einem schnelleren Lauf über.

◎

Tatsächlich steht der Gleiter kurz vor dem Start.

»Und du bist wirklich sicher, dass du hierbleiben möchtest?«

Waylon bejaht. »Ich brauche dringend Erholung, Callum. Und schließlich hab ich auf dieser Welt mir meinen Ruhestand redlich verdient.«

»Es bleibt dabei«, bestätigt Jayden. »In vier Wochen Erdzeit bin ich am vereinbarten Ort.«

»Ich werde da sein. Bis dahin sollte sich Dako erholt haben.«

»Er hat keine äußeren Verletzungen, Way.«

Dako zeigt kaum eine Regung.

Da fällt Waylon ein, dass er noch nicht einmal weiß, weshalb die Wächter überhaupt hier sind. Sein seltsames Gebaren bestimmte das bisherige Thema.

»Wir waren verabredet für heute«, erklärt Aiden.

Beim besten Willen: Aber daran hat Waylon absolut null Erinnerung!

Lang sieht er dem Gleiter nach. Anstelle des Nebels scheint nun die Sonne. Gedankenvoll senkt er den Blick, fasst sich unbewußt an den Hals. Er stutzt. Sein Anhänger! Hat er das Kristallstück verloren?

Auf dem zerwühlten Boden kann er sie nirgends entdecken. *Sieht aus, wie gepflügt*, geht es Waylon durch den Kopf. Ob doch mehr vorgefallen ist, als ihm die Wächter weismachen wollten?

»Dad?!«

Die schrille Stimme Olivias reißt ihn in die Gegenwart zurück. So wirklich kann er die Aufregung seiner Tochter nicht verstehen. Noch dazu, weil sie Tränen in den Augen hat.

»Du glaubst gar nicht, was mir gerade passiert ist«, sagt Waylon, der Olivias Blick richtig zu deuten glaubt.

Sie sieht ihn daraufhin nur noch skeptischer an. Dann hakt sie sich lachend unter.

»Heb dir die Geschichten für die Kinder auf, Dad …«

Epilog

Als sie die Augen aufschlägt, ist sie allein in einem schmalen Zimmer. Das Bett ist weich. Am Fußende flammt ein in der Wand eingelassener Bildschirm auf. Eine warme Frauenstimme begrüßt sie. Sie steht auf, schaut sich interessiert um. Die Einrichtung kommt ihr vertraut vor. Über einem verchromten Schalensitz hängen Kleider. Hinter dem Bildschirm befindet sich eine Nasszelle. Angenehm klimatisiert verrichtet sie ihre Notdurft und lässt sich von prickelnden Wasser berieseln. Von der Decke sinkt ein ebenfalls verchromter Ring herab, der sie auf angenehme Weise trocknet.

Sie zieht die bereitliegenden Sachen wie selbstverständlich an. Ohne dass sie dazu aufgefordert wird, geht sie an die Tür, die automatisch auseinander gleitet. Dahinter befindet sich die Luftschleusse. Seitlich hängt ein Ganzkörperoverall. Das Kleidungsstück schmiegt sich fest an den Körper. Als der letzte Knopf geschlossen ist, legt sich ein dünner Helm um den Kopf und schließt sie hermetisch von der Außenwelt ab.

Für die Frau ist das alles eine ganz selbstverständliche Prozedur, und kein Grund zur Sorge. Hinter sie schließt sich die Tür und das Aussenschott geht auf. Wie gesagt, ein ganz normaler Vorgang. Zwei Schritt tritt sie hinaus, bleibt stehen. Denn sie weiß, dass sie es schon öfters getan hat.

Links und rechts neben ihr stehen bis zum Horizont die Anderen. Alle stehen da und warten. Über viele Kilometer reicht die Menschenreihe und die zu ihnen gehörende Containerunterkunft.

Vor ihr wabert eine grau-braune, zähe Atmosphäre. Im Helm donnert eine Stimme. An den genauen Wortlaut erinnert sie sich später nicht mehr, aber es geht um die tägliche Aufgaben-Zuteilung, die es zu erfüllen gilt. Die Stimme ist mechanisch und monoton.

Heute erwählt man sie! Stolz reckt sie die Brust, geht stolz einen Schritt nach vorn. Als sie sich umsieht, steht sie allein da.

Dann kämpft sie gegen einen heftigen Wind an. Nur sehr langsam kommt sie voran. Quält sich vorwärts, als hängt ihr Leben davon ab. Die zähe Luft macht es ihr schwer. Doch sie kämpft sich weiter, bis die Frau endlich die Flügelsäule erreicht.

Nun muss nur noch der Eingang gefunden werden! Der liegt in zwei Metern Höhe. Nach einigen Überlegungen klettert sie kurzerhand an der Säule empor. Wie es ihr gelingt, nicht abzustürzen, darüber kann sie keine Aussage treffen. Oben angelangt zieht sie sich ins Innere. Das Ziel ist erreicht, die Aufgabe erfüllt! Vor ihr schwebt in einem Kraftfeld der dreizehnte Kristall.

Stunden später kehrt sie zurück zum Container. Einer ihrer Nachbarn ist ein gewisser Joshua. Sie weiß, dass er die Aufgabe nie würde lösen können. Dafür muss man geboren sein. Deshalb holen sie ihn immer wieder.

Sie weiß, dass der Kristall einmal von großen Nutzen sein wird. Doch die Auftraggeber dürfen das Artefakt nie in die Hände bekommen, denn sie würden es vernichten! Und dann wäre alles vergebens gewesen.

So versteckt die Frau den Kristall an einer Stelle, an der ihn Joshua finden wird. Niemand wird ihn damit in Verbindung bringen. Das Artefakt wird sicher sein über weitere Jahrhunderte.

Zufrieden legt sie sich wieder auf das weiche Bett. Es wird ein Geheimnis bleiben müssen. Keiner darf jemals davon erfahren. Denn *sie* ist der neue Gewahrer; *sie* – Deborah Sheffield!

E ∞ N ◎ D ∞ E

Aremodon

Aus der Legende Arimeas

Nuyem hatte vier Nächte nicht geschlafen. Es waren Nächte voller Sorgen und Ängste um den Kleinen. Noch nie war ein Basilisk dem Lebenden Licht so nah gekommen wie er. Wie alte Legenden berichteten, war dies nur einmal durch Rogal selbst geschehen. Und nach Nuyems Ansicht war der erste Basilisk selbst das Licht.

Nun, am vierten Tag nach des Basiliskenjungen Eintauchen, öffnete er die Augen. Vorsichtig streckte der Junge sich. Sein Blick wanderte umher und sah sie an.

Wie liebevoll sie doch schaute …

An das Geschehene konnte er sich nicht erinnern. Er fühlte sich jedoch stark wie noch nie. Schon wollte er aufstehen, doch Mutter verhinderte es mit einem sanften Zurückdrücken ins Lager. In ihren Augen las er: *Ruh Dich aus.*

Kaum das er lag wurden seine Augenlider schwer. Dann schlief er ein.

Nuyem beobachtete ihn still. Sie war froh, dass er lebte. Auswirkungen schien das Lebende Licht auf ihren Sohn nicht zu haben. Doch das würde sich noch zeigen. Etwas ging ihr durch den Kopf; vage und noch nicht greifbar. So sehr sie sich auch anstrengte, es wollte ihr nicht gelingen. Die Basiliskenmutter schaute auf das Lebende Licht, welches in ausreichender Entfernung glomm. Das Pulsieren war einer Gleichmäßigkeit gewichen, die jedoch nichts von Anmut verlor. Auch die Intensität erschien der Basiliskenmutter nicht mehr wie noch vor ein paar Tagen. Doch sie konnte sich auch irren …

Erneut umschlang ihr Schwanz zärtlich ihren Sohn, um ebenfalls einem tiefen Schlaf entgegen zu dösen.

Als sie viel später erwachte, war der Platz des Jungbasilisken leer. Erschrocken darüber, sprang sie vom Lager. Wild suchten ihre Augen die Umgebung ab. Ängstliche Rufe verließen ihre

Kehle. Dann setzte sich die Basiliskenmutter mit ungutem Gefühl in Bewegung. Doch bereits nach wenigen Schritten drohte ihr Herz stehen bleiben zu wollen. Eine Schwanzes Länge vom Lebenden Licht entfernt saß ihr Nachkömmling. Sein Blick war auf dem Licht gerichtet, in dem der Jungbasilisk sich scheinbar verlor.

Nuyem hielt inne. Es war ihr, als hielt ihr Sohn innige Zwiesprache. Noch immer klopfte ihr das Herz bis zum Halse. Aus Angst, er würde wieder das Licht berühren, ließ sie hastiger weitergehen als gewollt. Dabei stolperte Nuyem über einen Felsbrocken und kam ins Straucheln. Das Geräusch nahm der Basiliskenjunge wahr. Langsam drehte er den Kopf in Richtung des Geräusches. Augenblicklich blieb Nuyem stehen. Plötzlich hallte eine Stimme in ihren Ohren.

Keine Angst, Mutter.

Nuyem stutzte. Woher kamen diese Worte? Sie schnaubte verstört.

Ich bin es, Mutter. Dein Sohn. Hab keine Furcht.

Statt dem Gehörten die nötige Aufmerksamkeit zu schenken, stieß Nuyem mehrmals kurz hintereinander krächzende Rufe aus. Der Basiliskenjunge senkte den Kopf. Er deutete damit an, sie solle sich beruhigen. Mühsam gelang es ihr schließlich. Bald war auch das Echo still, das Nuyems Rufe zu einem Schwall hatte anschwellen lassen.

Erneut erklang die Stimme in ihren Kopf.

Er hat mir die Geschichte erzählt, Mutter. Das Licht, das Rogal herbrachte. Er *ist das Licht.*

Sie glaubte nicht recht zu verstehen! Rogal war hier? Jetzt? Wieder ergriff die Unruhe von ihr Besitz.

Er kam mit dem Lichtdiamanten. Dieser ließ ihn Aremodon finden. Es bedeutet so viel wie schützender Hort. Durch das dunkelste Schwarz und durch eisige Kälte führte der Stein Rogal. Die Basiliskenära hat ihren Ursprung weit weg von hier. Rogal nennt unsere Welt Aremodon. Ich weiß nicht, was das bedeutet. Er sagt, dies wird uns die Zukunft sagen.

Die Stimme in Nuyem verstummte. Ihr Sohn hatte den Kopf von ihr abgewandt und sah ins Licht. Von Neugier ergriffen, wagte sie einige Schritte näher zu gehen. Der Basiliskenjunge blieb regungslos sitzen. Die Augen sahen, was Nuyem verborgen blieb. Nur seine Nüstern zeigten ihr, dass der Junge nicht zu Stein erstarrt war.

Geraume Zeit verging. Langsam bekam Nuyem Hunger.

Wir sollten aufbrechen, erklang die Stimme im Kopf der Basiliskenmutter.

Nuyem hielt den Kopf seitlich geneigt, was so viel bedeuten sollte wie: *Wohin?*

Das Land draußen ist gut. Keine Gefahr für uns. Wir müssen die anderen finden.

Als Antwort entlockte Nuyem ihrer Kehle einen zustimmenden Laut.

Der Jungbasilisk nickte ihr zu.

Der Ausblick war umwerfend. Während Nuyem die Außenwelt kannte, war es für den Jungbasilisken etwas Neues. Gierig nahm er einige tiefe Atemzüge. Die Luft war frisch und würzig. Sie hatten von diesem Standpunkt einen guten Überblick. Weit im Norden befand sich eine dichte Dunstglocke, genährt durch den unaufhörlichen Ausstoß von Magma. Rechts von ihnen plätscherte ein breiter Fluss. Nuyem deutete in westlicher Richtung. Dabei leuchteten ihre Augen auffordernd, ihr zu folgen. Nur wenige Schritte weiter hörte der Basilisk vertraute Laute. Nuyem führte ihn bergaufwärts. Der Weg war ausgetreten und frei von Stein und Geröll. Mit jedem weiteren Schritt kam mehr ins Blickfeld des Kleinen.

Die Reise durchs Licht hatte zwar dem Basilisken einiges gezeigt; doch im Hier und Jetzt war alles viel fantastischer, vor allem *lebendiger*. Voller Neugierde erhöhte er das Schritttempo.

Von überall her drangen eigenwillige Geräusche. Seltsame Rufe von nicht weniger seltsamen Geschöpfen erfüllten die

Luft. Hier konnten sie es aushalten.

Im Laufe der Zeit wurden die Basilisken heimisch. Der Planet bot alle Grundlagen für Leben. Explosionsartig begann dessen Verbreitung. Sämtliche Lebensräume erschlossen sich bald für eine Vielzahl von Kreaturen, Pflanzen und Bäume. Ob an Land, im Wasser oder in der Luft – überall wimmelte es von Leben.

Rogal wuchs in diesem Umfeld zu einem stattlichen Basilisken heran. Genoß unbeschwert sein Dasein. Unbekümmert streifte er umher, mit dem Wissen, dass nicht alles einfach selbstverständlich war. Er sah, wie Leben entstand, erfreute sich daran und trauerte, wenn es wieder verging. Erfolglos waren seine Bemühungen, das unausweichliche Ende aufzuhalten. Keine Macht konnte verhindern, was vorbestimmt war.

Selbst die inzwischen gealterte Nuyem wußte keinen Rat. Stattdessen verblasste auch ihr Lebenslicht immer mehr. Sie wurde schwach, konnte ihren Sohn nicht mehr auf dessen Streifzügen begleiten. Irgendwann war es ihr unmöglich geworden, die Höhle zu verlassen.

So blieb Rogal des Längeren bei ihr. Widmete Nuyem aufopferungsvoll seine Zeit, um einfach bei ihr zu sein. Er sorgte für ausreichend Nahrung. Seine Liebe versüßte ihr die noch verbleibende Zeit, und beide fühlten unsagbares Glück.

An dem Tag, an dem Nuyem für immer ging, drohte der Welt anderweitiges Unheil. Rogal konnte es nicht aufhalten; auch seiner Kraft sind natürliche Grenzen gesetzt. Es war spät am Tag, als die Katastrophe ihren Lauf nahm.

Ein für den Planeten unscheinbares Objekt hielt genau Kurs. Da es von der Schattenseite kam, war eine rechtzeitige Entdeckung ausgeschlossen. Von seiner Trauer erfasst, versagte auch Rogals Gespür vor Unvorhersagbaren. Demzufolge unvorbereitet hart traf es den Basilisken.

Mit unvorstellbarer Wucht schlug das durch den Raum irrende Objekt auf Rogals Wahlheimat ein. Der darauffolgenden

Feuersturm verwüstete die gesamte Oberfläche. Selbst in Rogals Höhle war die Hitze unerträglich. Fast das gesamte Leben wurde ausgelöscht.

In der Zeit des irdischen Winters, der viele, viele Jahrhunderte andauerte, verließ Rogal die Höhle nur selten. Nach dem Verlust seiner Mutter gesellte sich tiefe Trauer über all die verlorenen Lebensformen, an dessen er sich erfreut hatte. Nichts war für die Ewigkeit bestimmt! Diese Erkenntnis versetzte ihn einen unendlichen Stich ins Herz.

Eiseskälte macht einen Aufenthalt im Freien unmöglich. Dort, wo es in seiner Erinnerung früher von Arten nur so wimmelte, herrschte nun tote, trostlose Ödnis.

Rogal verfiel daraufhin in eine Art Winterschlaf, der über tausend mal tausend Planetenjahre währte. Als er dann feststellte, dass sich nichts geändert hatte, fasste er einen folgenschweren Entschluss: Er werde diesen Hort verlassen!

Sein Abschied dauerte viele Tage. Noch einmal suchte er einst geliebte Plätze auf, erinnerte sich an vergangene Erlebnisse und die zugehörigen Gefühle. Überall hinterließ er einen Schwall Tränen, die sofort kristallierten. Als Rogal seiner Trauer genüge getan hatte, stieß er sich festentschlossen vom Erdboden ab und erhob sich in die Lüfte. Ohne einen Blick zurück, entschwand er für immer diesen Gefilden.

Der Sage nach blickte Rogal sich doch einmal um, als er den Orbit längst verlassen hatte. Dort übermannte ihn erneut tiefe Traurigkeit. Und aus seinen Tränen erwuchsen die Neun kristallenen Trabanten, die seither den Planeten umrunden.

UND SO GEHT ES WEITER …

DER MORGENKRISTALL[7]

~ ATMAN ~

FINLEY MOUNTAIN

Während einer Theatervorstellung, in der auch Benjamin McGowan mitwirkt, erkennt Waylon Latham einen alten Bekannten. Daraufhin geschieht mit dem erkannt geglaubten etwas Unfassbares. Plötzlich ist da dieses Nebelwesen, ein Atman. Panik entsteht. Von dem wabernden Etwas geht etwas Bedrohendes, Düsteres aus. Ausgesendete Signale hinterlassen dumpfe Kopfschmerzen. Als sich aus der unförmigen Nebelmasse Auswüchse bilden, erscheint ein flirrendes Luftschild. Aus dem Nichts erscheint ein Zeitgleiter, dem die Gewahrerin Deborah entsteigt. Was sie dem Nebelwesen entgegensetzt und damit nicht nur Waylon rettet, ist ein arimeanische Lichtwellenwandler. Doch ist im Moment die Gefahr auch gebannt, hat der Wettlauf mit der Zeit schon längst begonnen, denn der Atman ist nicht allein …

DEMNÄCHST IM HANDEL

Glossar – Personen & Begriffe

Personen Erde – Gegenwart

Waylon Latham, *1948 (#4: Waynúpa), in #3 auch Aylon; Doppelzopf – älteres Ich (Tokahe)
Mr *Dako*, (sein indianischer Name ist *Nayati* – der, der ringt; Dakota, Gewahrer vor Rebecca), Waylons leiblicher Vater; offiziell † 1898
Nur erwähnt werden W.'s *Adoptivvater* († 68) & seine *Großmutter* († 93)
Rebecca *1875, Gewahrerin, verstößt mehrfach gegen den Kodex
Wihakayda, die Kleine, Dakos indianischer Name für den Mohrenmaki; Deborah nennt sie Fleaknawel, Flohknäuel
Karoline Fryer, Waylons (Ex-)Frau
Olivia McGowan, Tochter von Karoline und Waylon
Benjamin McGowan, Olivias Mann
Amelia, jüngste Enkelin Waylons
Jason, Enkel Waylons
Martha Latham, Waylons Mutter
Ryan Fryer, Karolines 2. Mann
Madelaine Fryer, Karolines Tochter aus 2. Ehe
Mrs *Elionor Pepper*, Waylons Nachbarin; *1911; 93 Jahre alt
Sophie Pepper, Elionors Adoptivtochter
Mrs *Dewey*, wohnt schräg gegenüber
Herbert, Bekannter/Freund von Waylon
Deborah Sheffield, (27) Polizistin unter Inspektor Gomery, wird in #6 zum Gewahrer, ist im Besitz des Lichtwellen-Wandlers
Riley Mortimer Scott, Vater von Rebeccas Kindern
Tonweya, Scout (Kundschafter)
Cheveyo, ›Geisterkrieger‹

Personen Arimea – Gegenwart

»Sternengral IV«, Schwer-Raumkreuzer vierter Klasse

Sho-Ril, 412 J., lebt zurückgezogen, Kristall-(Rogalit)-Flüsterer; Vorher-Seher, Mitglied des amtierenden Wächter-Magistrats

IATRA autarke, ausgeklügelte medizinische Dienstleistungseinheiten, die im Bereich der Nanobiologie arbeiten. (Die Lehre von der Heilkunst wird auch Iatrik genannt.)

Begriffe der Dakota (Lakota)

ahbleza – Gewahrer
Atius Tirana – der "Große Geist"
wakan – Mysterium, ein Unbekanntes
wakanhca – ein wahrer Seher, ein Denker
wakantanka – jedes große Mysterium, unentdecktes Gesetz
wakanya hibu yelo – auf geheimnisvolle Weise komme ich
wakicun, wakicunsa – Männer, die entscheiden, Entscheider

Frühere Charaktere

Mr Dako (Dakota, Gewahrer vor Rebecca), Waylons Vater

Der *Major*, Söldner-Boss

Toby (›Bulle‹), Söldner des Majors (im Geiste etwas zurückgeblieben)

Joshua Brown, Obdachloser, 32 Jahre alt

Irving-Anwesen, Hausruine, in der Joshua Unterschlupf findet

Hal Milan, Labormitarbeiter von New Scotland Yard

Nightingale, 86, Professor im Ruhestand

Cloe, so nennt sich Rebecca als Gewahrer (*ahbleza*)

Claire Cecily, Rebeccas Tochter

Riley jr., Erstgeborener Rebeccas

Jayden, junger Wächter

Callum, alter Wächter

Aiden, Anführer der Vorhut auf dem Mond Uridräo

viergehörnte beflügelte Schlange, Basilisk, der Legende nach entsprang sie der Ur-Sonne des Universums

Arimea – Planet mit erstem bekanntem Leben und des ›Mutterkristalls‹. 1 arimeanischen Jahr entspricht ca. 18,5 Monate der heutigen Erde. A. besitzt 7 Monde. Ein Mond wurde vor 65 Millionen Jahren zur Erde gelenkt, der dort einschlug und den Weg für höheres Leben bereitete, was beinahe daneben ging. Der neunte Mond ist verschwunden.

Khrill, Representantin einer Intelligenz aus dem Sternensystem Mondrëum. Flüchten auf Planeten, den sie später Arimurius nennen. Nach der ›Großen Katastrophe‹ wird daraus *Arimea*.

Arimeaner, Erster *Wächter*

Zartak, Planet um den Uridräo kreist. Auf Uridräo wurde ein Stützpunkt einst von der ›Sternenbruderschaft‹ errichtet, irgendwann aber von ihr aufgegeben. Die Wächter haben ihn später für sich entdeckt und nutzen ihn seither als Basis!

<u>*Vor 154 Millionen und 3.500.74 Jahren*</u>

(5,75 Million Jahre nach Erdzeit)

Amerona, Kommandantin des Raumkreuzers »Sternengral«

Teasar

Amedara, Partnerin von Teasar

Lokar, 16, Wächter in der 23. Generation

Eliwor, 18, Mitgliedsanwärterin des Kreises

Mila, Biologin

Orinario, momentan Ältester der Wächter

Tuteno, Vorsitzender des Wächter-Magistrats

Patriarch *Dharidma*, Herrscher von Arimea und Erfinder des Zeitgleiters

Moriol und *Pryar*, ›RZG‹-Anwärter

Limuria, lehrt den Umgang mit dem Zeitgleiter

Methua, abgeschirmte Inselenklave (#4)

Rhobal, ältester Einwohner (*Methelem* genannt) der Enklave (1421 Jahre alt), wirkt wie ein Teen

Urio, 997 J., Methelem

Sho-Ril, 412 J., lebt zurückgezogen auf Methua, Kristall-(Rogalit)-Flüsterer

Sulantrea, 187 Jahre *Methelem*

Vyn, Technikassistent #5

Burali, Geburtsstätte von Lokar und Eliwor

Provinz *Arkonim*, Hauptsitz der Wächter auf Arimea

Aquoras, Unterwasserstadt auf Arimea

Blender, Gegner der Wächter, die im Untergrund (in Form von Falschmeldungen) agieren und die Regentschaft der ›Sternenbruderschaft‹ untergraben

Aremodon (Randplanet), spätere Erde

Isidoria, Planet der *Oktopteriden* – Achtflügler (ähneln Schmetterlingen)

Dotekalum, Fisch mit breitem Maul, an Wangen und Seiten aufstellbare Flossen, unterhalb vom Kopf zwei Tentakel, die das Opfer lähmen

Urigoren, menschenähnliche Kriegsführende Rasse; besitzen Schallwellen-Technik, Energiestrahl aus Schall

Arimeanische Technik

Glaskabine, Glaskapsel, Zeittransmitter (von den Wächtern ›Raum-Zeit-Gleiter‹ [›RZG‹] genannt) mit diversen Modi, z. B. Zukunftsschau- und Aural-Modus; letzterer wird durch Lichtwellenverschiebung unsichtbar, bei dem nur eine leicht fluoreszierende Teil-Korona bzw. Aura bleibt

CrisCom, Kommunikation über Kristalltechnik

Lift-Kapsel, freischwebender Lift

Prismencomputer, arbeiten auf Rogalit-Basis

Erneuerer, Apparatur zur Zellerneuerung

Geflügelter Turm, Ewigkeitsgemach

Thetaether, neunkantiges Symbol, was sich nach dem Einsetzen des ›Neunter Kristall‹ bildet und den Zeitentunnelriss schließt.

Thetaró ›Neunter Kristall‹, Meister-Rogalit

Neugenetisierung, heute: Inkarnation, Begriffsprägung durch Waylon

Wissenswertes

Aus was besteht das Universum?

Materie, Energie, Elementarteilchen, großräumige Struktur (Galaxien)

Heutiges Universum besteht aus:

4,6 Prozent Atome

23 Prozent Dunkelmaterie

72 Prozent Dunkle Energie

> 1 Prozent Neutrinos

380.000 Jahre nach Urknall bestand es aus:

10 Prozent Neutrinos

12 Prozent Atome

63 Prozent Dunkelmaterie

15 Prozent Photonen

vernachlässigbar der Anteil der Dunklen Energie

Menschen sehen in welcher Wellenlänge?

Wellenlängenbereich: 380nm (violett) - 780nm (Rot)

Universum – universus »gesamt«

unus versus »in eins gekehrt«

auch: Kosmos »Ordnung« – Gegenbegriff zum Chaos, Weltall

Es gibt kein »Außerhalb« oder »Davor«

Extrem-Bedingungen der ersten 10^{-43} Planck-Zeit (kleinstmöglicher Zeitintervall)

Voids – grossskalige Leer- und Hohlräume im Universum; Riesenlöcher im All (Astronomie), Leerbereich [Quantenkosmologie: Vakuum-Universen; quantenmechanischer Grundzustand]. Südwestlich vom Orion im Sternbild Eridanus (keine Strahlung, Galaxien, Staub, Sterne, dunkle Materie (Größe: 1 Milliarde Lichtjahre) z.B. Lyman Alpha Klumpen

Urknall: aus Energie entsteht Materie

Eine Atombombe macht aus Materie Energie. Treffen Materie und Antimaterie aufeinander löschen sich beide löschen aus

Higgs-Feld, Higgs-Boson ohne dies gäbe es keine Masse. Wird auch Gottesteilchen genannt!